ATÉ QUE VOCÊ ME BEIJE

SÉRIE NOITES EM MIAMI – LIVRO 1

MARIE FORCE

Até que você me beije

Série Noites em Miami — Livro 01

Marie Force

Publicado por HTJB, INC

Copyright © 2020 por HTJB, INC

Tradução Andreia Barboza.

Copidesque da tradução: Luizyana Poletto.

Capa criada por: Ashley Lopez

Diagramação de e-book: E-book Formatting Fairies

ISBN:

A melhor maneira de manter contato é assinando meu boletim informativo. Acesse marieforce.com e inscreva-se na caixa na parte superior da tela que pede seu nome e e-mail. Se você não receber mensagens minhas regularmente, verifique seu filtro de spam e configure seu e-mail para permitir que minhas mensagens cheguem a você para que não perder nenhum livro novo, nem a chance de participar de sorteios ou eventos.

SINOPSE:

Primeiras impressões podem enganar... será que vale a pena dar uma segunda olhada no médico ousado?

CARMEN

Ser babá de um neurocirurgião arrogante e bonito não é como imaginei meu primeiro dia no Miami-Dade General Hospital. Depois da trágica perda de meu marido, me concentrei em começar a carreira dos meus sonhos. O dr. Jason Northup não vai atrapalhar meus planos, mesmo que faça minhas partes femininas acordarem e dizerem olá. Ele atende a todos os itens da minha lista de clichês. No entanto, meu coração – e outras partes – não parecem se importar com isso...

JASON

Tenho coisas mais importantes a fazer do que socorrer uma novata atraente, mas preciso dela. Carmen é minha única esperança de convencer o conselho do Miami-Dade a ignorar minha reputação manchada – e ela me faz sentir otimista novamente. Envolvimentos românticos são a última coisa de que preciso, mas Carmen não é um envolvimento. Ela é uma bela lufada de ar fresco do sul da Flórida. Meus sentimentos por ela estão se tornando o melhor tipo de escândalo.

1

CARMEN

Só demorou um dia para que o emprego dos meus sonhos se transformasse em um pesadelo. Na verdade, estou sendo generosa. Bastou uma reunião de quinze minutos com o presidente do hospital para jogar pela janela anos de estudo, planejamento e sonhos sob o sol escaldante do sul da Flórida.

Em nenhum lugar da elaborada descrição do trabalho que recebi durante a entrevista para ser a diretora assistente de relações públicas do Miami-Dade General Hospital apareceu a palavra *babá*. Convenhamos, se eu soubesse o que eles realmente queriam que eu fizesse, não estaria derretendo sob o calor da manhã esperando o dr. Jason Northrup chegar para seu primeiro dia.

— Tudo o que ele quiser ou precisar, compre — o sr. Augustino instruiu. — Só o mantenha longe dos escritórios executivos.

— Mas hoje é o meu primeiro dia também. Não seria melhor pedir a alguém que conheça as instalações que o encontre e o acompanhe?

— Quero que você faça isso — ele disse, sem deixar espaço para mais discussões.

— Devo trazê-lo até aqui para falar com você?

3

— Estarei com a diretoria o dia todo. Não o leve a lugar nenhum perto da sala de reuniões.

Tem algo de muito errado com relação a isso. Por que o hospital não está estendendo o tapete vermelho para dar as boas-vindas ao dr. Northrup? O sr. Augustino se referiu a ele como um neurocirurgião pediátrico de classe mundial. Se ele não justifica o tapete vermelho, quem o faz? O mais intrigante de tudo é por que o sr. Augustino deixaria a pessoa mais nova em sua equipe cuidar de uma tarefa tão importante e não queria estar lá ele mesmo?

A ordem repentina do meu chefe não me deu tempo para pesquisar minha primeira "tarefa", o que me deixou despreparada e incomodada enquanto espero por ele. O sr. Augustino me deu a foto de um homem bonito, com cabelo loiro escuro, olhos castanhos dourados e a quantidade perfeita de barba por fazer no queixo esculpido. Só posso imaginar o tipo de Northrup: privilegiado, mimado e perdoado por seus pecados. Meu papel é puxar seu saco e fazê-lo se sentir "bem-vindo".

Depois de anos trabalhando como garçonete e cuidando de crianças de verdade para pagar a faculdade e a pós-graduação, ouvir que deveria ser babá dele me enfurece. Todos os planos de marketing e publicidade cuidadosamente detalhados que elaborei na expectativa de impressionar os chefes no meu primeiro dia ainda estão escondidos dentro do portfólio encadernado em couro que seguro contra o peito, inúteis em vista da tarefa que me foi dada enquanto asso na densa umidade do final de junho.

Uma coisa que devo dizer sobre o Miami-Dade General Hospital é que os jardins são lindos, com paisagismo exuberante, canteiros de flores coloridos e grama verde em pleno verão graças a *sprinklers* habilmente escondidos.

Naturalmente, o médico está atrasado, o que me dá muito tempo para considerar minhas opções limitadas, à medida que tento não derreter com o calor que faz minhas axilas ficarem úmidas e meu cabelo, alisado com cuidado, começar a enrolar. Eu poderia ir ao RH e dizer que a vaga não é uma boa opção. Com menos de um dia no trabalho, isso não vai aparecer em meu registro, especialmente porque acabei de preencher a documentação necessária para me inscreverem no sistema de folha de pagamento do hospital e no plano de saúde. Eu ainda poderia colocar um fim nisso.

Mas então me lembro de como meus pais e avós ficaram orgulhosos quando consegui meu primeiro grande emprego após anos de estudo. Depois de voltar para casa quando Tony morreu, estou finalmente sozinha novamente em um novo apartamento perto do hospital, em Kendall. Também usei meu cartão de crédito para comprar um guarda-roupa-novo, composto por ternos poderosos para ter uma aparência profissional no trabalho. O pagamento de tudo isso depende do meu salário, que será perdido se eu me demitir.

Desistir não é uma opção.

Não quando eu sequer dei uma chance ao emprego. Além disso, não sou mulher de desistir. Minha amada Abuela ficaria muito decepcionada. Ela e minha igualmente amada Nona ficaram mais felizes por eu ter conseguido este emprego do que eu. Sem mencionar que meu principal objetivo sempre foi deixar Tony orgulhoso de mim. Estou convencida de que ele está por perto e quero que me veja sobrevivendo e prosperando, não fugindo de um desafio na primeira dificuldade. Não posso decepcionar a todos abandonando esta oportunidade. Restaurei um pouco da minha força quando o rugido de um carro esporte chama minha atenção para a longa entrada de automóveis do hospital.

Observo, incrédula, enquanto um Porsche conversível preto segue pelo caminho semicircular com Northrup ao volante e uma loira oxigenada em um vestido vermelho sexy no banco do passageiro.

— Que clichê — murmuro enquanto ele para o carro a meio metro de onde estou pronta para "recebê-lo".

Ele desce com uma graça felina: alto, musculoso e ainda mais bonito do que na foto – é claro. Quando vem em minha direção, abre um sorriso arrogante e, caramba, todas as células do meu corpo acordam e cantam *Aleluia* em um coro alto de mamilos endurecidos e calcinhas umedecidas, o que me enfurece.

Não quero nenhuma parte de mim reagindo a qualquer parte

dele, mas eu teria que estar morta para não notar esse homem. E embora eu possa ter ficado quase entorpecida nos últimos cinco anos, o dr. Northrup é a prova de que ainda sou uma mulher viva e respirando que reconhece um homem gostoso quando o vê.

Ele coloca óculos de sol Wayfarer na cabeça, com o cabelo bagunçado por causa do conversível. É sexy. Seus olhos dourados brilham, seu sorriso parece saído de um comercial de pasta de dente e seu corpo... uau. Ele deve ter passado tantas horas na academia quanto estudando na faculdade de medicina.

Percebo que estou olhando, mas não consigo piscar. Já vi algum homem mais bonito que esse em toda a minha vida? O pensamento me faz sentir desrespeitosa com a memória do único homem que já amei e me tira do estupor no qual que escorreguei ao ver Northrup.

Limpo a garganta e seguro o portfólio com mais força contra o peito, desesperada para esconder qualquer evidência da minha reação ridícula.

— Dr. Northrup?

— Sou eu. E você é?

— Carmen. — Estendo a mão e rezo para não estar suada. — Carmen Giordino, diretora assistente de relações públicas. Bem-vindo ao Miami-Dade General Hospital.

— Prazer em conhecê-la, srta. Giordino. — De alguma forma, ele faz com que o simples gesto de segurar minha mão, apertando-a de leve e liberando-a se transforme em um ato sexual erótico que mais uma vez rouba o ar de meus pulmões e minha força.

Eu o odeio por me fazer reagir dessa maneira. Eu o odeio ainda mais quando descubro que ele colocou uma nota de cinquenta dólares na minha mão. Estou prestes a perguntar para que serve quando ele diz.

— Faça-me um favor, leve a Betty ao refeitório, compre um café da manhã para ela e mande-a embora em um táxi — ele diz em um tom de voz baixo que só eu posso ouvir.

— Mas...

— Alguém pediu que você me encontrasse e cuidasse das minhas *necessidades*?

A maneira como ele fala a palavra *necessidade* me faz imaginá-lo suado, nu e à minha disposição, o que me enfurece. Não tenho certeza de com quem estou mais chateada: com ele ou comigo mesma. Sinto meu rosto esquentar e quando abro a boca para responder ao seu pedido ultrajante, nada sai.

— O que eu *necessito* é que você cuide dela. — Ele me lança um olhar suplicante e faço tudo o que posso para não desmaiar. — Certo?

É insultuoso o suficiente que me peçam para tomar conta de um neurocirurgião, mas pedir que eu cuide de sua transa é outra história.

— Sinto muito, mas não estou disposta...

Me ignorando, ele se vira e gesticula para que *Betty* se junte a nós na calçada.

— Venha conhecer Carmen Giordino. Ela vai te ajudar a encontrar o refeitório e uma carona para o aeroporto. — Ele beija a bochecha da loira. — Foi bom conhecê-la, mas tenho que trabalhar agora.

— Muito obrigada por tudo, Jason — Betty responde com o olhar de adoração fixo em seu rosto perfeito.

Northrup mostra sua versão de um sorriso sincero.

— O prazer foi meu.

Reviro os olhos, imaginando o que a palavra *tudo* inclui neste caso. A pontada de ciúme que me atinge só serve para me irritar ainda mais. O que me importa o que ela faz com ele?

Ele joga as chaves do carro para mim, e tenho a escolha imediata de pegá-las ou deixá-las bater na minha cabeça. Eu as pego um segundo antes de me acertarem.

— Você pode encontrar o estacionamento de funcionários e arranjar uma vaga para a Priscilla? — Piscando, ele acrescenta: — Obrigado. Te devo uma. — Olhando para Betty, ele abre aquele sorriso brilhante. — Ou talvez duas.

— Mas para onde você está indo?

— Verificar minhas novas instalações. Falo com você mais tarde.

— Eu deveria... — Paro quando percebo que estou falando com as costas dele. Então agora vou ser babá de uma loira oxigenada *e* de um Porsche 911? Este dia está cada vez melhor. Nunca estive mais orgulhosa dos anos de esforço na faculdade e na pós-graduação do que neste momento.

Meu grunhido baixo faz Betty se afastar de mim, cambaleando.

— Não estou com tanta fome. — Seu riso nervoso me irrita.

Diminuo o aperto na pasta de couro e deixo meus braços caírem para os lados, me sentindo totalmente derrotada após uma hora em meu novo *emprego dos sonhos*.

Os olhos de Betty se arregalam e seus lábios vermelhos formam um O.

— O que foi? — Olho para baixo para ver no que Betty está tão focada e noto que o verniz do meu portfólio de "couro" grudou na frente do meu paletó azul marinho muito caro e ainda não pago. Solto um grito de frustração.

— Tenho certeza de que a lavanderia consegue tirar. — O sorriso gentil de Betty me faz sentir mal com os pensamentos desagradáveis que tive em relação a espectadora inocente da implosão da minha carreira.

Decidindo que não tenho nada a perder por fazer de Betty minha aliada, olho para a outra mulher, bem mais alta que eu graças aos saltos de dez centímetros.

— Posso perguntar como vocês se *conheceram?*

— Foi a mais estranha coincidência.

Não é sempre assim?

— Eu estava na esteira de bagagens do aeroporto esperando minhas malas, que nunca chegaram, e meu agora ex-namorado que não apareceu para me buscar. — Betty enxuga uma lágrima. — Então a companhia aérea não conseguiu me reservar um voo para casa até hoje de manhã. Usei todo o meu dinheiro e estourei o limite do cartão de crédito no voo até aqui para ver o idiota que me deu um bolo. Sem bagagem, sem dinheiro e sem idiota. Jason me viu chorando e perguntou se poderia ajudar. Graças a Deus por ele, ou eu teria que dormir no aeroporto. Ele até me levou para jantar e comprou uma garrafa do meu vinho favorito.

— E o que ele recebeu em troca de toda essa hospitalidade? — A pergunta sai da minha boca antes que eu possa impedi-la. Horrorizada, estou prestes a me desculpar por minha grosseria quando ela continua.

— Nada. — Betty não parece insultada com a minha pergunta, o que ela deveria estar. — Ele me fez um favor e não pediu nada em troca. Ele até dormiu no sofá para que eu pudesse ficar na cama. O despertador dele não tocou. Ele se atrasou para o primeiro dia e ficou todo estressado. Sabe que horas são? Meu voo para a Filadélfia é às dez e meia. Eu gostaria de ver se encontraram minha mala antes de partir.

Verifico o telefone, vejo que são quase nove horas e olho o Porsche.

— Entre. — Eu me pergunto se é possível ser demitida no primeiro dia. Estou prestes a descobrir enquanto me acomodo no banco de couro do motorista e tiro os sapatos de salto para poder dirigir esta coisa. O carro começa com um rosnado que vibra pelo meu corpo, me lembrando da reação de formigamento que tive com seu dono. Seu carro tem o cheiro que imagino que seja dele: frutas cítricas, especiarias e homem quente.

Sou grata a Tony por me ensinar a dirigir no colégio. Essa habilidade está prestes a ser útil.

Se minhas mãos estavam suadas antes, estão completamente molhadas agora enquanto eu dirijo para a movimentada interestadual em um carro que custa mais do que vou ganhar em dez anos. O dr. Northrup me disse para estacioná-lo, não para dirigi-lo por catorze quilômetros e meio até o aeroporto. E se eu arranhá-lo ou bater em alguma coisa? O pensamento me deixa mal do estômago, assim como considerar o que a brisa úmida está fazendo com o cabelo que passei uma hora alisando.

Em um momento nauseante de pavor, me ocorre que não tive a chance de dizer a sua alteza real para ficar longe da área executiva. Ele não vai até lá, vai? Ah, meu Deus, por favor, faça com que ele se interesse mais pelas salas de cirurgia e laboratórios do que por salas de reuniões.

O sr. Augustino me instruiu a tomar conta de Jason Northrup. Por sua vez, ele me pediu para ser babá de Betty. Então, na verdade, estou apenas cumprindo ordens ao levar Betty para o aeroporto, certo? Isso tem que se enquadrar em algum lugar sob "outras funções atribuídas", não é?

No caso altamente improvável de Betty retornar ao sul da Flórida e encontrar uma crise médica, ela se lembrará do excelente tratamento fornecido pela equipe do Miami-Dade General. Pronto. Fiz minha parte de relações públicas hoje.

— É muito legal da sua parte fazer isso — Betty diz enquanto pegamos a saída do aeroporto.

— Sem problemas. — Paro no meio-fio no nível de embarque alguns minutos depois e solto um suspiro de alívio por não ter batido em nada no caminho.

Meu Deus!

Minha bolsa, carteira, carteira de motorista e telefone celular estão guardados na gaveta de cima da minha mesa no escritório. Portanto, na viagem de volta, também posso me preocupar em ser presa por estar dirigindo um carro "emprestado" sem carteira de motorista. Maravilha!

O policial que cuida do tráfego na área de embarque escolhe aquele momento para apitar, o que me assusta e faz meu pé escorregar da embreagem. O carro dá um tranco para a frente e para. Não acerto o veículo na minha frente por menos de um centímetro. É oficial: antes que este dia acabe, vou sofrer um colapso nervoso. Espero estar de volta ao hospital quando isso acontecer.

Betty se inclina para frente, esticando o pescoço para ver a distância entre os dois carros.

— Essa passou perto.

— Nem brinca.

— Vou sair da sua cola para que você possa voltar ao trabalho.

— Foi bom te conhecer. Lamento que você tenha feito uma viagem tão ruim.

— Não foi de todo ruim — Betty diz, dando de ombros. — Descobri que ainda existem pessoas legais no mundo dispostas a ajudar uma estranha em dificuldade.

Estou descobrindo que as primeiras impressões costumam ser enganosas.

— Pegue isso. — Entrego os cinquenta dólares de Northrup

para Betty. — Ele me deu isso para o seu café da manhã e a corrida de táxi.

Betty olha para o dinheiro com incerteza.

— Eu não me sentiria bem em aceitar o dinheiro de Jason depois de tudo o que ele fez para me ajudar.

— Olhe para esse carro. Aposto que você precisa mais do que ele. Pegue. Vá para casa. Depois você pode enviar uma mensagem para ele no hospital e devolver.

Betty se ilumina com essa ideia.

— Farei isso. Obrigada mais uma vez, Carmen.

— Disponha. — Vejo Betty entrar correndo no terminal, assim como qualquer pessoa pode "correr" com saltos de dez centímetros. Seu namorado idiota perdeu uma joia, com certeza.

Volto o foco para a tarefa em mãos, que é levar o Porsche do dr. Jason Northrup de volta ao hospital sem um arranhão ou amassado e sem ser presa.

2

___

CARMEN

A porta de metal se fecha com um barulho alto que me
assusta. Olhando através das barras, começo a rir de forma
histérica. *Não* foi assim que imaginei meu primeiro dia no trabalho.
Nem foi minha culpa. O carro na minha frente desviou, me assustando. Claro, o policial atrás de nós só *me* viu saindo da pista e me
parou.

Como não pude apresentar a carteira de motorista ou prova de
que tinha permissão para dirigir o carro, o oficial disse que não
tinha escolha a não ser me levar e apreender o Porsche até que eu
apresentasse a habilitação e provasse que não o havia roubado.

Engasgo com minha risada ao pensar em meus pais descobrindo
que estou na prisão. Minhas mãos tremem de forma incontrolável.
Nunca fui detida, muito menos *presa*. Como isso pode estar acontecendo?

Me permitiram ligar para o escritório, o lugar onde comecei
meu emprego dos sonhos *hoje*, para deixar uma mensagem para o
dr. Northrup. Pedi a ele que ligasse para a delegacia para confirmar
que não roubei seu Porsche. Fazer com que a administradora dos
escritórios executivos localizasse o novo neurocirurgião, de quem

eu deveria ser babá, porque preciso que ele confirme que não roubei seu carro foi um pedido complicado de fazer.

Estou me perguntando como essa frase ficará na minha primeira avaliação de desempenho.

Se ou quando ele fizer essa ligação e me tirar da prisão, vou poder recuperar o carro que ele chama de Priscilla de onde quer que o tenham levado. Deus, e se o danificaram? Será que ele vai esperar que eu pague pelos reparos? Quanto vai custar a devolução?

E se ele disser que *roubei* o carro, já que não me deu exatamente permissão para dirigi-lo para fora do estacionamento do hospital? Quando percebo que é provável que fique aqui por um tempo, me afasto das barras para examinar a minúscula cela. Pelo menos, parece estar limpa. No segundo em que noto o vaso sanitário encostado na parede do fundo, sinto a necessidade urgente de usá-lo. Mas a ideia de ir a um lugar onde qualquer pessoa possa me ver é inimaginável, então estou determinada a me segurar até que tenha um pouco de privacidade.

Eu me sento com cautela na cama estreita. E se ninguém vier me resgatar? E se Northrup relatar que o carro foi roubado? E se eu não tiver escolha a não ser ligar para meus pais para pagar a fiança? Pensar neles vindo até aqui me buscar faz meu estômago embrulhar.

Não tenho ideia de quanto tempo se passa. A julgar pelo desconforto vindo da minha bexiga sobrecarregada, deve fazer mais de uma hora.

A sensação de formigamento em minha pele é a primeira indicação de que Jason Northrup se materializou do lado de fora da minha cela. Tenho minha própria cela. Impressionante.

— Que bom encontrar você aqui. — Ele mostra o sorriso sexy que fez meu coração disparar e minha calcinha ficar úmida mais cedo.

Estou na maior briga com meu coração e minha calcinha.

Me levanto em um salto, do qual me arrependo imediatamente, graças à situação da bexiga mencionada antes.

— Não roubei seu carro.

— Então como ele acabou sendo apreendido na I-95?

— Levei a Betty até o aeroporto. Você me disse para cuidar dela. Seu voo era às dez e meia. Se eu chamasse um táxi ou Uber, ela o teria perdido.

Seus olhos caem para o meu peito, e meus mamilos reagem.

Agora estou brigando com eles também.

Ele volta a olhar para meu rosto.

— O que aconteceu com a sua jaqueta?

Certo, então ele estava olhando para a mancha que a pasta deixou e não para meus seios. Tente dizer isso a eles.

— Acidente industrial.

Ele franze o cenho em uma expressão severa que é tão sexy quanto todas as outras expressões.

— E por que você está dançando como se tivesse formigas nas calças?

— *Porque...* — Não posso acreditar que vou ter que dizer essas palavras a ele, de todas as pessoas. — Tenho que fazer xixi.

Ele olha para o banheiro na cela e depois para mim.

— De jeito nenhum. Me diga que você trouxe a minha bolsa para que eu possa sair daqui.

Ele aponta para a bolsa debaixo do braço. Eu não a havia notado.

Um guarda aparece e destranca a cela.

Estou tão ansiosa para sair que sigo para a frente e me inclino de forma desajeitada sobre o sapato de salto.

Northrup estende a mão para me impedir de cair e, por um breve e assustador momento, quase perco o controle da bexiga.

— Por favor, encontre um banheiro com porta para mim.

Ele me segura pelo cotovelo e me conduz pelos corredores até um banheiro no saguão.

Estou tão apertada que não tenho tempo para contemplar a sensatez de permitir que ele me toque, mas meu corpo tem muito a dizer sobre isso. Formigamento, arrepios, intumescimentos, umedecimento. E tudo o que ele fez foi colocar a mão no meu cotovelo. Isso não é bom. E é muito, muito bizarro. Nunca reagi a ninguém da maneira que reajo a ele, e isso me deixa duplamente louca. Meu falecido e amado marido merece muito mais respeito do que o que tem recebido de mim desde que Jason Northrup apareceu.

No banheiro, vejo que a meia calça está furada antes de atender minha necessidade urgente por alívio. Depois, vou para a pia e dou uma olhada rápida no espelho, mas é o suficiente para ver cabelos escuros rebeldes e enrolados graças a um conversível e à umidade do sul da Flórida.

Apoiando as mãos na bancada, aproveito para me recompor e reunir forças para resistir à ridícula atração pelo dr. Jason Northrup, que não é o meu tipo nem é engraçado, e me preparo para enfrentar meus novos colegas de trabalho depois de um breve passagem pela prisão. Que maneira incrível de começar um emprego.

Minha reação a ele me deixou abalada. Já se passaram anos desde que experimentei algo semelhante a desejo. Quase me esqueci como é.

Tony se foi há tanto tempo que às vezes parece ter acontecido em um sonho. As lembranças dele e do tempo que passamos juntos estão desaparecendo, por mais que eu deseje que isso não aconteça. Tenho medo de esquecê-lo, e minha reação ao dr. Northrup me faz sentir desleal ao homem que me amou profundamente.

Não posso estar atraída por Jason Northrup. Não gosto disso. Ele é um colega de trabalho. Portanto, está fora dos limites.

Além disso, qualquer cara que se pareça com ele, dirija um carro como o seu e carregue o título de neurocirurgião tem que ser o equivalente romântico à hera venenosa. Seria bom que eu me lembrasse disso e mantivesse meu foco em reparar o dano que fiz à minha carreira incipiente em uma manhã desastrosa.

Faço o que posso com o cabelo, que basicamente é nada, e saio do banheiro com passos rápidos e determinados direto para o peito inflexível do dr. Jason Northrup. Droga, é claro que ele tão cheiroso quanto seu carro. Melhor, se for honesta. Soltando um suspiro entrecortado, me consolo em saber que este dia tem que terminar em algum momento.

— Está se sentindo melhor? — O sorriso provocador causa arrepios em minha coluna – e provavelmente na de todas as mulheres do universo.

Eu me afasto dele, forçando-o a soltar meus braços.

— Muito. Posso ir?

— Você tem que pagar a multa e assinar algumas coisas.

— Vou ser *multada*? — Meu histórico de direção é impecável. Ou era até agora.

— Receio que sim. Dirigir sem carteira.

— Mas eu *tenho* habilitação. Só não *estava* comigo.

— E aí está o problema. — Acenando para a janela onde um policial de rosto impassível me espera, Northrup tira minha bolsa de debaixo do braço e a entrega para mim.

— Como você, hum, chegou aqui?

— Peguei um Uber.

— E seu carro?

— Pátio de apreensões. Iremos até lá assim que sairmos daqui.

Faço algumas contas mentais rápidas e descubro que depois do recente depósito do apartamento e da onda de gastos com roupas, tenho cerca de quatrocentos dólares disponíveis no cartão de crédito. Se a multa for maior, estarei em sérios problemas.

— Quanto vai custar para retirá-lo?

— Não faço ideia. Vamos descobrir.

Engolindo em seco, vou até a janela, esperando que Northrup não esteja focando na meia furada. Quase como se eu tivesse dado a ideia, posso sentir o calor de seu olhar em mim e me pergunto se ele está tendo a mesma reação intrigante que eu. Então decido que não quero saber a resposta.

— Assine aqui — o policial diz em tom ríspido.

Minha assinatura é tão vacilante quanto o resto de mim depois do tempo que passei aqui.

— Trezentos e vinte dólares.

Eu suspiro.

— Por dirigir sem carteira?

— E sair da sua pista.

— Mas eu desviei para evitar bater em outro carro que entrou na *minha* frente!

O policial olha para mim com a boca aberta.

— Carmen?

Olho para seu crachá. PAULSON. Ah, meu Deus. Ele foi o sargento de Tony durante seu primeiro ano no cargo.

— O que é que você está fazendo aqui? Ei, pessoal, é a esposa do D'Alessandro, a Carmen.

Alguns policiais que não reconheço vêm até a janela para dizer olá, cada um me perguntando como estou e o que estou fazendo aqui.

Antes que eu possa responder à enxurrada de perguntas, Paulson rasga a papelada.

— Deveria ter dito algo. Você está livre para ir, querida.

— Ah, hum, obrigada. — O gesto e a razão para isso trazem lágrimas aos meus olhos com as quais não posso lidar agora. Eu me forço a me controlar para não deixar a tristeza me dominar. Não quando tenho muitas outras coisas com que lutar, como o médico atrás de mim que me excita apenas por respirar.

— Seu amigo, o dr. Northrup, nos garantiu que foi tudo um grande mal-entendido.

— É mesmo?

— Sim — Jason diz atrás de mim. — Ela tinha permissão para usar meu carro.

— No entanto, não posso fazer nada por você com relação ao reboque — o sargento diz. — Isso está fora da minha alçada.

— Não se preocupe — Jason fala ao gentil sargento. — Nós cuidaremos disso. Vamos, Carmen. Vamos indo.

— É muito bom te ver, Carmen. Penso em você e... bem, eu sempre penso em você. Espero que esteja bem.

— Obrigada. Estou bem, sim. Hoje é uma exceção notável.

— Fico feliz em ouvir isso. — O sargento me dá um sorriso simpático. — Não suma, ouviu?

— Bem, espero não te ver novamente nesta circunstância.

Paulson ri.

— Se você for presa novamente, diga quem é. Nós cuidamos dos nossos.

— Bom saber. — Fiquei tão assustada por ter sido presa que

nunca me ocorreu dizer quem sou. Tony e eu não ficamos casados por tempo suficiente para que eu trocasse de nome, e foi por isso que os oficiais não me reconheceram. Isso e o fato de que provavelmente estavam na academia quando Tony morreu. — Obrigada mais uma vez.

— Sem problemas. O pátio de apreensões fica a dois quarteirões nesta direção. —— Ele aponta para a esquerda.

— Nós vamos encontrar.

Mais uma vez, Jason segura meu cotovelo para me guiar para fora da delegacia.

Digo a mim mesma para me livrar dele, repreendê-lo e deixá-lo saber que sou perfeitamente capaz de andar sem sua ajuda. Mas no minuto em que saio da delegacia com ar-condicionado frio para o sol quente, começo a tremer conforme a noção do meu tempo na prisão me vem à cabeça.

— Está tudo bem.

Me seguro com seu tom calmante, apesar da minha decisão de me manter a distância da tentação que ele representa. Enquanto ele passa uma mão reconfortante nas minhas costas, digo a mim mesma que não tem importância o fato de que ele notou minha angústia e disse exatamente o que eu precisava ouvir.

— Acabou. Não foi nada demais.

— Certo. Nada demais. E quando a minha mãe me ligar hoje à noite para saber como foi meu primeiro dia, devo mencionar minha passagem pela prisão?

— Talvez você deva deixar essa parte de fora. Você poderia dizer a ela que andou de Porsche no horário comercial. Isso é emocionante.

Franzo a testa para ele e o encontro olhando para mim com uma expressão calorosa e amigável, e com o sorriso potente que me faz querer subir em cima dele. Nossos olhos se encontram e se mantêm presos um no outro à medida que um lampejo de consciência passa entre nós como uma corrente elétrica, confirmando que ele também a sente. Mais uma razão para manter distância.

Apesar das objeções extenuantes do meu corpo, eu me afasto dele.

— Posso andar sozinha.

— Como quiser.

— Obrigada, eu quero.

— Algum dia você vai rir de tudo isso.

— Duvido muito. Giordinos não são presos. Eles não são algemados, não têm suas impressões digitais coletadas nem são fotografados na prisão. Eles não são revistados e jogados em uma cela.

— Eles te *revistaram*?

Não posso suportar reviver a humilhação.

— Sim.

— Revista *íntima*?

— Quase. Eles me fizeram tirar algumas peças para garantir que eu não estava escondendo nenhuma arma. — O momento mais humilhante da minha vida.

— Huh.

— O que isso significa? *Huh*?

— Estou tendo uma visão sua de roupa íntima de algodão branco sensato, e é bastante... atraente.

Eu me viro para ele, preparada para socá-lo ou, pelo menos, tirar o sorriso presunçoso de seu rosto, mas o sorriso não é assim. De forma alguma. É bastante torturado e quando arrisco um olhar para a cintura de sua calça preta, *presunçoso* não é a palavra que vem à mente. *Impressionante* é mais próximo. Muito, *muito* impressionante e muito, *muito* excitado. Pensando em mim só de calcinha. Ah, caramba.

— Eu *não* uso calcinha de algodão branco sensata — grunho, furiosa comigo mesma por deixar meus olhos se aventurarem *lá*. Por motivos que refletirei mais tarde, quando estiver bem longe dele, é importante que saiba que minha calcinha não é branca, *nem* de algodão.

— Ainda mais interessante. — Ele passa um dedo pela minha bochecha e a carícia envia uma torrente de calor, luz e energia para cada canto do meu corpo.

Atordoada e totalmente enervada com minha reação, dou um passo para trás.

— Não sei que tipo de jogo você acha que está jogando...

Ele abaixa a mão.

— Nenhum. A última coisa de que preciso agora é qualquer tipo de envolvimento romântico.

— Ótimo. Temos isso em comum. Portanto, não me toque de novo.

— Peço desculpas.

Caminhamos os dois quarteirões em um silêncio desconfortável que ele quebra logo antes de chegarmos aos portões do estacionamento do depósito.

— O que foi aquilo lá atrás? Por que ele rasgou sua ficha?

— Eu... hum... eu conhecia alguém que foi do departamento. — A pessoa mais importante da minha vida, alguém que amei e perdi da pior maneira possível. Um arrepio de agonia me atinge, me transportando de volta aos dias mais sombrios da minha vida. O luto é engraçado. Pode chegar até você do nada, te acertando no rosto com memórias tão dolorosas que ainda podem tirar seu fôlego cinco anos depois.

— Você está bem?

Concordo, porque é tudo que posso fazer.

Lá dentro, descobrimos que a taxa é de seiscentos dólares pelo carro. Antes que eu possa processar esse valor, Jason me entrega um cartão American Express preto.

— Vou te devolver o dinheiro.

De alguma maneira.

Eu deveria ter chamado um Uber para Betty. Meu orçamento cuidadosamente calculado não tem espaço para pagamentos extras de uma dívida de seiscentos dólares. Vou ter que pegar turnos extras no restaurante para pagá-lo o mais rápido possível. E eu que achei que a minha carreira de garçonete havia acabado, agora que tenho um novo emprego.

— Não se preocupe com isso. Preciso voltar ao hospital, então podemos acelerar essa transação?

— Tudo bem — digo com os dentes cerrados enquanto ele me lembra que meu desastre está afetando seu primeiro dia de trabalho também. Dou um passo para trás para dar espaço para assinar o recibo do cartão de crédito. Olhando de forma furtiva, acho sua assinatura extremamente legível para um médico e, em seguida, me repreendo por me importar.

Depois que um dos funcionários entrega o Porsche, Jason caminha ao redor do carro, inspecionando-o e verificando cada centímetro para ver se há danos.

Torço as mãos e rezo duas ave-marias enquanto espero o veredicto.

— Está... Teve algum...

— Ela está bem.

Provavelmente meu suspiro de alívio foi ouvido no condado de Broward.

Jason abre a porta do passageiro e gesticula para que eu entre.

Solto um grito quando minha bunda encosta no assento de couro escaldante.

— Cuidado, o assento pode estar quente.

— Puxa, obrigado pelo aviso.

Precisando fazer algo com as mãos inquietas, pego o cinto de segurança e o prendo no momento em que ele se senta no banco do motorista. Aqui estou eu, sentada no carro mais sexy do mundo ao lado do que poderia muito bem ser o homem mais sexy do mundo com um ninho de rato na cabeça, a bunda queimada no assento, buracos na meia e uma mancha de vinil na frente do meu terno caro. Isso só poderia acontecer comigo.

— Eu realmente vou te pagar o mais rápido possível. — Mesmo que eu tenha que trabalhar de garçonete todas as noites durante semanas, vou pagar cada centavo que ele gastou para me tirar dessa confusão.

— Você pode me pagar com uma troca.

CARMEN

Fico olhando para ele com a boca aberta e em choque.

— Feche a boca, sua mente poluída. — Sua risada é sexy e irritante. — Por mais atraente que a ideia possa ser, não é disso que estou falando.

Sinto o rosto esquentar e não por causa do sol que brilha sobre nós.

— Você não sabe o que eu estava pensando!

— Ah, por favor. Como se cada pensamento seu não transparecesse em seu rosto.

— Não transparece, não.

— Transparece, sim.

— Nunca pensei que neurocirurgiões pudessem ser tão imaturos.

Isso arranca outra risada dele.

— Nosso brilho infantil nos torna muito charmosos e amáveis.

Reviro os olhos.

— *Ah, tá.* — Estou surpresa que ainda haja espaço para mim no carro pequeno com todo o espaço que seu ego exagerado requer. Ainda bem que o capô ainda está abaixado.

— O que eu *quis dizer* é que preciso da sua ajuda.

— *Você* precisa da *minha* ajuda? Com o que exatamente? — Mal posso esperar para ouvir isso.

— Minha reputação sofreu um golpe bastante sério e preciso recuperá-la... rapidamente.

Estou intrigada com a agonia que ouço em sua voz. Sei o que é sentir isso, e apesar da minha melhor intenção de ficar longe, me pego me mexendo no assento para poder vê-lo melhor. E, ah... ele colocou os óculos escuros Wayfarer, está com uma mão apoiada de forma casual sobre o volante do carro poderoso e a manga da camisa engomada está enrolada para revelar o pelo dourado e um relógio caro em seu pulso. Hum.

— O que você quer dizer? O que aconteceu?

— Quando voltarmos ao escritório, faça uma busca pelo meu nome. Está tudo lá para qualquer um ver, inclusive a diretoria do Miami-Dade General.

Eu suspiro.

— Você se encontrou com o conselho?

Ele solta uma risada curta.

— Se quiser chamar assim.

— Ah, Deus. — É possível ser presa *e* demitida no mesmo dia? Temo estar prestes a descobrir. Meu estômago dá uma reviravolta nauseante. Giordinos não são demitidos e com certeza não são presos. Quando penso na grande festa que minha família deu no restaurante para comemorar meu novo emprego... eu simplesmente não posso voltar e dizer a eles que tudo foi uma merda no *primeiro* dia.

— O que foi?

— O sr. Augustino solicitou que eu te mantivesse longe da reunião do conselho.

Ele aperta o volante.

— Ótimo — ele murmura. — Você deveria ter mencionado isso para mim.

— Como se você tivesse me dado a oportunidade. — Lembrar dele jogando suas chaves e sua amiga me deixou carrancuda. — Por que não me diz o que está acontecendo?

— Porque quero que você veja contra o que estou lutando antes de ouvir o meu lado.

— Estamos falando do lado pessoal ou profissional?

— Pessoal. Extremamente pessoal.

Há algo sobre a maneira com que ele diz isso... não quero estar interessada. *Não* quero saber que assunto pessoal deixou sua reputação em frangalhos. Sim, claro. Com certeza quero saber. Quero tanto que preciso resistir à vontade de pedir seu telefone emprestado para começar a procurar imediatamente.

Minha mente gira com cenários e possibilidades, nenhum deles agradável. Estou quase com medo do que posso descobrir sobre ele. Por alguma razão estranha, não quero ler nada que me force a não gostar dele. Prefiro muito mais o homem gentil e atencioso que Betty descreveu ao arrogante e idiota que eu esperava que ele fosse.

— Só se lembre — ele fala, olhando para mim — que você não pode acreditar em tudo que lê. *Sempre* há outro lado da história.

Suas palavras provocam uma vibração nervosa em meu abdômen.

Chegamos ao hospital, localizamos o estacionamento de funcionários e garantimos a ele uma autorização com bastante eficiência, considerando como foi o resto do meu dia. Quando estamos estacionados, ele me impede de sair do carro.

— Foi errado te pedir para cuidar da Betty, mas quero agradecer a sua ajuda.

— Mesmo que tenha te custado mais de seiscentos dólares e que seu carro tenha sido apreendido?

— Você vai me pagar e o carro está bem.

— Pode demorar um pouco para isso, especialmente se eu for demitida.

— Por que você seria demitida?

— *Olá?* Não fiz a *única* coisa que meu chefe me pediu e acabei na prisão no primeiro dia de trabalho. Se ele não me demitir, será um grande milagre.

— Ele não sabe sobre a prisão — Jason me garante. — A Mona me prometeu que não contaria a ninguém.

— Mona?

— A assistente que atendeu sua ligação. Quando ela me localizou e me contou o que havia acontecido, pedi sua discrição.

— E tenho certeza de que ela ficou mais que feliz em dar tudo o que você pediu. — Não posso evitar o nojo que emano em cada palavra. Caras como ele podem fazer qualquer mulher que encontrem marchar de acordo com suas ordens só de olhar para elas com charme.

— Ela me garantiu que não contaria a ninguém, o que achei que seria importante para você. — Me sinto pequena por questionar seus métodos. Como ele consegue me enfurecer e demonstrar amabilidade no mesmo segundo? — E, a propósito, gosto do seu cabelo todo enrolado assim.

Estendo a mão para suavizar a área do desastre.

— Agora você está tirando sarro de mim. — Saio do carro e bato a porta, partindo para a entrada mais próxima, ciente da brisa quente passando pelo buraco na minha meia.

Jason me alcança.

— Não estou tirando sarro de você. Gosto do seu cabelo cacheado. Por que isso é um crime?

— Porque não é *cacheado*. É *crespo*. E está horrível! Passei uma hora arrumando hoje de manhã para nada.

— Não parece crespo para mim. Parece cacheado. E sexy.

— Você deveria fazer um exame de vista antes de vasculhar o cérebro de alguém se acha que meu cabelo está bonito agora.

Ele cai na gargalhada e, claro, fica lindo rindo.

— Em primeiro lugar, não "vasculho" o cérebro das pessoas e em segundo lugar, acho que fica bem assim, melhor do que quando estava todo reto e com aquela aparência severa.

— Você precisa parar de falar.

— E você precisa aprender a receber elogios.

Se não estivéssemos prestes a entrar no hospital, eu poderia ter gritado de frustração ou agravado meus problemas atacando o novo neurocirurgião do hospital. Ele me deixa louca – em mais de uma maneira. No saguão, esperamos o elevador. Pressiono o número cinco e espero que ele escolha seu andar. Como não faz nada, olho para ele.

— Para onde você vai?

— Me encontrar com o sr. Augustino para descobrir o que o conselho decidiu fazer a meu respeito...

— Fazer a seu respeito? O que isso significa?

Ele se inclina na parte de trás do elevador em uma pose relaxada que está em nítido contraste com a tensão que faz sua mandíbula pulsar.

— Aparentemente, houve um debate considerável se eles me permitiriam trabalhar aqui.

— Você não é algum tipo de neurocirurgião pediátrico de classe mundial?

— *Supostamente.*

— Então, por que negariam isso a você?

— Faça aquela busca. Vai achar muito esclarecedora.

Na área executiva, a mulher que presumo ser Mona nos cumprimenta com um olhar simpático para mim e um sedutor para Jason.

— Sinto muito — ela sussurra. — Não contei a ninguém.

— Obrigado. — Me ocorre que tenho uma dívida de gratidão com Jason por antecipar a necessidade de manter o controle sobre o que aconteceu comigo. Sem seu raciocínio rápido, a notícia da minha passagem pela prisão estaria viajando pelos corredores e eu seria motivo de chacota no primeiro dia.

— Isso aconteceu na prisão? — Mona pergunta, apontando para a mancha no meu paletó.

Quase me esqueci dele. Engraçado como aquele desastre empalideceu em comparação com os outros que se seguiram.

— Foi um acidente industrial — Jason oferece em tom sério.

— Oh. — Mona arregala os olhos em consternação enquanto tenta descobrir que tipo de acidente industrial eu sofri. Acho que ela tem cinquenta e poucos anos e é solteira, a julgar pela falta de aliança na mão esquerda. Seu rosto é doce e redondo, e ela tem um corte de cabelo malfeito. Para Jason, ela diz: — O sr. Augustino está disponível quando você estiver pronto.

— Bem — ele responde com o sorriso encantador que faz

minhas entranhas ficarem doidas e minha calcinha úmida —, aqui vamos nós. Me deseje sorte.

— Boa sorte — Mona fala, claramente encantada.

— Sim. — Afasto a luxúria da minha garganta. — Boa sorte.

Ele nos deixa com um aceno enganosamente alegre e se dirige ao espaçoso escritório do presidente do hospital do outro lado do departamento.

— Ele é um sonho, não é? — Mona o observa até que ele esteja fora de vista.

Já que a última coisa que quero falar é sobre os devaneios de Jason Northrup, volto o foco para o trabalho.

— A Taryn está por aí? — Ela é minha chefe, a diretora de relações públicas.

— Você não soube? Ela teve o bebê antes da hora. Vai ficar fora nas próximas seis semanas. — Mona abaixa a voz. — Não acho que ela vai voltar, mas você não ouviu isso de mim.

Este dia vai de mal a pior, e eu não teria pensado que isso era possível. Sinto vontade de soltar uma gargalhada nervosa que luto para conter. Estarei rindo de forma histérica ou soluçando a qualquer segundo. A chance de trabalhar para Taryn foi uma das coisas que mais me entusiasmaram. Ela me impressionou muito com sua astúcia durante as entrevistas. Eu estava ansiosa para aprender com ela.

— Ela deixou instruções em seu escritório e um pen drive com alguns documentos que achou que você consideraria úteis. Acho que ela teve uma premonição de que ia ter o bebê mais cedo. Avise-me se eu puder ajudar em alguma coisa.

— Obrigada.

Entro em meu escritório e afundo na cadeira da escrivaninha. Estou com fome, com sede, terrivelmente suada e desgrenhada além do reparo. Mas antes de atender a qualquer uma dessas preocupações urgentes, ligo o computador e abro o navegador para digitar o nome de Jason no mecanismo de busca.

Uma rápida leitura das manchetes que aparecem na tela me choca profundamente.

— Meu Deus. Meu *Deus*.

JASON

Depois de trinta minutos cansativos com Augustino, volto ao escritório de Carmen, tentando me preparar para sua decepção e desilusão. Senti sua atração por mim, embora pudesse dizer que ela não queria se sentir assim. Curiosamente, tive a mesma reação por ela – atração instantânea no pior momento possível.

Chegar esta manhã para encontrá-la esperando por mim fora do hospital, tão afetada, bonita e arrumada, despertou algo que estava adormecido nas longas semanas desde "o desastre". O desejo de bagunçá-la, de desabotoar aquele terninho sexy e passar as mãos sobre suas curvas extravagantes que a roupa tentava – e falhava – esconder, me pegou de surpresa. Eu não estava mentindo quando disse a ela que gosto de seu cabelo cacheado e solto, como se ela tivesse acabado de sair da cama.

Pensar nela nua em uma cama chama a atenção da libido que eu temia estar perdida para sempre – até que imagens dela de calcinha de algodão branco me assaltaram mais cedo.

Forçando-me a abafar os pensamentos lascivos – por enquanto, pelo menos – paro na porta de seu escritório, com os braços apoiados no batente, observando seus olhos escuros dispararem pela tela enquanto ela lê sobre o lixo nojento que sou. O que ela não encontrará em nenhuma parte da vasta cobertura do que aconteceu em Nova York é a menção de como fui vitimado por uma mulher determinada.

Ela está tão absorta em sua leitura que não me nota até eu decidir que já deve ter visto o suficiente para entender.

— Que história e tanto, hein?

Saltando de surpresa, ela olha para mim e naquele breve instante de contato visual, vejo todas as coisas que temia, bem como uma dose saudável de repulsa que me deixa mais triste do que nunca fiquei desde que tudo isso aconteceu.

Me sento em uma cadeira, exausto depois de semanas de noites sem dormir com dor de cabeça e sério medo sobre o que vai ser da minha carreira antes promissora.

— Pena que a maior parte disso não seja verdade.

— Que parte não é verdade? O fato de que ela era casada com o presidente do conselho do hospital ou a parte em que você dormiu com ela por meses antes que ele pegasse vocês dois juntos?

Eu esperava a acusação, mas por algum motivo dói mais do que o normal vindo dela.

— A parte em que ela não me disse que era casada e me usou para se livrar de um marido do qual se cansou. — Observo o rosto expressivo de Carmen enquanto ela processa as informações, mas ao contrário de antes, quando todos os seus pensamentos e emoções estavam em plena exibição, agora ela está fechada e protegida.

— Está dizendo que ela armou para você?

Assinto.

— E eu caí. Seu marido exigiu minha demissão imediata, mas o conselho hesitou por causa de todo o dinheiro para pesquisas e bolsas vinculadas ao meu trabalho. Então, eles votaram e decidiram me mandar para cá. Acontece que a ensolarada Flórida também não tem tanta certeza de que me quer. E caso você não saiba, é muito difícil praticar neurocirurgia sem trabalhar em um hospital.

— O que o sr. Augustino disse?

— Ele aproveitou a chance de me contratar quando teve a oportunidade. Infelizmente, não foi informado sobre o escândalo, apenas que eu estava procurando uma transferência. Então seu pescoço está em risco. O conselho está insatisfeito com ele – *e comigo* – por ter sido colocado nesta posição e quer duas semanas para revisar a situação antes de decidir.

— O que você deve fazer enquanto isso?

— Relaxar, bancar o turista e recuperar minha reputação. Você sabe, coisas normais que as pessoas fazem nas férias.

— Por que você simplesmente não desiste e vai para outro lugar? Com certeza não teria problemas para encontrar uma posição. Também li seu currículo.

Ela está se referindo ao meu *curriculum vitae*, que apresenta uma lista impressionante de trabalhos e realizações cirúrgicas de ponta, por todo o bem que isso me traz agora.

— Porque tenho anos de trabalho amarrado em pesquisa e

bolsas que serão perdidas se eu sair. A única maneira de continuar meu trabalho é permanecer no sistema East Coast Health Partners. Esta foi a única vaga de neurocirurgia pediátrica disponível em um estado onde já sou licenciado. A Costa Leste exige que sejamos licenciados em vários estados para que possamos ser chamados para atender os casos em que for necessário. Na verdade, já trabalhei no Miami-Dade antes, quando fui contratado para ajudar em uma cirurgia.

Carmen mordisca o lábio.

— Por que você não revelou a armação? Poderia ter evitado muito sofrimento se tivesse contado a sua versão.

— Duas razões. Primeiro, é muito difícil refutar o fato de que o marido dela nos pegou nus juntos em sua casa nos Hamptons.

Carmen estremece com isso.

— E dois, ela tem filhos adolescentes que não merecem ser arrastados pela lama. Não é culpa deles que a mãe é uma vaca calculista que foi lançada como a vítima na imprensa que atacou ferozmente o neurocirurgião bonito e idiota. Para eles, seduzi a esposa e mãe inocente. Ela nunca *disse nada* para rebater essas afirmações. — Mesmo depois de todas essas semanas, ainda é difícil conciliar a vadia calculista com a mulher afetuosa e generosa por quem pensei estar apaixonado.

— Os filhos dela são mais importantes para você do que reparar os danos à sua reputação?

É aqui que a coisa pega.

— Meu pai tinha um histórico extracurricular bastante ambicioso. — Meu tom monótono e indiferente é o mesmo que usei sempre que este assunto surgiu nos últimos vinte anos. — Me lembro muito bem de como foi a sensação de saber que ele estava traindo minha mãe e de ter toda a cidade falando a respeito. Não posso ser responsável por fazer isso com crianças inocentes que não tem culpa da mãe ser quem é.

É admiração o que vejo vindo dela? E por que isso importa tanto para mim?

— Vai me ajudar, Carmen?

— Você precisa de uma equipe de especialistas em gestão de

crise, não de alguém recém-saída da faculdade com quase nenhuma experiência...

— Quero alguém que precise de uma grande vitória tanto quanto eu. Temos duas semanas para provar ao conselho que me deixar entrar em sua equipe não será um erro. Posso contar com você? — Não menciono que suas façanhas matinais me custaram mais de seiscentos dólares – não que eu me importe com o dinheiro – mas ela me deve um favor. — Carmen?

Ela me faz esperar muito tempo antes de responder.

— Quero a história completa antes de concordar com qualquer coisa.

— Certo. — Me viro para ir embora. — Vou te contar toda a história sórdida hoje à noite durante o jantar.

— Espere. Eu nunca disse nada sobre...

— Por favor? — Dou a ela meu melhor olhar suplicante.

Depois de uma longa pausa, ela escreve algo em um pedaço de papel e o passa para mim.

Seu endereço.

Me sinto fraco de alívio.

— Obrigado.

— De nada.

— Pego você às sete e meia?

— Tudo bem.

ÀS SETE E MEIA, ESTACIONO NA RUA EM FRENTE AO PRÉDIO EM QUE ela mora e subo dois lances de escada para o apartamento de Carmen. Me sinto culpado pela maneira como insisti para que ela me encontrasse. O fato é que não sei mais o que fazer. Preciso de alguém que conheça a região e possa me ajudar a encontrar um plano para agradar ao conselho do hospital para que eles me deem uma chance.

Se não o fizerem, minha carreira e anos de pesquisa estarão em sério risco.

Não posso deixar isso acontecer. Estou muito perto de uma

descoberta crítica que terá um grande impacto no tratamento de tumores cerebrais pediátricos. É um trabalho importante ao qual dediquei muito tempo e recursos e não posso deixar uma mulher arruinar todo esse progresso.

Quando bato na porta, me recuso a dar além do que Ginger já tirou de mim, ou seja, minha reputação, bem como minha fé na humanidade e no sexo feminino.

A porta se abre e, mais uma vez, fico sem palavras ao ver Carmen Giordino. Ela está usando um vestido preto que acentua as curvas que me fazem babar. Seu cabelo escuro está solto, e estou encantado por ela tê-lo deixado cacheado em vez de alisá-lo.

Quando digo que a última coisa de que preciso é outro envolvimento romântico com alguém associado ao meu trabalho, digo de coração, e ainda assim... estou incrivelmente atraído por essa mulher.

— Entre. Estou quase pronta. — Ela aponta para a cozinha. — Abri uma garrafa de vinho se você quiser um pouco. As taças estão na máquina de lavar louça. Só preciso de mais um minuto.

Não consigo imaginar o que ela ainda precisa fazer para melhorar a perfeição, mas sei que é melhor não perguntar. Entro na cozinha, sirvo meia taça de vinho tinto e perambulo pelo seu apartamento pequeno, mas decorado de forma elegante. Meu olhar é atraído para uma série de fotos emolduradas na parede. Uma é de Carmen com um homem bonito de cabelos escuros e uniforme de policial. Ao lado está a foto do casamento.

De repente, me lembro do que aconteceu na delegacia e de que ela não usa aliança de casamento. Percebo, com um sentimento de naufrágio, que ela deve ser viúva de um policial. Antes que eu possa começar a processar essa nova informação, ela retorna, trazendo um perfume que me faz querer ficar mais perto.

Ela percebe que estou olhando para as fotos.

Sinto que deveria dizer algo.

— Cara bonito.

— Sim, ele era.

— O que aconteceu?

— Ele foi baleado e morto quando entrou em um assalto em andamento em uma loja de conveniência. — As palavras parecem bem treinadas, como se ela as tivesse dito isso mil vezes antes.

— Sinto muito pela sua perda.

— Obrigada. — Ela toma um gole do vinho. — Estávamos juntos desde o primeiro ano do ensino médio e tínhamos nos casado há quase um ano.

Lamento por ela.

— Qual era o nome dele?

— Antonio, mas o chamávamos de Tony.

— Vocês eram um lindo casal.

Ela sorri, embora seus olhos escuros estejam tristes.

— Éramos felizes juntos.

— Há quanto tempo você o perdeu?

— Cinco anos. Ele estava no segundo ano de trabalho.

— Você devia ser muito jovem na época.

— Eu tinha vinte e quatro anos.

— Ah, droga. Eu realmente sinto muito.

— Foi há muito tempo.

Algo na maneira como ela diz essas palavras indica que embora cinco anos tenham se passado, a perda ainda é recente para ela de várias maneiras.

— Onde vamos jantar? — ela pergunta.

— Você é a especialista da região. O que me diz?

— Do que você gosta?

Você. Gosto de você. As palavras surgem em meu cérebro, uma reação involuntária a uma pergunta inofensiva e o tipo de pensamento que não quero ter em relação à minha nova colega de trabalho.

— Como qualquer coisa.

Ela pensa sobre isso por um segundo.

— Sei para onde devemos ir.

Eu a sigo para fora do apartamento, mudado pelas informações que descobri dentro de sua casa. Embora eu não possa e não vá negar que me senti instantaneamente atraído por ela, preciso respeitar o que ela passou, diminuir a atração e me concentrar em organizar minha vida.

Se eu mantiver a cabeça onde ela precisa estar – em consertar o desastre em que minha carreira promissora se tornou –, não farei nada estúpido como me apaixonar pela bela jovem que pode ter a chave para minha redenção.

4

CARMEN

Devo confessar que tive noções preconcebidas sobre o médico. Por exemplo, se ele parece um surfista sexy e também é neurocirurgião, deve ser um idiota. Em outras palavras, um homem como ele pode ter quem quiser, então espero que seja cheio de si e esteja sempre procurando por uma oferta melhor.

— Vamos para Coconut Grove. Vai demorar um pouco, mas você vai conhecer todas as partes de Miami.

— Eu não tinha ideia de que era uma cidade tão extensa.

— É enorme, especialmente quando se inclui Miami Beach. E o trânsito é sempre um pesadelo.

— Estou vendo. — Ele mal pronuncia as palavras quando um carro passa na nossa frente e atravessa três faixas para pegar uma saída. — Mas o que foi isso?

— Se acostume. As pessoas parecem ser alérgicas à seta por aqui.

— Achei que os motoristas de Nova York eram ruins.

— Eles nem se comparam aos habitantes do sul da Flórida.

Meia hora depois de chegarmos a um restaurante mexicano indicado por amigos, percebi que minhas noções preconcebidas sobre ele eram totalmente injustas. Ele não é um idiota e não olhou para ninguém além de mim e do jovem que está nos atendendo.

Isso não quer dizer que as outras mulheres do lugar não estão olhando para ele, mas Jason parece completamente alheio à atenção que recebeu enquanto seguimos o recepcionista até nossa mesa. Uma mulher que está ali perto, jantando com um homem está praticamente ofegando enquanto encara meu acompanhante.

Às vezes, as mulheres são nojentas. Quero gritar para que ela mantenha os olhos na mesa dela, especialmente porque ela tem idade suficiente para ser mãe de Jason.

E sim, ele me disse para chamá-lo de Jason e não de dr. North-rup. Isso aconteceu no caminho para o restaurante, no mesmo Porsche que me levou para a prisão hoje cedo. *Ainda não consigo acreditar que isso realmente aconteceu*, penso com uma risada nervosa.

Ele me olha por cima do cardápio.

— O que é tão engraçado?

— Estava relembrando meu tempo na prisão.

— Estou feliz por você estar rindo disso.

— A alternativa seria chorar.

— Não, não há necessidade. Você lidou com a situação como uma campeã.

— Estou feliz que você pense assim. Por dentro, eu estava tremendo. — Eu me inclino para sussurrar. — Nunca estive em uma delegacia.

Ele ri, e o som me atinge como um bálsamo calmante, me surpreendendo com a sensação familiar de conforto.

— Você é uma garota muito boa, não é?

— Sim! Sempre fui.

— Aqui vai: você não vai para o inferno porque passou uma hora na prisão.

— Como sabe disso?

— Como? O inferno está reservado para as pessoas realmente más, e você é uma pessoa boa.

— E como você sabe *disso*?

Ele mergulha uma batata frita no molho.

— Estou errado?

— Tento ser uma boa pessoa e ajudar os outros.

— Aí está. Uma hora no xilindró não vai desfazer toda essa bondade.

— Se as minhas avós descobrirem, nunca mais me deixarão em paz.

— Não há razão para contar a ninguém. Foi um mal-entendido. Só isso.

— Foi uma hora na *prisão*.

— Pense nisso como uma experiência de vida. Agora você sabe como é ser presa.

— Esse é o tipo de experiência de vida que eu poderia dispensar, então pode parar de tentar transformá-la em algo positivo.

— É uma boa história para contar aos seus filhos algum dia, sobre quando a mamãe roubou um Porsche e foi presa.

Estou no meio de um gole d'água quando ele diz isso e tusso enquanto a água sai do meu nariz e da boca.

Ele começa a rir de novo, e todas as mulheres do lugar – e alguns homens – se viram em sua direção.

— Precisa de uma RCP aí? — ele pergunta, se referindo à ressuscitação cardiopulmonar.

Nego e uso o guardanapo branco de tecido para enxugar a água do meu rosto.

— Primeiro, não roubei um Porsche. Peguei emprestado para fazer o seu trabalho sujo. E segundo, não fui realmente presa, porque não fui fichada.

Ele franze as sobrancelhas com preocupação.

— Você sabe que não houve nada de imoral no que aconteceu com a Betty, certo?

— Eu soube o que você fez por ela. Foi muito legal.

— Não foi grande coisa. Eu me senti muito mal quando nos encontramos na esteira de bagagens ontem. Ela estava chorando porque o namorado a dispensou. Sua bagagem desapareceu e eu não poderia simplesmente deixá-la sozinha em uma cidade estranha.

— A maioria das pessoas teria ido embora e deixado que ela se virasse sozinha.

— Bem, não sou como a maioria das pessoas.

— Estou começando a perceber isso.

O garçom chega com saladas para nós dois.

— Me fale sobre o que você está pensando em fazer.

— Estou procurando oportunidades de serviço comunitário, coisas que posso fazer para me manter ocupado e fazer a diferença ao mesmo tempo.

— Com publicidade ou sem?

— De preferência sem, mas preciso encontrar uma maneira do conselho descobrir que estou fazendo.

— Nós poderíamos fazer isso acontecer.

— *Nós* poderíamos, não é?

Estou nervosa com sua diversão, bem como com a maneira intrigada com que ele olha para mim. Desde que perdi Tony, tive mais primeiros encontros do que posso contar, mas em geral, evitei confrontar a realidade de que o amor da minha vida se foi e nunca mais vai voltar. Todo mundo que conheço me disse que um dia vou encontrar o amor de novo e, embora não me oponha a isso, certamente não estou procurando por ele.

O dia de hoje com Jason... foi a primeira vez que senti algo por outro homem desde que Tony morreu. Os sentimentos que ele desperta em mim são inesperados e principalmente indesejáveis. Não quero reagir a ele da maneira que faço. Quero ajudá-lo com seu problema e seguir meu caminho, pagando minha dívida.

Mas a cada minuto que passo em sua presença magnética, fica claro que nada sobre minha associação com esse homem será simples.

— Carmen? Você está bem? — Ele parece genuinamente preocupado enquanto me observa do outro lado da mesa.

— Estou e para responder à sua pergunta, tenho certeza de que podemos encontrar um jeito de garantir que as pessoas certas saibam sobre seus esforços sem tornar isso um circo para a imprensa.

— Isso é bom — ele fala, parecendo aliviado. — A última coisa que estou procurando é mais atenção da imprensa.

— Você prometeu que me contaria toda a história do que aconteceu em Nova York.

— Eu sei. — Ele abaixa o garfo, limpa a boca e dá um gole na margarita, levando um minuto inteiro para se recompor antes de falar. — Você precisa saber uma coisa antes que eu continue.

— O quê?

— Achei que a amava e presumi que ela também se sentia assim. Achei que tinha encontrado a *pessoa certa*. — Todo o seu comportamento muda. — Tenho certeza de que você acha que sabe como sou. Um cara razoavelmente bonito, médico, deve ser um mulherengo, com uma mulher diferente em sua cama todas as noites e coisas do tipo.

— Esses pensamentos nunca passaram pela minha cabeça.

Ele sorri, mas é uma versão triste.

— Claro que não. A verdade é que trabalho como um louco. Ou costumava trabalhar, quando tinha emprego, uma equipe de pesquisa e cirurgias programadas de forma consecutiva. Eu trabalhava dezesseis ou dezoito horas seguidas sem piscar. Não tinha tempo para ser um mulherengo e, além disso, não sou esse tipo de cara.

— Que tipo de cara você é?

— Sempre imaginei que quando minha pesquisa acabasse, eu encontraria alguém de quem gostasse o suficiente para ficar junto para sempre, me casaria e teria alguns filhos. Nunca tive desejo ou tempo para correr atrás de uma mulher diferente todas as noites. Isso não quer dizer que alguns dos meus amigos médicos não façam isso, porque fazem. Mas não é a minha praia.

Ele toma outro gole da bebida e apoia os cotovelos na mesa.

— Conheci a Ginger em um baile de caridade para o câncer infantil. Um médico com quem estudei na faculdade de medicina me convidou. Ele é oncologista pediátrico e foi um dos patrocinadores. Como minha pesquisa se concentra em tumores cerebrais pediátricos malignos, ele achou que eu poderia estar interessado no evento. Eu estava sozinho no bar quando ela se aproximou. Começamos a conversar. Ela era engraçada e bonita, e já fazia muito tempo que eu não tirava um tempo para mim. Quando ela me perguntou se eu queria tomar uma bebida após o evento, aceitei.

Recontar essa história parece fazê-lo sofrer e lamento por ele, mesmo que meu objetivo seja ajudá-lo sem me envolver demais. Mas esse objetivo fica mais fora de alcance a cada minuto que passo ao seu lado. Gosto dele. Não quero gostar, mas gosto.

— Fomos para o bar do hotel onde foi realizado o baile e continuamos a conversar e rir. Ficou tarde, e éramos os únicos no bar. Quando ela pegou a chave do quarto e perguntou se eu queria subir, não hesitei. Me diverti mais com ela do que com qualquer mulher em anos. Esse foi o começo.

— Quanto tempo você ficou com ela antes de descobrir a verdade?

— Três meses. E reconheço o fato de que deveria ter feito mais perguntas, mas estava ocupado pra caramba no trabalho e com ela quando não estava trabalhando. Foi o período mais divertido que tive desde antes da faculdade de medicina. Eu me apaixonei completamente por ela, ou achei que sim.

— Ela nunca mencionou o marido ou filhos naquela época?

— Nem uma vez. Em retrospecto, posso ver que ela foi intencionalmente vaga sobre sua vida. Ela me disse que fazia parte de vários conselhos, incluindo o que organizou o baile de caridade na noite em que nos conhecemos e que seu trabalho voluntário a mantinha muito ocupada. Também percebi, depois do fato, que ela agia de forma intencional para que não fossemos vistos juntos em público depois daquela primeira noite. Ela me disse que queria *hibernar* comigo, e isso estava mais do que bom para mim. Depois de passar dez ou doze horas em uma sala de cirurgia, eu ficava feliz com uma comida caseira e uma noite na cama com ela.

Ele faz uma breve pausa, e então continua.

— Quando ela me convidou para passar o fim de semana em sua casa, nos Hamptons, nunca teria me ocorrido que ela era casada ou tinha filhos.

— O que não entendo é que se ela queria sair do casamento, por que simplesmente não pediu o divórcio?

— Eu também não entendia, mas depois descobri que o objetivo dela era humilhá-lo com um homem que, em suas palavras, era tudo que o marido não era: jovem, sexy, gostoso na cama e bem-sucedido. Não tinha nada a ver comigo e tudo a ver com fazer o marido pagar pelos anos em que a ignorou, bem como proteger sua conta bancária. Ou algo assim. Acho que nunca saberei a história toda. Uma coisa que sei é que ela nunca pretendeu que isso se tornasse público. Não fazia parte de seu plano. O fato de seus filhos se magoarem é o que mais me incomoda.

— Por causa do que aconteceu em sua própria família.

— Sim. Não há nada pior do que todo mundo na escola descobrir que um de seus pais está tendo um caso. As crianças não têm capacidade de entender essa merda e não deve ser algo com que tenham que lidar.

A maneira enérgica como ele diz isso demonstra que nunca superou o que o pai mulherengo fez.

— É muito importante que você saiba, que todos saibam, que eu jamais teria me envolvido em algo assim se soubesse a verdade. E sim, nos dias de hoje, qualquer pessoa com um telefone celular tem a capacidade de descobrir tudo o que precisa saber sobre outra. Mas nunca me ocorreu que eu precisaria suspeitar dela. Achei que tinha encontrado alguém com quem poderia passar a vida. Em vez disso, me vi envolvido em um escândalo que estragou minha vida inteira e ameaçou a carreira pela qual me dediquei. Às vezes, ainda não consigo acreditar que isso aconteceu.

— Sinto muito por ela ter feito isso com você.

Ele olha para mim, com uma expressão vulnerável.

— Você acredita em mim?

— Claro que acredito.

Ele exala uma respiração profunda.

— Tenho certeza de que algumas das pessoas com quem trabalhei em Nova York não conseguiam acreditar que eu não tinha ideia de quem ela era, mas eu realmente não sabia. Não tinha relação com a diretoria do hospital. Trabalhava tanto que tudo o que podia fazer era encontrar tempo para comer e dormir algumas horas por dia. O que me importava quem era o presidente do conselho do hospital? Contanto que ele ficasse fora do meu caminho e me deixasse fazer meu trabalho, eu não tinha motivo para lidar com ele. Meu superior era o chefe da cirurgia, não o presidente do conselho.

— Nunca vou entender por que as pessoas fazem certas coisas. Depois que perdi o Tony, uma mulher que era casada com um policial de seu esquadrão começou a fazer uma campanha para me ajudar, mas ficou com o dinheiro. Nunca pedi a ela que fizesse isso, mas as pessoas foram muito legais. Queriam ajudar. Eu nem sabia que ela havia começado isso. Fui envolvida nessa confusão em um momento em que eu tinha zero defesas.

— As pessoas são péssimas.

— Às vezes, sim. Felizmente, nem sempre. Houve muito mais coisas boas do que ruins depois da morte do Tony, mas a ideia de que alguém quis tirar vantagem da morte dele era difícil de engolir.

— É nojento. Você conseguiu recuperar o dinheiro?

— Mais ou menos um ano depois, ela acabou sendo acusada de estelionato. Foi horrível ter que passar por tudo.

— Lamento que isso tenha acontecido com você. Perder o marido aos vinte e quatro anos é trauma mais do que suficiente, sem ser agravado pela ganância.

— Com certeza.

Nossos pratos principais são servidos – *enchiladas de frango* para ele e *tacos al pastor* para mim. A comida não é tão boa quanto a que estou acostumada, mas não tenho como levá-lo para o restaurante da família, mesmo que a comida seja muito melhor. Não preciso que eles transformem isso em algo que não é.

— Me conte sobre a noite em que ele te pegou com ela.

— *Argh*, preciso mesmo?

— Quero ter certeza de que conheço toda a história para que possa ajudá-lo a traçar o melhor plano.

Ele empurra o jantar para o lado, toma outro gole da bebida e fala em um tom aborrecido e monótono.

— Ela planejou tudo sobre aquela noite para garantir a carnificina máxima.

— O que você quer dizer?

— Quando ele se aproximou de nós, ela estava de joelhos fazendo sexo oral em mim.

Eu estremeço.

— Droga.

— Ouvi a porta do quarto se abrir e olhei para ela a tempo de ver o olhar calculista que ela deu, mesmo enquanto continuava a chupar meu pau com grande entusiasmo. — Ele olha para mim. — Desculpe por ser tão direto.

Assinto.

— O que aconteceu?

— A primeira coisa que fiz foi tirar meu pau de sua boca, e em seguida foquei em me defender, porque ele veio para cima de mim. Eu não tinha ideia do que estava acontecendo, mas ela tinha. Ela sabia exatamente o que estava acontecendo, porque planejou todo o show.

— Onde estavam seus filhos?

— Não sei. Só descobri que ela tinha filhos no dia seguinte, quando ouvi de meu chefe que meu trabalho no hospital estava suspenso e que eu deveria ficar afastado até que o conselho tivesse a chance de se encontrar e discutir a coisa toda. Foi ele quem me disse que todo esse tempo eu estava transando com a mãe de dois adolescentes, casada e que o marido dela era o presidente do conselho da porcaria do hospital.

— Não consigo imaginar como isso deve ter sido chocante para você.

— Levei dias para perceber que todo o nosso relacionamento foi uma armadilha. Finalmente, fiz o que deveria ter feito quando a conheci e a pesquisei na internet. Descobri que ela estava tentando sair do casamento há anos, mas ele se recusava a se divorciar, porque todo o dinheiro vinha da família dela. Se ele aceitasse, perderia tudo, porque eles tinham um acordo pré-nupcial. Ele a mantinha como refém no casamento, então ela se propôs a humi-lhá-lo da pior maneira possível.

— Isso é tão horrível.

— Realmente foi. Uma coisa é passar por um rompimento difícil quando um relacionamento morre de causas naturais, mas isso...

Isso estava em um nível totalmente diferente. E então ficou muito divertido quando a imprensa de Nova York pegou a história e espalhou por toda a cidade. As manchetes foram brutais. *Neurocirurgião seduz a esposa do presidente do conselho de hospital.* Acho que a fonte dessa história foi um dos meus colegas que estava sempre tentando provar que era melhor que eu quando todos sabiam que não era. Ele teve grande prazer com minha queda, especialmente quando fui suspenso.

— Você já considerou um processo judicial contra ela?

— Sim, e cheguei até a me encontrar com um advogado que me disse que eu teria grande chance.

— Então você deu andamento a isso?

Ele balança a cabeça.

— Por que não?

— Os filhos dela já sofreram o suficiente. Não posso arrastá-los pela lama novamente.

— Jason... ela arruinou sua vida. Não deveria escapar impune.

— Ela ainda não arruinou minha vida.

— Ela arruinou sua vida em Nova York.

— Eu só quero deixar isso para trás, e um processo manteria essa coisa viva por anos. Pedi ao advogado para avisá-la que eu estava considerando um processo, e ele me contou que ela enlouqueceu. É o suficiente que ela esteja preocupada com um processo. Meu único objetivo agora é conseguir este emprego no Miami-Dade e ter a chance de restaurar minha reputação por meio do trabalho. Isso é tudo que importa, e não posso fazer o trabalho sem suporte do hospital. Em outras especialidades, eu poderia voar sozinho, mas não em neurocirurgia.

— Tem que ser neurocirurgia?

5

CARMEN

Ele me olha como se eu fosse louca, e talvez seja.

— Levei *anos* de estudo para chegar onde eu estava antes que isso acontecesse. Sou certificado pelo conselho, que é o Santo Graal. Eu seria um tolo se me afastasse da minha especialidade, sem mencionar a pesquisa em que trabalhei durante anos.

— Não estou sugerindo que você se afaste. Só estou me perguntando se você tem opções.

— Claro que sim, mas estive nesse caminho durante a maior parte da última década. — Ele balança a cabeça enquanto sua bochecha pulsa de tensão. — Não posso deixá-la destruir minha carreira, Carmen. Não vou fazer isso.

— O seu objetivo é voltar para Nova York?

— Essa seria minha preferência, mas não acho que vá acontecer. Sou *persona non grata* por lá depois que o presidente do conselho providenciou pessoalmente que eu fosse exilado para Miami. E agora, eles estão se recusando a ficar presos a mim.

— Foi isso que disseram?

— O sr. Augustino foi bastante direto. Ele disse que o conselho não quer lidar comigo ou com meu escândalo, mas *está* interessado em minha pesquisa. Aparentemente, essa é a única razão pela qual eles estão pensando em me aceitar no Miami-Dade.

— Ele disse o que vai acontecer no final das duas semanas?

— Presumo que decidirão que a minha pesquisa não vale o peso da minha bagagem. Acho que estão me dizendo que vão considerar, mas não têm a intenção de fazer isso.

— Existe alguma chance de você considerar fazer uma entrevista com alguém aqui em Miami para esclarecer o que aconteceu em Nova York?

Ele pondera por um minuto.

— Eu faria isso em um segundo se não houvesse chance de ser divulgado em toda a impressa de Nova York. Com a internet, não vai acontecer. E para limpar meu nome, eu teria que destruir o dela.

— E você não vai fazer isso por causa dos filhos dela.

— Isso.

Eu o respeito por fazer o que pode para proteger os filhos dela de mais humilhações. Este dia foi um bom lembrete sobre o perigo de tirar conclusões precipitadas sobre as pessoas.

— Que tal pedir a ela para entrar em contato com o conselho do Miami-Dade?

Sua careta me diz o que ele acha dessa ideia.

— Isso exigiria que eu falasse com ela, e não estou disposto a fazer isso.

— Nem para salvar sua carreira?

— Eu não faria isso para salvar a minha vida.

— Você poderia enviar uma mensagem de texto ou e-mail para não ter que falar com ela?

— *Argh*, eu realmente não quero ter mais nada a ver com ela se puder evitar.

— Talvez o advogado poderia fazer isso em troca de talvez não processá-la?

— Acho que sim, desde que deixemos em aberto a opção do processo. Tenho prazer em imaginá-la suando assim. Vou falar com ele amanhã.

Enquanto pondero outras opções, o garçom retira nossos pratos e deixa o cardápio de sobremesas. Como Jason mal tocou em seu jantar, eles o embalam para viagem.

Peço sorvete frito para ganhar tempo para pensar em uma estratégia que possa funcionar para mudar a opinião do conselho sobre ele. Tenho pensado em uma ideia desde cedo.

— O que acha de fazer um trabalho *pro bono* enquanto espera para se reunir com o conselho?

— O que você tem em mente?

— Há uma clínica gratuita em Little Havana que faz um trabalho incrível na comunidade. O médico que trabalha lá sofreu um grave acidente de carro e vai ficar afastado do trabalho por um bom tempo. As enfermeiras estão fazendo o possível para acompanhar os pacientes, mas precisam de ajuda.

— Eu teria que verificar com a seguradora. Ainda sou funcionário da Costa Leste e coberto pelo seguro deles, mas também tenho minha própria apólice devido ao alto risco da minha especialidade. Tenho certeza de que posso conseguir cobertura por meio dessa para qualquer trabalho voluntário que fizer.

— Vou fazer algumas ligações e ver se podemos fazer isso acontecer. — Minha prima Maria é enfermeira na clínica, mas vou guardar isso para mim até saber se será possível. — Verifique com o seguro e me avise.

— Vou ligar pela manhã.

Empurro o sorvete frito na direção dele.

Ele usa a segunda colher que o garçom trouxe para provar.

— E os pacientes anteriores?

— O que tem eles?

— Você deve ter alguns pacientes satisfeitos que possam atestar sua habilidade e o cuidado que receberam de você.

— Muitos. — A nota de petulância me lembra do homem que conheci esta manhã. Parece que foi há muito tempo, à luz do que descobri sobre ele.

— Você pode entrar em contato e pedir que enviem depoimentos que possamos compartilhar com o conselho? Precisamos mostrar a eles o outro lado da história.

— Posso pedir a minha ex-assistente em Nova York que cuide disso. Ela tem todas as informações de contato.

— Faça isso. Mal não vai fazer. Peça que enviem seus depoimentos diretamente para mim. — Dou meu novo cartão de visita a ele, que inclui meu endereço de e-mail. — Não passe pelo Augustino.

— Você não confia nele?

— Eu mal o conheço. Não tenho ideia se é confiável, o que é mais uma razão para centralizar tudo em mim. Depois de ser levado a erro, ele pode não querer sua presença no hospital, mais até do que a diretoria.

— Verdade.

— Preciso que você saiba que estou disposta a fazer tudo o que puder para ajudá-lo, mas não quero perder meu emprego por causa disso.

— Compreendo.

O garçom traz a conta, e nós nos apressamos para pegá-la, derrubando-a da mesa, o que nos faz rir.

Está mais perto de Jason, então ele a segura.

— É por minha conta.

— Sou eu que te devo dinheiro.

— Não se preocupe com isso.

— Estou preocupada. Eu pago minhas contas.

— Você está me ajudando a encontrar uma maneira de sair dessa confusão. Esse é o pagamento de que preciso. — Ele pega o cartão American Express preto novamente. — Eu estaria enlouquecendo se não tivesse sua ajuda para descobrir como lidar com essa situação.

— Ainda digo que você deveria ter alguém muito mais qualificado do que eu te ajudando.

— Não conheço mais ninguém a quem possa pedir, e você conhece a área, então isso me dá uma tranquilidade que eu nunca poderia ter com outra pessoa. — Ele assina o recibo do cartão e se levanta, esperando que eu vá na sua frente enquanto saímos do restaurante vazio.

Olho para o telefone, chocada ao perceber que já passa das dez.

Como duas horas se passaram tão depressa? Desde que perdi Tony, o tempo é meu inimigo. Ou passa muito rápido, me fazendo pensar como é possível que a vida continue sem ele, ou se arrasta de forma interminável, me fazendo questionar como vou preencher todo o tempo que me resta em uma vida que não o inclui.

O manobrista está com o carro de Jason estacionado em frente à porta.

Ele entrega ao jovem uma nota de vinte dólares.

— Me desculpe deixá-lo esperando.

— Sem problemas. Esse carro é *lindo*. Você dirigiu de Nova York até aqui?

— Bem que eu gostaria. Eu estava com pouco tempo, então tive que despachá-lo.

O manobrista entrega um cartão de visita a Jason.

— Se você precisar de alguém para levá-lo de volta, me ligue.

— Pode deixar. Obrigado. — Jason segura a porta do passageiro e espera que eu me acomode antes de fechá-la. Ele se senta no banco do motorista e me entrega a sacola de comida para viagem.

— E as redes sociais? — pergunto quando estamos voltando para minha casa.

— O que tem?

— Já pensou em usar suas contas para mudar a narrativa?

— Que contas?

Eu olho para ele.

— Você não está nas redes sociais? Em nenhuma?

— Não. Nunca tive tempo para isso.

— Bem, essa é uma oportunidade de ouro para assumir o controle de sua própria história. Devemos criar uma conta no Instagram que mostre que você está conhecendo sua nova cidade, e se a ideia da clínica der certo, seria ainda melhor.

— Não sei como me sinto sobre ser voluntário na clínica para chamar a atenção.

— Esse é o ponto principal.

— Eu sei — ele fala, suspirando. — Odeio fazer coisas altruístas para chamar atenção. Parece decadente.

— Em circunstâncias normais, é decadente, mas estas não são

circunstâncias normais. Se quiser salvar sua carreira, terá que aguentar e atrair atenção positiva.

— Odeio isso.

Estamos a cerca de um quilômetro da minha casa quando luzes azuis piscam atrás de nós.

Depois de olhar no espelho retrovisor, Jason para o carro.

— Mas que merda é essa?

— Isso não pode acontecer duas vezes no mesmo dia.

— É a minha primeira vez. Pegue o documento do carro para mim, por favor?

Abro o porta-luvas, onde o documento estava hoje de manhã e imediatamente percebo que não está mais.

— Hum, Jason?

N os colocaram na mesma cela em que eu estive pela manhã e a porta se fecha com o mesmo barulho chocante que me estremeceu da primeira vez. O policial disse que nos parou porque o carro estava com uma lanterna apagada, mas como não pudemos mostrar o documento do carro, ele não teve escolha a não ser nos levar até que pudessem confirmar que Jason é o dono do carro.

E então, aqui estou. Na cadeia. De novo.

Para meu crédito, me segurei durante o tempo em que nos disseram para ficar com as mãos no capô e as pernas abertas. Me segurei quando nos disseram que seríamos levados até que eles pudessem determinar quem é o dono do carro. Me segurei quando nos algemaram e nos colocaram no banco de trás da viatura. Mas estar de volta à cela com o vaso sanitário aberto me leva ao limite.

Eu me desintegro em uma risada impotente.

— O que é tão engraçado? — Jason pergunta.

Não consigo respirar ou falar. Balanço a mão para abranger toda a situação.

— Isso não é engraçado. É a última coisa de que preciso agora.

Mesmo sabendo que ele está certo, não consigo parar de rir. Este dia poderia ser mais ridículo? Levo cinco minutos inteiros para recuperar o fôlego e, a essa altura, Jason está realmente chateado comigo por ter rido.

— É que tenham pegado nossos telefones, ou eu poderia ficar tentada a abrir a sua conta do Instagram e postar uma foto da prisão.

Isso arranca um sorrisinho de Jason, como se ele não pudesse evitar, mesmo que não ache graça.

— Você não pode usar suas conexões para nos libertar?

— Eu tentei. O patrulheiro disse que estava na academia quando meu marido foi morto, que não pode acreditar apenas na minha palavra e precisa confirmar as informações que contei a ele. Mas disse que sentia muito pela minha perda. Então aqui estamos nós.

— *Jesus.*

Estremeço com a maneira arrogante com que ele pronuncia o nome do Senhor.

— O que foi?

— Minhas avós cortariam sua língua por dizer o nome do Senhor em vão.

— Desculpa. *Puta merda.* Assim está melhor?

— Muito.

Ele ri e o som me atinge como um banho quente, calmante e relaxante. Gosto de fazê-lo rir, especialmente porque ele não teve muitos motivos para isso nas últimas semanas.

Um policial mais velho se aproxima da porta da cela.

— Você é a esposa de Tony D'Alessandro?

— Sim, eu era.

— Venha comigo.

— Posso levar meu amigo?

— Sim, claro.

Nós o seguimos por uma série de corredores até uma sala com uma mesa, cadeiras e nada mais.

— Pode esperar aqui.

— O carro é meu — Jason explica. — Foi apreendido hoje de manhã, após um mal-entendido e o depósito não devolveu o registro. Não percebi até que fomos parados.

— Estamos investigando isso. Assim que confirmarmos o que

você nos contou, vocês estará livre para ir. — O oficial olha para mim. — Você pode ir agora. Posso pedir a alguém que te leve para casa se não quiser esperar.

— Tudo bem. Vou esperar meu amigo.

— Quer um pouco de café?

— Não, obrigada. Está tudo bem.

— Vou fazer o que puder para resolver isso logo.

— Obrigada.

Ele sai da sala, fechando a porta atrás de si. Não acho que esteja trancada, mas prefiro não conferir.

Jason se senta.

— Você deveria ir.

— Está tudo bem. Vou ficar.

— Você tem que trabalhar pela manhã.

— Eu sei.

— Está ficando tarde.

— Eu disse que ficaria e vou ficar.

— Você tem medo de me deixar sozinho?

— Tenho pavor. Já tenho confusão o suficiente para resolver sem que você a piore.

Ele fica surpreso até descobrir que estou brincando e então começa a rir. Ele ri tanto quanto eu. Como a minha risada, a dele tem um toque de histeria que certamente posso entender. Os perfeccionistas que seguem regras como nós não acabam na prisão, muito menos duas vezes em um dia, no meu caso.

— Você se tornou uma prisioneira habitual hoje — ele fala quando finalmente para de rir.

— Só por sua causa! Eu estava cuidando da minha vida quando você e seu Porsche apareceram para me causar problemas.

— Admita. Esta é a maior diversão que você já teve em muito tempo.

Cruzo os braços em desafio.

— Não vou admitir isso.

O sorriso que ele me dá desencadeia aquela onda de reação dentro de mim que aconteceu o dia todo. Nunca tive uma opinião sobre atração instantânea, porque isso nunca me ocorreu. Tony e eu fomos amigos por dois anos antes de começarmos a namorar no primeiro ano do ensino médio. Já vi amigas e primas voltarem para casa deslumbrados com um homem que acabaram de conhecer, mas na maioria das vezes, o deslumbramento não dura.

— O que você está pensando?

Sua pergunta me assusta.

— Hã?

— Você acabou de ficar séria e suas sobrancelhas estavam franzidas. — Ele imitia a cara que eu estava fazendo.

— Ah, hum, eu não estava pensando em nada em particular. — Não posso admitir para ele que estava pensando no fenômeno da atração instantânea.

— Mentirosa. — Ele inclina a cadeira para trás, se equilibrando precariamente. —Me diga o que te fez franzir o cenho.

Está calor aqui ou sou eu?

— Eu só estava me perguntando por que estão demorando tanto para confirmar que o carro é seu.

— Provavelmente têm que localizar o cara do depósito.

— Vai ter que pagar *de novo* para tirá-lo de lá?

— Provavelmente.

E minha dívida com ele dobra, já que fui eu quem fez com que seu carro fosse apreendido em primeiro lugar.

Eu me jogo em uma cadeira do outro lado da mesa.

— Sinto muito por tudo isso. Quando o sr. Augustino me disse para ser sua babá, não acho que ele queria que eu fizesse isso na prisão.

— Ele usou a palavra *babá*?

Eu me contorço sob o calor de seu olhar.

— Talvez?

— Isso é ótimo. Fico feliz por ter passado toda a minha vida estudando para poder ter uma babá no meu novo emprego.

— Não atire no mensageiro.

— Não é sua culpa. É minha. Uma mulher me fodeu – literalmente – pela primeira vez na vida e vou pagar por esse erro para sempre.

— Não necessariamente. — Pensar nele sendo literalmente

"fodido" por uma mulher me faz suar. Me sinto traída por mim mesma. Por que estou atraída por ele, o assunto da minha primeira designação no trabalho que levei anos para conseguir?

A ironia não passou despercebida. Tenho me movido pela vida em uma névoa alimentada pela tristeza por cinco anos, e a primeira vez que *sinto* algo por outro homem, tem que ser este. Meus amigos e família estão tentando há algum tempo encontrar alguém novo para mim. Apenas alguns dos primeiros encontros que eles me arranjaram levaram a um segundo, o que frustrou os casamenteiros determinados a me ver feliz novamente.

Eles ficariam animados em saber que o dr. Jason Northrup faz meu couro cabeludo e outras partes mais importantes, formigarem. Mas com meu novo chefe determinado a manter Jason e seu escândalo longe do hospital onde trabalho, ele é o último homem no mundo por quem meus mamilos deveriam estar interessados.

Tente dizer isso a eles.

Cruzo os braços, esperando que ele não veja o que está acontecendo debaixo das minhas roupas. Isso não é algo que ele precise saber. Além disso, tenho certeza de que é apenas um acaso. Ele é um neurocirurgião bonito e carismático, pelo amor de Deus. Qualquer mulher heterossexual reagiria a ele.

Gostaria de pensar que não sou "típica", no sentido de que não surto com coisas que deixam minhas amigas e primas nervosas. Por exemplo, Justin Bieber uma vez entrou no restaurante com uma comitiva e todo mundo ficou mudo enquanto eu esperava por elas.

Bieber é uma pessoa, assim como todo mundo. Não tive nenhuma reação a um homem por quem outras mulheres jogam calcinhas quando está no palco. Foi divertido conhecê-lo? Sim. Sem mencionar que ele deixou uma gorjeta enorme, que foi útil quando tive que fazer depósito calção para meu apartamento.

— No que você está pensando agora?

— Estou franzindo a testa de novo?

— Tipo isso.

— Estou pensando na época em que conheci o Justin Bieber, na verdade. — Ele também não precisa saber que estou pensando no

contexto de não ter tido nenhuma reação a ele enquanto Jason
endurece meus mamilos. Por que exatamente?

— Como foi isso?

Dou de ombros.

— Nada especial. Ele entrou no restaurante da minha família
com um grupo de pessoas. Eu os atendi enquanto todo mundo
tinha um colapso.

— Posso te imaginar calma, fria e controlada enquanto todos os
outros surtavam.

— Não fico louca com gente famosa. Eu sempre os encontrei.

— Sério?

Assentindo, me levanto para me esticar e me sento na mesa ao
lado dele.

— O Giordino's é muito conhecido por aqui. As pessoas vêm de
todos os lugares para comer lá. Gloria Estefan e o marido come-
moram o aniversário de casamento lá todos os anos. JLo vem
sempre que está na cidade. George Clooney e os pais estiveram lá
no ano passado.

— Uau, isso é incrível. Sempre foi da sua família?

— Meus avós italianos abriram o restaurante quando se
mudaram do Bronx para o sul da Flórida nos anos de 1950. Os
cubanos se mudaram para o bairro que ficou conhecido como
Little Havana nos anos de 1960. Foi quando meus pais se conheceram e se apaixonaram. Quando fugiram para se casar, meu pai
trouxe minha mãe para o negócio e insistiu em torná-la parte dele.
A partir daí, evoluiu para metade cubano e metade italiano, com
minhas avós atendendo cada uma do seu lado da casa. Elas brigam
como loucas, e as pessoas vêm de todos os lugares para ver o show.

— Então elas não se dão bem?

— Na verdade, são melhores amigas, mas ninguém imaginaria
isso. Os personagens são cômicos. Dizem que é bom para os negócios e têm razão.

— Isso é incrível. Adorei. Mal posso esperar para vê-las em
ação.

Tento imaginá-lo em meio ao caos no Giordino's.

— A única maneira de você ir lá acompanhado por mim é se estiver planejando se casar comigo.

6

JASON

Fico olhando para ela, chocado e irracionalmente excitado com tudo o que ela diz e faz.

— Me *casar* com você?

Ela ri da minha reação.

— Você tem que conhecer minhas avós. Elas estão tentando encontrar alguém para mim desde o aniversário de dois anos da morte do Tony. Se eu te levar lá, elas vão te atacar e chamar o padre antes que o prato principal seja servido.

— *Uau.*

— Eu sei, é por isso que não posso levá-lo a qualquer lugar perto delas, a menos que você esteja preparado para dizer *sim.*

Sei que ela está exagerando, o que provavelmente é o que me leva a jogar lenha no fogo que esteve fervendo entre nós o dia todo.

— E se eu não tiver medo delas?

Ela bufa.

— Você fala como alguém que não as conhece ou viu do que são capazes.

— Ah! — digo, acenando com a mão. — Depois de tudo o que passei, o que duas avós podem fazer comigo?

Carmen me encara com olhos castanhos escuros e cílios extravagantes pelos quais outras mulheres matariam. Sua pele impecável é de um adorável marrom dourado e seus lábios são o que transformam seu rosto em deslumbrante. Nunca vi uma boca que desperta um desejo tão grande de beijar em toda a minha vida, sem mencionar que ela é curvilínea, exuberante e tão cheirosa que preciso me controlar para não enterrar o rosto em seu cabelo e inspirar.

— Você não faz ideia do que está falando.

Estou bem ciente de que não tenho nada que categorizar os atributos atraentes de Carmen Giordino. Já estou com muitos problemas, sem ter pensamentos indecentes sobre a jovem que está tentando me ajudar a me tirar do inferno em que caí desde que descobri o que Ginger realmente queria comigo.

— Você me protegeria, não é?

Antes que ela possa responder, o oficial que nos trouxe a esta sala retorna.

— Vocês dois estão livres. O depósito encontrou o registro do Porsche. Seria uma boa ideia mantê-lo à mão no futuro. Tivemos que acordar o cara que coordena o lugar, por isso demorou tanto. — Para Carmen, ele acrescenta: — Sinto muito deixá-la esperando. Pedimos a ele para aguardá-los para pegarem o carro hoje à noite. Ele, hum, só não vai abrir mão da taxa. Nós tentamos.

— Obrigada por tentar — Carmen respondeu.

Ótimo. Outros seiscentos dólares jogados fora. Ainda bem que trabalho tanto que quase nunca gasto dinheiro. O Porsche é minha maior indulgência. Meu apartamento em Nova York é um estúdio, porque quase nunca fico lá. Faço um gesto para Carmen liderar o caminho para fora da sala de interrogatório.

O oficial nos acompanha até a saída.

Seguimos na direção do depósito.

— Estou tendo um *déjà vu*.

Carmen ri.

— Eu sei. Eu também. Sinto muito por tudo isso. Eu deveria ter chamado um Uber para a Betty.

— Que diversão teria nisso?

— Ah, bem, eu não teria feito duas passagens pela prisão hoje.

— Você vai contar essa história para todo mundo pelo resto da sua vida.

— Não vou! Não quero que ninguém saiba que fui presa. Meu Deus, meus pais e avós *morreriam* se soubessem.

— Foi tudo um mal-entendido – nas duas vezes. Se você contar a eles...

— É uma *prisão*, Jason. Não posso dizer a eles.

Algo em seu tom afetado e correto me excita demais, mesmo quando digo a mim mesmo para parar com isso. Adoro que ela seja uma garota tão boa que nunca teve nenhum tipo de problema antes.

Chegamos ao depósito, onde o dono mal-humorado está esperando por nós.

— Acho que você deveria dispensar a taxa, já que se esqueceu de me devolver o registro da primeira vez.

— É isso que você acha, garoto bonito? — Ele é assustador, com músculos enormes e tatuagem no rosto.

Encontro seu olhar e me recuso a piscar.

— É, sim.

— Você deveria ter pedido o registro antes de retirá-lo.

— Por que eu deveria saber que você o tiraria do carro quando o apreendeu?

— Olha, é uma hora da manhã. Quero ir para casa. Posso te dar seu carro ou ficar com ele. Você decide.

Não posso correr o risco de que isso se torne uma confusão. Eu nunca arriscaria machucar minhas mãos por seiscentos dólares e também não colocarei Carmen no meio de algo assim. Entrego a ele o cartão American Express. De novo.

Ele pega, passa na máquina e me entrega o recibo para assinar.

— Volto logo.

— É um absurdo — Carmen fala quando estamos sozinhos.

— Não vale a pena brigar. Isso é certo.

— Agora eu te devo mil e duzentos dólares.

— Não, você não deve.

— Devo, sim.

Continuamos discutindo sobre o dinheiro até que o Porsche aparece.

O cara mala está sorrindo de orelha a orelha.

— Essa coisa é linda.

Eu o ignoro e entro no lado do motorista enquanto Carmen se acomoda no banco do passageiro. Acelero e levanto cascalho quando saímos do depósito. Espero que o acerte.

— Sério, vou te devolver.

— Você está ajudando a consertar minha imagem. Isso é reembolso mais que suficiente.

Chego ao prédio dela logo depois de uma e meia.

— Vou estar um caco amanhã — Carmen comenta, bocejando.

— Vou te acompanhar.

— Não precisa. Está tarde. Vá dormir um pouco.

Ela se atrapalha com a maçaneta, então eu a alcanço para ajudar. A pressão do meu braço contra seu abdômen desencadeia outro daqueles shows de fogos de artifício que têm acontecido dentro de mim desde a primeira vez que a vi. Só faz cerca de vinte horas mesmo?

— Consegui.

Eu me afasto dela, mas gostaria de não precisar. Esse não é um pensamento que alguém na minha posição deva ter sobre qualquer mulher.

— Nos falamos amanhã? — Parte de mim tem medo de nunca mais ouvir falar dela depois deste dia desastroso. Quando penso que as coisas não podem piorar, faço com que uma jovem inocente acabe na prisão *duas vezes* no mesmo dia.

— Claro. Tenho algumas ideias que podemos colocar em prática.

— Estou pronto quando você estiver. Tenho uma reunião com uma corretora de imóveis para visitar apartamentos. Acho que devo dar uma olhada nos imóveis, caso eu consiga ficar.

— Posso ajudar com isso também.

— Perfeito.

— É o mínimo depois de te fazer gastar mais de mil dólares em um dia.

— Não é culpa sua. Vá para a cama, Carmen. Tenha bons sonhos.

— Com certeza, Jason. Com certeza.

Ela me deixa rindo enquanto sai do carro e entra. Espero para ter certeza de que ela está segura antes de sair, indo para o hotel onde o hospital me hospedou.

Antes de dormir, cometo o erro de verificar o e-mail e encontro uma mensagem do sr. Augustino pedindo que eu evite ir ao hospital até que o conselho tenha tempo de revisar minha situação.

Impressionante.

Quero jogar o telefone do outro lado do quarto. Eu faria isso, mas teria que trocá-lo depois. Tenho aborrecimentos suficientes na minha vida agora.

Eu realmente espero que Carmen possa me ajudar, porque do jeito que as coisas vão, estou muito ferrado.

CARMEN

Sonho com a prisão. Culpo Jason por colocar essa ideia na minha cabeça. Apesar da noite difícil, estou determinada a tornar meu segundo dia de trabalho menos agitado que o primeiro. Com isso em mente, estou em minha mesa às oito e meia com um *cortadito*, também conhecido como café cubano, da *ventanita* de minha amiga Juanita. Estou contando com isso para tirar as teias de aranha do meu cérebro privado de sono.

Não sou uma pessoa matinal, mesmo quando tenho uma noite inteira de sono.

Jason me mandou mensagem para me contar o que o sr. Augustino disse para que ele fique longe do hospital até que o conselho tome uma decisão. Posso dizer que ele está mais abatido do que na noite passada. Isso aumenta minha determinação de ajudá-lo, embora ainda ache que ele deveria contratar especialistas em gestão de crise.

Mona chega logo depois de mim e bate à minha porta.

— Você saiu com o dr. Northrup ontem à noite? — A pergunta é feita com uma risadinha que me lembra as unhas de um quadro-negro.

— Tivemos um jantar de negócios.

— É mesmo?

— Não faço fofoca, Mona, e também não gosto quando os outros o fazem, especialmente no trabalho.

Como se eu não tivesse dito nada, ela entra em meu escritório e se senta.

— Você já soube sobre ele? Sobre o que aconteceu em Nova York?

— Sim, ele me contou que foi armação de uma mulher que queria sair de um casamento ruim e como a carreira pela qual ele trabalhou por mais de uma década está em perigo por causa do que ela fez.

Isso parece fazer com que ela perca um pouco da energia.

— Ela armou para ele?

Não tenho certeza se Jason gostaria que eu compartilhasse isso com ela, mas teremos que contar o lado dele da história se quisermos colocar sua carreira de volta nos trilhos.

— Ela o usou descaradamente para se beneficiar e partiu o coração dele no processo.

— Por que ele não falou isso?

— Porque ela tem filhos, e ele não quer arrastá-los para a confusão da mãe.

— Ah.

— Você não pode acreditar em tudo que vê e ouve, Mona. Sempre há dois lados em uma história. — Por que me sinto como se fosse a mais velha de nós duas quando ela tem décadas a mais que eu?

— O que ele vai fazer?

— Ele está tentando recuperar sua reputação para que possa trabalhar aqui.

— Como ele planeja fazer isso? — O sr. Augustino pergunta da porta, assustando a nós duas.

Porcaria.

Mona, aquela ratazana, se levanta e sai correndo dali.

O sr. Augustino entra, fecha a porta e se senta na cadeira em frente a mesa. Acho que ele tem cinquenta e tantos anos, com cabelo grisalho e cavanhaque combinando. Ele está usando um terno risca-de-giz azul-marinho imaculado, com um lenço azul claro no bolso que combina com sua gravata.

Estou à beira de um ataque de nervos. O presidente do hospital está em meu escritório. Não tenho ideia de como lidar com isso. Ele quer que Jason, ou melhor, dr. Northrup, se redima ou ele se opõe à ideia?

Decido ir com a verdade.

— Você deve saber que há outro lado da história do que aconteceu em Nova York.

— O dr. Northrup me disse isso e indicou que não está disposto a levar seu lado a público, porque a mulher em questão tem filhos.

— Isso mesmo.

— Passei as informações para o conselho.

— Ah. É mesmo?

O sr. Augustino assente.

— Não quero prejudicar ainda mais a carreira do homem, srta. Giordino. Ele é um médico de classe mundial. Sempre senti que teríamos sorte de tê-lo – e sua pesquisa muito promissora – em nossa equipe médica. Dito isso, entendo a hesitação do conselho à luz do escândalo em Nova York e à falta de franqueza sobre isso no início.

— Tenho algumas ideias de coisas que podemos fazer para ajudá-lo a recuperar sua reputação.

— Que tipo de ideia?

— Minha prima trabalha como enfermeira na clínica popular Our Lady of Charity, em Little Havana. O médico se feriu em um acidente, o que os deixou sem mão de obra. O dr. Northrup pode substituí-lo enquanto o médico está de licença médica. *Pro bono*, é claro.

— E ele está disposto a fazer isso?

— Desde que esteja assegurado. Ele vai verificar isso hoje.

O sr. Augustino inclina a cabeça e me lança um olhar estranho.

— Então você já discutiu essa possibilidade com o dr. Northrup?

Droga. Eu me coloquei em uma posição desconfortável.

— Sim, senhor. Eu me ofereci para ajudá-lo com a situação. No meu tempo livre, é claro.

— Por que você faria isso?

— Eu... ele me ajudou com algo ontem, e devo um favor a ele. — *Por favor, não pergunte o que é, por favor, não pergunte o que é....*

— Em que ele te ajudou?

Penso rápido.

— Ele me pediu para providenciar uma vaga para ele no estacionamento, o que acabou sendo mais complicado do que eu esperava. Quando veio me ajudar, conversamos sobre o que o trouxe a Miami. Uma coisa levou à outra, e me ofereci para ajudá-lo como forma de agradecimento por *me* ajudar. — Deus, espero que ele acredite em mim.

Ele reflete sobre isso pelo que parecem cinco minutos inteiros, embora provavelmente sejam apenas uns trinta segundos. É tempo suficiente para me deixar em pânico.

— Gosto da ideia de uma campanha de relações públicas para resgatar a imagem dele. Isso poderia ser muito eficaz para convencer o conselho a dar uma chance a ele, que é meu objetivo final. Se sua pesquisa valer a pena como pensamos, isso pode ser muito bom para nós.

Ele me olha nos olhos.

— Quero você neste projeto em tempo integral pelas próximas duas semanas, com um relatório para mim no final de cada dia sobre o que está sendo feito. Quanto mais você documentar por meio de fotos e vídeos, melhor. Podemos montar uma apresentação para a diretoria que o mostre abraçando sua nova comunidade. Eu realmente gosto dessa ideia. Bom trabalho, srta. Giordino.

— Ah... obrigada. — É tudo que posso fazer para evitar rir como lunática. Se ele soubesse a história completa... mas obrigado, Jesus, por ele não ter perguntado e espero que nunca pergunte. — E quem irá cobrir o departamento enquanto eu estiver fora?

— Não se preocupe com isso por enquanto. Essa é a prioridade.

Quero esse cara – e sua pesquisa – em nossa equipe. Quero ver nosso hospital receber o crédito quando seu trabalho fôr reconhecido. Se você puder ajudar a fazer isso acontecer, vou considerá-la para o cargo de diretora que foi disponibilizado recentemente. A Taryn decidiu ficar em casa com seu bebê.

Abro a boca, em choque. No segundo dia, estou sendo considerado para uma promoção? O segundo dia está se transformando em uma grande melhoria em relação ao primeiro.

— Isso seria incrível. Farei o meu melhor por você e pelo dr. Northrup.

— Não tenho dúvidas. Você parece uma jovem muito responsável, e temos sorte de tê-la em nossa equipe.

Se você soubesse onde eu estava por volta dessa hora ontem...

— Obrigada. Não vou decepcioná-lo, senhor.

— Excelente. Sinta-se à vontade para entrar e sair do escritório conforme necessário para cumprir a tarefa. Vou avisar a Mona que você está trabalhando fora do campus para que ela fique ciente. Apenas se certifique de que ela tenha o número do seu celular para que possa entrar em contato com você se necessário.

— Pode deixar.

Ele se levanta e chega à porta antes de se virar, parecendo um pouco constrangido.

— Quando eu disse à sra. Augustino que você se juntou à nossa equipe, ela mencionou como é difícil conseguir uma reserva no Giordino's. Nosso aniversário está chegando. Achei que seria bom surpreendê-la.

— Vou cuidar disso para você. É só me dizer quando gostaria de ir.

— Muito obrigado. É bom conhecer pessoas influentes. Eu te aviso.

— Combinado.

Ele sai do meu escritório, me deixando momentaneamente atordoada com a nossa conversa. Ele não apenas me encorajou a ajudar Jason, mas fez disso minha única missão nas próximas duas semanas e balançou a promoção dos sonhos caso eu tenha sucesso em recuperar a reputação do bom médico.

— Caramba — sussurro antes de pegar o celular para mandar uma mensagem de texto para Jason.

Boas notícias. O sr. Augustino fez de você minha única tarefa nas próximas duas semanas. Ele quer que eu te ajude a apresentar o caso ao conselho na próxima reunião.

Ele responde imediatamente.

Uau. Essa é uma ótima notícia. Eu meio que tive a sensação de que ele não me queria por perto mais do que o conselho.

Não é o caso. Depois de ouvir seu lado da história, ele parece ter mudado de opinião. Está muito interessado em você, em sua pesquisa de ponta e em ter um neurocirurgião pediátrico de classe mundial em sua equipe.

Certo, talvez eu o esteja fortalecendo um pouco, mas depois da recepção que ele teve ontem, deve estar se sentindo muito deprimido. Não menciono a possível promoção que está em jogo para mim, porque isso não é algo que ele precise saber. Eu estava preparada para ajudá-lo antes que houvesse uma promoção na mesa, então isso não mudou nada.

Qual é a nossa prioridade, chefe?

Quero falar com a clínica popular. Você pode verificar seu seguro?

Vou fazer isso agora.

Entro em contato com você em breve.

Combinado.

Pego a bolsa, chaves, telefone e café e saio do meu escritório.

— Estarei fora pelo resto do dia.

— O sr. Augustino disse que você está trabalhando em um projeto especial.

— Isso mesmo.

— Ele é alto, loiro e bonito?

— Tchau, Mona.

— Não vou contar a ninguém. Não se preocupe.

Reviro os olhos e saio para o corredor que leva ao elevador. Enquanto caminho para o carro, ligo para minha prima, Maria.

— Ei, prima. Como está o novo emprego?

— Tem sido bastante interessante até agora.

— No bom sentido, espero.

— O júri ainda está decidindo. Tenho uma pergunta para te fazer. Vocês ainda estão procurando um médico para a clínica?

— Deus, sim. Estamos lotados e com apenas uma enfermeira em meio período que pode fazer prescrição. Estamos morrendo aqui.

— Talvez eu tenha uma indicação.

— Fantástico.

Conto a ela sobre Jason.

— O que é que um neurocirurgião pediátrico quer com uma clínica popular em Little Havana? Ele sabe que não podemos pagar muito, certo?

— Aqui está a questão. Ele está disposto a ser voluntário.

— Qual é a pegadinha?

— Ele teve alguns problemas em sua vida pessoal que fizeram com que o conselho do Miami-Dade se questionasse se o queriam em sua equipe.

— Que tipo de problemas?

Eu me inclino no carro, fecho os olhos e faço uma oração silenciosa para meu falecido avô, esperando que eles possam me ajudar aqui. Se a clínica não der certo por qualquer motivo, não tenho um plano B.

— Ele teve um caso com a esposa do presidente do conselho em Nova York.

— *Argh*, Carmen...

— Espere, tem mais. — Conto a ela o resto sobre como a mulher o usou e que Jason não sabia que ela era casada, muito menos com o presidente do conselho de seu hospital. — Ele tinha sentimentos verdadeiros por ela e ficou arrasado com a coisa toda.

— Por que ele simplesmente não diz isso?

— Porque ela tem filhos, e ele está sendo sensível ao que aconteceria com as crianças se aparecesse e dissesse que a mãe o usou para sexo e para que pudesse se livrar de seu pai.

— Acho que é verdade o que dizem — ela fala com um suspiro. Não entendo.

— O quê?

— Não existe neurocirurgião grátis.

— Ele não faria isso por dinheiro, Mari. Está determinado a

construir uma nova vida aqui. Ele quer conhecer a comunidade e causar impacto.

— E se o resultado final for a contratação pelo Miami-Dade, tanto melhor, certo?

— Você pode encontrá-lo e lhe dar uma chance?

— Me deixe falar com a minha chefe e ver o que ela acha. A decisão é dela. A boa notícia é que acho que eles estão desesperados o suficiente para ignorar o escândalo.

— Me liga quando souber?

— Pode deixar.

— Obrigada por isso. Eu agradeço.

— Como você se envolveu nessa história?

— Outro dia, quando estivermos acompanhadas de vodca, te conto.

— Mal posso esperar para ouvir. Nos falamos em breve.

— Obrigada novamente.

— Sim, sim. Você me deve muito por isso.

— O que você quiser.

Maria está rindo quando desligo. Deus, espero que ela consiga fazer isso dar certo. Se não, tenho que pensar em outra coisa que ele possa fazer na comunidade e que tenha o mesmo impacto.

7

CARMEN

Coloco a chave na ignição do carro, um Honda antigo que Tony e eu compramos quando nos casamos. De repente, sou dominada por uma onda inesperada de emoções. Por que estou tão envolvida com o dr. Jason Northrup e sua carreira? Por que a causa dele se tornou minha? Não é apenas pelo dinheiro que devo a ele. Gostaria que fosse assim tão simples.

É também por causa da integridade que ele está demonstrando em não querer prejudicar os filhos de sua ex-amante. Isso realmente me afeta, especialmente depois que ele compartilhou o que suportou ao ser criado por um pai traidor.

O sol escaldante do sul da Flórida rapidamente exige que eu ligue o carro e o ar-condicionado, mas fico sentada ali por um tempo, olhando pela janela e tentando entender tudo o que aconteceu nas últimas vinte e quatro horas.

Quando cheguei para o primeiro dia de meu novo trabalho ontem, eu ainda não sabia que o dr. Jason Northrup estava prestes a perturbar minha existência bem ordenada de todas as maneiras possíveis. Embora dirigir um Porsche e as duas idas para a prisão fossem manchetes em qualquer outra época da minha vida, o fato de sentir uma conexão genuína com um homem pela primeira vez em cinco longos anos é um desenvolvimento verdadeiramente notável.

Muitas vezes, me perguntei se isso aconteceria novamente, se eu encontraria alguém que me fizesse sentir *algo*. Mas até ontem de manhã, isso não tinha acontecido, apesar dos esforços entusiasmados de todos que me amam. Enquanto eu relutava em ter mais encontros às cegas do que qualquer garota deveria ser forçada a suportar na vida, fiz um esforço genuíno para me conectar com cada um deles, só para ficar desapontada repetidas vezes.

Depois de vivido uma experiência real, sei a diferença entre *algo* e nada. Quantas vezes eu disse exatamente isso para minhas avós, pais, primas, amigas e até mesmo clientes do restaurante que queriam encontrar *um homem para Carmen*?

Abuela me disse há um ano mais ou mais que todos aqueles encontros ruins e situações difíceis eram para que eu me certificasse de estar pronta quando o cara certo aparecesse. Eu não tinha pensado nisso antes, e essas palavras voltam para mim agora, provando mais uma vez o quando ela realmente é sábia.

Ela também ficou viúva jovem, embora fosse quase vinte anos mais velha que eu quando isso aconteceu. Meu avô morreu de um ataque cardíaco fulminante aos quarenta e dois anos. Abuela estava com quarenta, tinha três filhos ainda pequenos em casa e um coração partido que nunca se recuperou.

— Não quero que você acabe como eu, *mi amor* — disse quando reclamei que estava ficando cansada de todos os primeiros encontros que tive. — Me recusei a considerar outro homem depois da morte do meu doce Jorge. Agora, estou envelhecendo sozinha e gostaria de ter tido outra chance no amor.

— Você nunca está sozinha, Abuela.

— Sou grata por você e nossa família o tempo todo. Mas não preciso dizer que o amor de uma linda família e amigos não é o mesmo que você sentia por Tony ou que eu sentia por Jorge. Simplesmente não é a mesma coisa.

Não, não é. Nada é igual depois que você perde a pessoa que mais ama. Por muito tempo depois da morte de Tony, me perguntei se sobreviveria à perda. O primeiro ano foi uma névoa de dor, entorpecimento e eventos ininterruptos de homenagens.

Por tudo isso, meu objetivo era continuar respirando, colocar um pé na frente do outro e lidar com a dor, tão profunda e generalizada que eu temia que pudesse me sufocar. Mas isso não aconteceu. Para minha surpresa, sobrevivi e fui forçada a descobrir o que faria com o resto da minha vida. Foi quando decidi ir para a faculdade, que mais tarde me levou a uma especialização em comunicação.

Pensar naquela época ainda pode trazer lágrimas aos meus olhos. Aprendi que ninguém se *acostuma* de fato a ficar sem aquele que você ama. Mas você aprende a viver sem a pessoa, por mais absurdo que pareça no início. Meu amor por Tony está tão presente hoje quanto no dia em que ele morreu. É uma parte de mim tanto quanto o coração que bate apenas por ele desde que eu tinha quatorze anos.

Seguro o volante, presa na teia da dor mais uma vez quando reconheço que ontem, pela primeira vez, senti algo por um homem diferente. As emoções são complexas: confusão, alívio, desespero e tristeza.

Parte de mim nunca quis seguir em frente, mesmo que eu sempre soubesse que isso iria acontecer em algum momento. Claro, provavelmente não era para ser com um colega de trabalho, mas é reconfortante saber que ainda tenho a capacidade de sentir atração.

Nos grupos de apoio a viúvas, elas falam sobre o "capítulo dois", que é quando encontramos um novo amor. Li muitas histórias de como as pessoas passam por isso enquanto honram aquele que perderam e admiram a coragem necessária para arriscar tudo mais uma vez. Especialmente sabendo o que pode acontecer. Não considerei muito se algum dia teria um *capítulo dois*, ou se mesmo quero ter.

Me afasto de meus pensamentos algum tempo depois e percebo que ainda estou segurando o volante enquanto processo uma nova onda de dor e confusão que foram minhas companheiras constantes por tanto tempo. Não me sentia com o coração partido só por mim e sua família, mas também por ele. Aos vinte e quatro anos, ele entrou em uma loja de conveniência, provavelmente para comprar chiclete ou Gatorade, e teve o resto de sua vida roubada em um ato aleatório de violência.

Descobrimos depois que o homem que atirou havia tido uma rixa com a polícia no passado. Acreditava-se que o tiroteio não tinha nada a ver com Tony e tudo a ver com o uniforme que ele usava. Após dois anos de audiências no tribunal e um julgamento que reabriu a ferida curada, o homem foi condenado pelo assassinato de um policial e sentenciado à prisão perpétua sem chance de liberdade condicional.

Esse foi outro momento surreal nesta jornada sem fim e, embora estivéssemos gratos por ver a justiça ser feita, foi um novo lembrete de que nada traria Tony de volta.

Meu telefone toca, e eu atendo a ligação de Jason.

— Oi.

— Ei. Tudo bem?

— Sim, por quê?

— Você parece estranha.

— Eu só disse oi.

— Você parece estranha.

Me surpreende que uma palavra o tenha sintonizado com o fato de que não estou bem.

— Eu estou, ah...

— Quer que eu vá te buscar?

— Não, não precisa.

— Por que você está assim? Aconteceu alguma coisa?

— Te falo quando nos encontrarmos.

— Tudo bem — ele responde, hesitante. — Liguei para dizer que falei com a seguradora e adicionei a apólice que precisava para ser voluntário, então estou pronto se a clínica aprovar nosso plano.

— Que ótima notícia. Falei com a minha prima que trabalha lá e estou esperando o retorno dela.

— Já que o sr. Augustino te designou para mim, você pode me ajudar a ver alguns apartamentos enquanto esperamos por notícias da sua prima, certo?

Não tenho certeza de que passar mais tempo com ele seja uma boa ideia, mas meu chefe me disse para trabalhar com ele.

— Claro, podemos fazer isso. Onde devemos nos encontrar?

— Pode vir ao meu hotel? — Ele me dá um endereço que fica perto do hospital. — Podemos deixar seu carro estacionado e seguirmos no meu.

Tenho medo de chegar perto do carro que me fez ir – duas vezes – para a prisão, mas não digo isso a ele.

— Estarei aí em dez minutos.

— Ótimo, até então. E, Carmen?

— Sim?

— Obrigado por tudo que você está fazendo para me ajudar.

— Só estou saldando minha dívida.

Ele ri.

— Eu agradeço mesmo.

— Sem problemas. — O som de sua risada me provoca arrepios. Tudo neste homem é um problema para mim, mas tenho um trabalho a fazer e enquanto eu continuar focada nisso, posso manter a situação sob controle.

Pelo menos, é o que espero.

JASON

Espero por Carmen no carro, do lado de fora do hotel. Estou animado para vê-la novamente, o que é desconcertante. Há três semanas, tive o coração esmagado por uma mulher conivente e manipuladora que me usou de forma descarada para promover sua vingança. Não deveria me sentir atraído ou ansioso para encontrar alguém, muito menos uma pessoa com quem trabalho, mas não conheço esta cidade e quero ter certeza de que acabarei em algum lugar que faça sentido.

Enquanto meus colegas médicos namoravam pra caramba, eu me mantive longe dessas complicações, embora seja difícil encontrar alguém que não esteja de alguma forma relacionado ao trabalho devido ao horário que mantemos.

Os hospitais estão cheios de drama interpessoal: médicos e

enfermeiras se relacionando uns com os outros é quase um clichê, visto com desdém, mas acontece ativamente. Nunca encontrei pessoas transando em salas de plantão ou depósitos como aparece na TV, mas isso não quer dizer que não aconteça.

Desde a faculdade de medicina, namoro, sexo e todas as bobagens chegaram de forma tardia para mim, consistindo principalmente em encontros casuais que nunca foram além dos primeiros nomes e atração básica. Até que conheci Ginger. Semanas após o desastre, não consigo pensar nela sem ficar furioso. Fui além do estágio de coração partido e agora estou no modo de raiva.

Tive muitos exemplos em minha vida de como as pessoas podem ser ruins, mas até que ela me fizesse isso, eu não tinha ideia de como é doloroso ser ferrado por uma mulher. Ela arrasou com a minha cabeça, meu coração e corpo, tirando vantagem de mim enquanto me tinha em suas mãos. Ficamos juntos cerca de três vezes por semana durante meses, quase sempre na minha casa, que agora percebo que era estratégico da parte dela. Até aquela fatídica noite em Long Island, quando seu marido nos pegou.

Por que ainda estou pensando nela e no que ela fez comigo? Por que não posso simplesmente esquecê-la e seguir em frente? Porque eu a amei. Odeio isso, mas é a verdade. Eu me apaixonei por ela. Não planejei deixar isso acontecer. No início, era só sexo, o que era incrível, mas depois foi além. Eu poderia falar que ela realmente me ouvia. Um caso difícil no trabalho me consumiu por meses, uma criança com tumor cerebral que resistia a todos os tratamentos convencionais. Quando perdi aquela criança após o fracasso de uma cirurgia, fiquei arrasado.

Ginger veio à minha casa naquela noite, depois que eu disse a ela que não estava com vontade de encontrá-la. Ela me abraçou quando gritei de frustração e desespero por não ter sido capaz de salvar a vida daquele garotinho. Ela não me pediu nada e me deu tudo.

Como ela pôde fazer isso, sabendo que todo o nosso relacionamento era uma farsa? Será que em algum momento ela se importou comigo ou apenas fingia que se importava para que eu ficasse por tempo suficiente para ser pego? Odeio que eu ainda me pergunte se ela realmente me deu importância ou a coisa toda não passou de um grande jogo para ela.

Quero parar de pensar e reviver cada minuto que passei com ela e dissecá-los, procurando por pistas que simplesmente não existem. Tudo o que vi foi uma mulher inteligente, bonita, esperta e sexy que por um breve momento me fez acreditar no amor verdadeiro e nos contos de fadas.

Que besteira. É exatamente por isso que eu não deveria estar ansioso para ver Carmen Giordino ou qualquer outra mulher. Não tenho espaço n para nada além de fazer o que posso para salvar minha carreira. Nada mais importa, exceto colocar a vida de volta nos trilhos, e preciso lembrar meu objetivo final aqui.

Carmen chega alguns minutos depois, dirigindo um Honda azul marinho. Aceno para ela e aponto para o estacionamento gratuito.

Poucos minutos depois, ela vem na minha direção. Hoje ela está usando um terno preto e blusa de seda com estampa floral. Seu cabelo longo e encaracolado está solto e estou fascinado.

Você não acabou de conversar consigo mesmo sobre o motivo pelo qual não pode ficar fascinado por Carmen ou qualquer outra pessoa?

Mas ela é linda, vibrante e inteligente pra caramba. Sua história sobre a perda do marido jovem me comoveu de forma muito trágica na noite passada. Pensei muito nisso depois de nos separarmos, imaginando como deveria ter sido para ela ficar viúva aos vinte e quatro anos.

É horrível até imaginar, muito pior do que o que Ginger fez comigo. Isso não é nada comparado ao que Carmen sofreu.

Ela se senta no banco do passageiro, trazendo um perfume atraente que me deixa em estado de atenção, apesar da minha determinação de evitar qualquer coisa a ver com envolvimentos românticos.

Não se esqueça, minha voz interior me lembra, *ela só está te ajudando porque te deve dinheiro e seu chefe disse a ela para fazer isso.*

É um bom lembrete de que isso, seja o que for, deve permanecer estritamente profissional.

Ela coloca o cinto de segurança.

— Para onde?

— Vou encontrar uma corretora de imóveis em South Beach.

Com o canto do olho, eu a pego franzindo a testa.

— O que foi?

— Não achei que você fosse clichê.

— O que isso deveria significar?

— *South Beach*? Sério? — Suas palavras soam com desdém.

— Perguntei por aí. As pessoas disseram que é ó melhor lugar.

— Se você tem vinte e cinco anos e quer se divertir, com certeza. Tem alguma ideia de como seria o trajeto de South Beach para Kendall em um dia normal de trabalho?

— Ah, na verdade, não.

Ela dá de ombros.

— Se quer gastar uma hora para ir e mais uma para voltar, você é quem sabe.

— Normalmente, vou para o trabalho extremamente cedo e chego em casa muito tarde. Raramente pego a hora do rush.

— Estou te dizendo. Você não quer morar lá.

— E você me conhece bem o suficiente para dizer isso?

— Conheço.

Eu rio, encantado por ela, mesmo que não queira estar.

— Onde você acha que eu deveria morar?

— Você deveria dar uma olhada em Brickell. É uma ótima parte da cidade, mais perto do hospital e não um zoológico como South Beach.

— Vou pedir para a corretora de imóveis procurar lá também, mas não posso cancelar com ela agora.

— Então vamos para South Beach, mas não diga que não avisei.

— Devidamente anotado.

Demoro dois segundos após a nossa chegada para perceber que ela está mil por cento certa sobre South Beach e o trânsito. Mesmo em uma terça-feira, é terrível. Não consigo imaginar como deve ser aos fins de semana. O lugar está repleto de bares e a área da praia de pessoas, carros, bicicletas e corredores. *Zoológico* é definitiva-mente uma boa palavra para descrever o lugar.

Em uma vida passada, eu adoraria morar aqui, mas não agora.

Quando não estou trabalhando, preciso de um lugar onde possa descomprimir e relaxar. Isso não vai acontecer aqui.

O condomínio está localizado em um arranha-céu com uma vista incrível para o mar e ótimas comodidades. Mas, no nono andar, posso ouvir o barulho da rua, mesmo com as portas e janelas fechadas.

Deb, a corretora de imóveis, está animada, entusiasmada e provavelmente já calculando sua comissão sobre o apartamento de novecentos mil dólares que é todo de vidro e linhas modernas. Odeio desapontá-la.

— Não estou gostando muito deste lugar.

— Ah, graças a Deus — Carmen diz, soltando o ar em uma lufada de alívio.

— Você odiou.

— Odiei.

Deb está ofendida, mas guarda isso para si mesma.

— Você tem algo em Brickell? — pergunto a ela.

— Ah, bem, eu teria que olhar e ver o que está disponível.

— Acho que seria melhor para mim. Fica mais perto do trabalho.

— Me dê um minuto para verificar as listas.

Depois que Deb entra na cozinha para pesquisar em seu telefone, Carmen me lança um sorriso presunçoso que eu acho ridiculamente adorável e engraçado. Eu amo que ela não tenha medo de me dizer como se sente. Essa é uma mudança revigorante em relação às mulheres que conheci no passado que diriam o que achavam que eu gostaria de ouvir em vez de compartilhar sua verdadeira opinião. Namorei com uma mulher na faculdade que jamais pareceu ter um pensamento original durante todo o tempo que estivemos juntos. Ela só queria me agradar e, embora isso tenha suas vantagens, ficou entediante depois de um tempo.

Tenho a sensação de que nunca ficaria entediado com Carmen, não que eu queira namorar com ela. Estou só dizendo... ela é única. É bonita de uma forma natural e nada afetada que realmente me atrai. Ela não precisa de camadas de maquiagem para realçar o que nasceu com ela.

Por que estou pensando em como Carmen é bonita ou se ela precisa de maquiagem? Deveria estar focado em encontrar um lugar para morar – se eu conseguir um emprego aqui – e recuperar minha reputação. Mais uma vez, preciso me lembrar que *não é hora* de ficar deslumbrado com Carmen.

— Tenho alguns na sua faixa de preço, um com vista excelente para Rickenbacker e Biscayne Bay — Deb diz da cozinha, onde ela está fazendo a busca em um iPad.

Carmen me dá um sinal de positivo.

Não vou morar na praia. Isso é bom. Eu dificilmente teria tempo para aproveitar a proximidade de qualquer maneira.

— Ótimo.

— Me deixe checar com alguns dos corretores e ver o que posso fazer.

8

JASON

Depois que ela se afasta, olho para Carmen.

— Provavelmente estou me precipitando ao procurar um lugar para morar. O conselho está longe de me aprovar.

— Eles vão te aprovar. Vamos nos certificar disso.

— Você está muito mais confiante que eu.

— Temos que fazer com que eles pareçam estúpidos em dizer não.

— E como você propõe que façamos isso?

Ela pensa sobre o assunto por um segundo.

— Conseguiu os depoimentos de ex-pacientes? Estava pensando que poderíamos usá-los para contar sua história na apresentação. Se houver fotos suas com os pacientes, é ainda melhor.

Me esqueci de que deveria falar com minha ex-assistente de Nova York sobre isso.

— Vou entrar em contato com a Terri agora. — Envio uma mensagem para a enfermeira administradora, que é a cola que mantém o departamento de neurocirurgia unido, e digo a ela o que preciso. Listo alguns dos pacientes em que estou pensando que podem ser gratos o suficiente para compartilhar suas histórias.

Salvei suas vidas. Talvez eles possam ajudar a salvar minha carreira.

— Pronto. — Olho para Carmen. — É uma ideia muito boa e na qual eu nunca teria pensado.

— Isso porque seu trabalho é a cirurgia do cérebro. O meu é publicidade, promoção e marketing.

Rio da maneira arrogante como ela diz isso.

— *Touché.*

— Fique na sua pista, doutor. Eu cuido do resto.

Estou muito grato por tê-la ao meu lado. Ela me dá esperança de que seja realmente possível recuperar minha reputação esfarrapada.

— Temos que contar sua história como um médico de classe mundial. Você é muito mais do que um escândalo patético.

— O escândalo não foi patético.

— Não, mas são águas passadas. Fiz uma pesquisa profunda na internet ontem à noite, e não houve nenhuma menção sobre o assunto em mais de uma semana. Embora seja a maior coisa em sua vida, todo mundo seguiu em frente. Bem, exceto o conselho do Miami-Dade, claro. Mas quando terminarmos com eles, estarão tão inundados com seu lado positivo que não se lembrarão do escândalo em Nova York. Esse é o plano.

— Gosto dele.

— Achei que gostaria.

— Quando você teve tempo para fazer uma pesquisa profunda na internet depois do jantar e sua segunda ida para a prisão?

Ela faz uma careta com a menção de prisão.

— Fiz isso antes de irmos jantar, mas não mencionei porque ainda estava formulando meu plano de ataque.

— Bem, é bom saber que não é mais uma grande notícia em Nova York.

— Pode agradecer ao volume de matérias dos noticiários por isso. O ciclo se move mais rápido do que antes.

Estou excessivamente aliviado em saber que o escândalo não é mais manchete, mas o dano certamente está feito. Odeio pensar que pelo resto da minha vida, sempre que alguém pesquisar meu nome, a merda com Ginger vai aparecer.

Deb retorna para onde estamos.

— Estamos com sorte. Consegui marcar uma visita em Brickell. Vou mandar uma mensagem com o endereço. Podemos nos encontrar lá em uma hora?

Olho para Carmen, e ela concorda.

— Estaremos lá — digo a Deb.

— Ótimo.

Saímos juntos e quando chegamos ao meu carro, seguro a porta do passageiro para que ela entre. Carmen estremece quando seu traseiro encosta no couro quente. No momento em que me sento no banco do motorista, meu telefone toca com uma mensagem de Terri.

Oi, que bom ter notícias de você. Todo mundo ainda está chateado com o que te fizeram. Espero que as coisas estejam bem aí em Miami. Com certeza sentimos sua falta aqui! Pode deixar que vou entrar em contato com os pacientes que você mencionou e ver o que podemos fazer. Tudo isso é um ABSURDO total, e o departamento inteiro está chateado com a forma como você foi tratado. Como VOCÊ pode estar lutando para encontrar outro emprego?!?!

Li e reli a mensagem de Terri, mergulhando em palavras que são como um bálsamo no meu coração partido, antes de passar o telefone para Carmen.

— Da minha ex-colega de trabalho.

Ela lê a mensagem de Terri.

— Deve ser bom ler isso.

— É, sim. Sempre trabalhei muito, respeitei meus colegas, os substituí quando necessário e tratava as enfermeiras como as super-heroínas que são.

— Vamos pedir recomendações de Terri e dos outros colegas do seu antigo departamento.

— Para quê?

— Vamos preparar uma apresentação para a sua próxima reunião com o conselho.

— Não tenho certeza de como me sinto em pedir isso aos meus ex-colegas de trabalho.

— Você quer resolver isso, certo?

— Muito mesmo.

— Então vai ter que fazer algumas coisas que podem não te agradar muito, como pedir recomendação de ex-colegas e fazer publicidade do trabalho *pro bono* na clínica, se conseguirmos.

Faço uma careta ao pensar em chamar a atenção para o trabalho voluntário. Em circunstâncias normais, eu nunca aceitaria isso. Mas essas circunstâncias certamente não são normais.

— Tudo bem. Vou pedir a ela.

Respondo a mensagem de Terri.

Obrigado pela ajuda. Fico muito grato. Minha associada está me dizendo que não seria ruim ter apoio de pessoas com quem trabalhei aí. Você acha que o pessoal estaria disposto a me dar uma recomendação?

Me sinto triste ao enviar uma mensagem que seria inconcebível há algumas semanas. Ainda me surpreende que uma vida e uma carreira possam ser destruídas em um único dia.

Terri responde de imediato, me tirando do meu sofrimento.

É claro. Vou cuidar disso também. Não se preocupe, vamos te ajudar, doutor.

Solto um suspiro de alívio.

Obrigado. Significa muito para mim.

Ela responde com um *emoji* de beijinho.

— Ela vai cuidar disso — digo a Carmen.

— Isso é ótimo. Sei que é chato ter que pedir, mas qualquer coisa que possamos fazer para pintar um quadro completo vai ajudar. Tudo que eles veem agora é o escândalo. Temos que dar uma narrativa diferente.

— Você me disse ontem que preciso de uma equipe experiente de gestão de crise. Eu diria que tenho exatamente o que preciso com você.

— Obrigada. Eu mal tenho experiência, mas é divertido usar as coisas que aprendi na faculdade.

O tráfego da saída de South Beach é a prova do que ela me disse que eu enfrentaria se morasse lá. Estou feliz por ter alguém com conhecimento da região me ajudando a conhecer este novo lugar.

— Você devia estar na faculdade quando perdeu seu marido, certo?

— Eu estava em uma faculdade comunitária, trabalhando no restaurante e tentando engravidar. Planejamos ser pais jovens. Eu ia ficar em casa com as crianças e continuaria estudando. Depois que o Tony morreu, recebi um dinheiro do seguro que investi nos meus estudos. Isso me deu algo para fazer depois que o choque inicial de sua morte passou.

— Lamento muito que tenha acontecido com você.

— Obrigada.

— Você já... — Balanço a cabeça. Não é da minha conta se ela namorou alguém desde que perdeu o marido.

— Eu o quê?

— Eu estava prestes a fazer uma pergunta profundamente pessoal.

— Tudo bem. Estou acostumada com isso. Todo mundo que conheço quer saber se namorei novamente desde que o perdi, e a resposta é que tive muitos primeiros encontros, alguns segundos e poucos terceiros. Minhas avós adoram me arrumar caras que elas conhecem, netos de amigos e clientes do restaurante. No começo eu não queria, mas depois de um tempo, era mais fácil ir a encontros do que ter que dizer constantemente que não.

— Imagino que era a maneira delas de tentar te ajudar a seguir em frente.

— Sim — ela diz com um suspiro — e eu as amo por isso. Todos nós sofremos com a perda do Tony. Ele fazia parte da nossa família há dez anos quando o perdemos.

— Não consigo imaginar como seria conhecer "a pessoa certa"

sendo tão jovens quanto vocês eram. — Nunca conheci ninguém com quem pudesse imaginar passar o resto da minha vida. Comecei a me perguntar se Ginger poderia ser a mulher certa para mim, quando descobri o que ela realmente queria comigo – e não tinha nada a ver com a eternidade, exceto pela mancha que ela colocou no meu bom nome.

— É engraçado que eu não me lembre de tê-lo conhecido. Costumávamos falar muito sobre isso. Ele se lembrava de cada detalhe daquele dia, mas eu não. Eu estava com amigos em um fliperama no shopping, e ele disse que a música da Selena, *I could fall in love*, estava tocando na primeira vez que me viu. Eu costumava dizer que ele estava inventando isso, mas ele jurou que era verdade.

— Isso é muito fofo.

— Morávamos perto um do outro, mas estudávamos em escolas diferentes, por isso não nos conhecemos antes. Ele tinha amigos que estudavam na minha escola, que me perguntaram se eu consideraria conhecer o amigo deles que decidiu se casar comigo.

— Não acredito. Eles não disseram isso.

— Disseram!

— O que você respondeu?

— Eu disse: "Tenho quatorze anos e não vou me casar com seu amigo". Eles imploraram para que eu pelo menos falasse com ele, o que eu disse que faria, principalmente porque senti que eles não iriam parar até que eu aceitasse. Achei que deveria falar com ele uma vez, mandá-lo cair na real e seguir em frente.

— Mas não foi isso que aconteceu.

— Não.

Estou completamente cativado por sua história e mais do que um pouco inconsolável por saber como terminou.

— Não pare agora! Tenho que saber o resto. Mas só se você quiser me dizer.

— É uma das minhas histórias favoritas para contar. Ele me ligou todas as noites durante um mês. Meus pais estavam sempre tomando conta, querendo saber com quem eu falava ao telefone todas as noites. Não consigo me lembrar dos detalhes do que conversamos, mas me lembro de rir muito. Ele era muito engraçado. Acho que foi a primeira coisa que amei nele, o fato de que ele conseguia me fazer rir, mesmo quando eu estava irritada com ele.

— Uma qualidade importante, com certeza.

— Levamos dois anos sendo melhores amigos antes que meus pais permitissem que namorássemos.

— Puta merda. Deve ter sido dois longos anos.

— Foi, e acredite em mim, eu fiquei muito chateada com isso. Achei que meus pais eram incrivelmente antiquados. Mas quando olho para trás, posso ver como essa amizade foi importante para tudo o que veio depois.

— Estabeleceu a base.

— Sim, exatamente.

— Ninguém espera mais dois anos para namorar.

— Não é? Estão todos em busca de gratificação instantânea.

— É uma história muito fofa. Sinto muito que você o tenha perdido assim. Não consigo imaginar como deve ter sido.

— O pior dia da minha vida.

Sem pensar muito sobre isso, eu alcanço e cubro sua mão com a minha, dando um aperto suave. No segundo em que minha pele se encontra com a dela, percebo que cometi um erro crítico ao tocá-la.

O suspiro sutil que escapa de seus lábios me permite saber que ela sente a mesma coisa que eu.

Mesmo sabendo todos os motivos pelos quais é uma má ideia fazer isso, não afasto a mão.

— Você não precisa falar sobre isso se for muito doloroso.

— Foi há muito tempo.

— Mesmo assim. Algumas coisas nunca ficam mais fáceis com o tempo.

— Verdade. — Depois de uma longa pausa, ela solta um longo suspiro. — Eu estava trabalhando no restaurante quando os policiais chegaram. No começo, pensei que fosse ele. Tony aparecia para dizer olá às vezes quando estava de plantão. Ele trabalhava no segundo turno, das três às onze, então nosso horário de trabalho era o mesmo. Havia dois policiais, e me lembro de olhar em volta para ver se ele estava junto. Eles disseram algo para o meu pai e ele... ele simplesmente desmoronou. — Depois de outra pausa, ela continua. — Acho que eu soube que o Tony havia partido no segundo em que vi a reação do meu pai do outro lado do salão.

— Deus, Carmen. Não consigo imaginar.

— Foi horrível, mas fomos muito bem apoiados. O departamento foi incrível. Eles cuidaram de tudo. Aquela primeira semana foi apenas um borrão de pessoas, comida e muito desgosto. O restaurante se tornou o ponto de encontro de todos e aquilo durou dias. Parecia que metade da cidade havia passado antes que o velório e o funeral fossem realizados. Milhares de policiais vieram de todo o país. Foi incrível e avassalador.

— Eu não sei o que dizer.

— Não há muito a ser dito. Minhas avós, que são viúvas, foram incríveis. Elas me ajudaram a encontrar uma maneira de superar a dor. Demorou um pouco, mas me recuperei. Achei que ele aprovaria que eu fosse para a faculdade, já que, afinal, eu não seria dona de casa e não queria ser garçonete pelo resto da vida. Embora eu tivesse uma vida muito boa no restaurante.

— Ele ficaria muito orgulhoso de você. *Eu* estou orgulhoso de você e acabei de te conhecer.

— Obrigada. Gosto de pensar que ele ficaria orgulhoso por eu ter sobrevivido. Ele me amou muito. Nunca tive dúvidas sobre isso.

— Ele teve sorte e sabia disso. Homem esperto.

— Nós dois tivemos sorte.

— Ele sempre quis ser policial?

— Desde que tinha doze anos e fazia ronda na patrulha com o pai de um amigo que era policial. Ele nunca se desviou desse plano. Esperamos para nos casar até que ele concluísse o treinamento. É reconfortante saber que ele estava fazendo exatamente o que amava quando morreu.

— Fico feliz que você seja capaz de ver isso dessa forma.

— Não há outra maneira de ver isso.

O GPS nos direciona para o endereço que Deb me deu, e finalmente solto a mão de Carmen quando encontro uma vaga para visitantes.

— Não precisamos fazer isso agora se você não estiver em condições.

Ela sorri de forma calorosa para mim, fazendo meus pulmões ficarem sem ar. O afeto de qualquer tipo dela parece um presente raro e especial.

— Você acabou de ouvir minha história. Para mim, são coisas antigas.

— Imagino que sim.

— Não que já tenha chegado ao ponto em que não dói. Simplesmente não dói como no início, quando era uma ferida aberta me fazendo pensar se minha vida também tinha acabado.

É estranho que eu sofra por ela? Provavelmente. A dor permanece comigo enquanto entramos e pegamos o elevador para o sétimo andar, onde Deb está esperando por nós. Estou bastante abalado depois de ouvir a história de Carmen. Ela certamente ajudou a me dar uma perspectiva sobre minha situação atual.

E daí se minha carreira está uma confusão no momento? Ninguém está morto. É preocupante perceber a magnitude do que ela passou aos vinte e quatro anos. Tento imaginá-la cercada por pessoas, policiais, compaixão e simpatia sem fim. Mesmo depois de conhecê-la por apenas dois dias, tenho certeza de que ela foi forte e decidida em tudo isso, determinada a deixar seu jovem marido orgulhoso.

Quando entramos no condomínio, posso dizer que este lugar é especial. É moderno e fresco, mas ainda caloroso e convidativo. A vista da baía é deslumbrante. Estamos no alto o suficiente para podermos ver os barcos e o movimento, mas não tanto que pareça que estamos olhando para uma pequena vila. Em Nova York, eu morava no vigésimo oitavo andar do prédio, bem distante do que acontecia lá embaixo. Era bom lá. Aqui, estar um pouco mais perto da ação é legal.

— Adorei — digo a Deb.

— Eu também — Carmen fala. — Esta cozinha é para morrer. Tem dois fornos e a melhor geladeira que o dinheiro pode comprar. Temos três dessas no restaurante.

— Não tenho certeza de como me sinto sobre portas de vidro na geladeira.

— A abuela diz que é um incentivo para mantê-la limpa.

— A abuela é uma mulher sábia.

— Dê uma olhada no quarto — Deb sugere. — Acho que você vai gostar.

O apartamento só tem um quarto, o que está bom para mim. Não espero ter visitantes, então não preciso de quarto de hóspedes. Minha mãe prefere hotel a ficar no quarto de hóspedes quando me visita. Ela brinca que não tenho serviço de quarto em casa.

A suíte faz jus ao resto do apartamento, com tetos altos, janelas do chão ao teto que maximizam a vista e espaço para uma pequena área de escritório.

Carmen vai verificar o banheiro.

— Venha ver este chuveiro!

Entro no banheiro para verificar o box de vidro com o trabalho intrincado de azulejos e vários chuveiros.

— Uau.

— Acho que precisa ter um PhD para usar isso.

— Ah, droga. Eu só sou só médico.

Ela bufa de tanto rir.

— *Só médico*. Aposto que você nunca disse isso antes.

Finjo pensar muito nisso.

— Acho que não.

— Felizmente, o chuveiro vem com instruções.

— Você aprova este lugar?

— Claro. Embora faça o meu parecer bastante triste.

— O seu é ótimo.

Ela revira os olhos.

— O meu é bom. Esse aqui é maravilhoso.

— Pode vir me visitar a hora que quiser. — Leio o folheto que Deb me deu. — O prédio tem academia, piscinas coberta e ao ar livre, banheira de hidromassagem e SPA.

— Tem uma academia patética no meu condomínio e lavanderia no meu apartamento.

Eu rio do jeito que ela diz isso.

— Estou disposto a compartilhar minhas amenidades com os amigos.

— Você pode se arrepender dessa oferta. Eu amo um bom SPA.

Vou arquivar essa informação para mais tarde. Se ela conseguir me ajudar a conseguir este emprego, o mínimo que devo a ela é um dia em um SPA sofisticado.

Voltamos para a área de estar de conceito aberto, onde Deb está esperando por nós.

— O que acha?

— Adorei — digo a ela.

— Eu também — Carmen afirma.

— Se quiser fazer uma oferta, ficarei feliz em dar andamento nisso para você.

— Estou em uma situação meio estranha desde que entrei em contato com você pela primeira vez.

— Oh?

— Ainda não tenho certeza se vou trabalhar no Miami-Dade.

— Houve uma confusão administrativa. — Carmen dá um passo à frente quando fico sem palavras. — Estamos tentando resolver isso, mas pode levar uma ou duas semanas antes que o dr. Northrup receba a notícia de que sua vaga foi aprovada. Você é capaz de fazer uma oferta condicionando ao trabalho dele dar certo?

— Posso falar com o corretor do vendedor e ver o que eles dizem. A unidade está no mercado há sessenta e três dias, então acho que eles podem ficar satisfeitos com o interesse para considerar esta informação. Vou entrar em contato e informá-lo.

— Obrigado.

— Sem problemas. Nos falamos em breve.

Guio Carmen para fora do apartamento na minha frente. Quando estamos no elevador, eu olho para ela.

— Obrigado por me ajudar lá. Não sabia o que dizer a ela. Marquei esta visita quando pensei que tinha um emprego.

— Tenho certeza de que ela lida com circunstâncias especiais o tempo todo. Como ela disse, o lugar já está no mercado há algum tempo, então eles provavelmente estão dispostos a negociar. Eu não me preocuparia. Se isso não der certo, há muitos outros imóveis.

— Verdade, mas eu gosto deste.

— Eu também.

Como é possível que em dois dias a opinião dela tenha se tornado tão importante para mim? Não tenho ideia de como isso aconteceu, mas aconteceu, e preciso controlar isso antes que saia do controle.

Se ainda não saiu.

9

CARMEN

Gosto de estar com ele. Me sinto bem em falar com Jason e ouvir seus pensamentos. Adoro como ele pareceu calmo ao me consolar quando contei sobre o dia em que Tony foi morto. Alguns dos caras com quem saí não souberam o que dizer quando ficaram sabendo que perdi meu marido, então falavam demais ou não falavam o suficiente.

Jason acertou.

Não é fácil falar sobre aquele dia, mas pareceu certo contar a ele.

Gosto de como ele fica em trajes casuais – chinelos, bermuda cáqui, camiseta azul marinho de uma loja de surfe em Maui e aqueles Ray-Ban Wayfarers sensuais.

— O que vem a seguir em nossa agenda, chefe? — ele pergunta enquanto dirigimos para longe do prédio.

— Basicamente, ficamos em modo de espera até que eu receba uma resposta da Maria sobre a clínica, então que tal eu te mostrar os arredores? Podemos tirar algumas fotos para o Instagram que te mostre conhecendo sua nova casa.

— Claro, podemos fazer isso.

É um dia perfeito no sul da Flórida, se você gosta de neblina, calor e umidade.

— Podemos passar na minha casa antes para que eu possa me trocar?

— É claro.

Não posso acreditar que estou realmente sendo paga para isso. O pensamento me faz rir.

— O que é tão engraçado?

— Eu estava pensando que é estranho ser paga para bancar a turista na minha cidade natal.

— Isso não é tudo que você está fazendo. Você está me ajudando, que é o que o sr. Augustino lhe disse para fazer.

— Verdade, mas não parece trabalho.

Depois de uma parada na minha casa, onde coloco um vestido casual e sandálias, voltamos para a rodovia. Pouco tempo depois, aponto uma saída.

— Pegue essa aqui. Quero te mostrar de onde venho. — Aponto para os aviões descendo no Miami International. — Estamos muito perto do aeroporto.

Ele pega a saída e eu o direciono.

— Quero que você veja a 8th Street, também conhecida como Calle Ocho, a rua principal que atravessa Little Havana. — No caminho, passamos pelas placas do estádio Miami Marlins. — Dos quase três milhões de habitantes de Miami, cerca de metade deles são cubanos ou descendentes. Você pode viver aqui toda a sua vida e só falar espanhol, sem qualquer problema.

— Vou ter que estudar. Meu espanhol está enferrujado.

— Posso te ajudar com isso também.

À medida que avançamos pelas ruas movimentadas, tento ver o bairro do ponto de vista de um estranho e imediatamente me sinto orgulhosa de cada parte dele, incluindo as lavanderias automáticas, enormes concessionárias de carros novos adjacentes a estacionamentos de carros usados, grafites, lava-rápidos e restaurantes que oferecem culinária cubana e todos os outros tipos de cozinha, incluindo o Taco Bell, onde a fila do drive-thru bloqueia a rua.

Jason contorna os carros.

— Por que alguém iria ao Taco Bell quando há toda essa comida cubana autêntica para comer?

— Ótima pergunta. Algumas pessoas ficaram chocadas quando o Taco Bell veio para a vizinhança, mas como você pode ver, eles vendem bem.

— Nossa. Eu ia querer o negócio real se fosse tão perto como é aqui.

— O Giordino's é culinária típica. É o melhor restaurante cubano da cidade, na minha humilde opinião.

As ruas estão cheias de lojas e restaurantes. Há de tudo, desde uma nova farmácia até uma loja de artigos usados, café cubano e casas noturnas. Os cubanos amam a vida noturna.

Passamos por um parque onde um grupo de homens está reunido em torno de uma mesa, intensamente concentrados.

— O que eles estão fazendo? — Jason pergunta quando paramos em um semáforo.

— Jogando dominó. É muito popular em Cuba – e aqui.

Little Havana é uma justaposição do passado e do presente, elegante e decrépito, coexistindo em uma mistura de cultura e vibração. Eu amo cada centímetro deste lugar. — Quando meus primos e eu éramos jovens, nosso único objetivo era deixar o bairro, mas a maioria voltou para cá.

— Não há lugar como a nossa casa.

— Com certeza.

Passamos por arranha-céus com varandas e ruas cheias de casas em tons pastéis com exteriores de estuque e portões de segurança de metal. Ele vira à esquerda na Calle Ocho.

— Todo ano, em março, há uma grande festa aqui chamada Carnaval Miami. É muito divertido. Estende-se da 12ª à 27ª Avenida.

— Parece mesmo. Eu adoro a música.

— É sempre barulhento nesta rua. Você vai ouvir de tudo, desde música tradicional cubana a Pitbull. Você sabia que ele cresceu por aqui?

— Não.

— Ele começou a tocar nos palcos deste bairro. Está vendo

aquele lugar ali? — Aponto para um prédio amarelo com um balcão aberto para a calçada. — Essa é a Los Pinareños Fruteria, uma das barracas de frutas mais antigas do país. A senhora que trabalha lá esmaga a cana há mais de cinquenta anos. Eles são conhecidos por uma bebida chamada guarapo. É açúcar puro, então algumas pessoas chamam de *diabetes no copo*.

Jason ri.

— Vou passar essa.

— É *muito* bom. Eles enrolam charutos ali. Os melhores que você vai encontrar.

— Vou passar isso também. Sei muito sobre o que o fumo faz ao corpo.

— Guarde isso para si mesmo enquanto estiver por aqui se valoriza sua vida. Levamos muito a sério nossos charutos.

— Pode deixar — ele fala, rindo.

Eu o instruo a dar algumas voltas que levam a uma casa de estuque rosa de dois andares. Na frente têm flores coloridas nas floreiras das janelas e um portão de segurança branco ornamentado com detalhes dourados.

— Lar doce lar. — Noto que a caminhonete Ford do meu pai e o cupê Mercedes da minha mãe estão na garagem. A qualquer minuto, eles estarão indo para o restaurante, onde ficarão pelo resto do dia e da noite. Sinto um certo nervosismo ao imaginá-los me pegando aqui com Jason e seu Porsche.

— Foi aqui que você cresceu?

— Aham. — Fico aliviada quando ele diminui a velocidade do carro, mas continua avançando devagar, passando pela casa. — Nos mudamos para cá quando eu tinha dois anos. A família do Tony mora há três quarteirões daqui.

— Quais são as árvores do quintal?

— Coqueiros e mangas. Você as vê em todos os lugares no sul da Flórida.

Ele começa a acelerar.

— Espere. Pare. — Aponto para as galinhas e o galo começando a andar do outro lado da rua, alheios à possibilidade de morte certa.

— Tem que tomar cuidado com eles por aqui. Estão em todo lugar.

— Bom saber.

— Você verá arte e estátuas de galinhas por toda parte em Little Havana.

Mostro a ele a Shenandoah Elementary, escola que frequentei, bem como o estúdio de dança que foi como uma segunda casa para mim durante o ensino médio e o Presidente Supermarket. — Durante um tempo, trabalhei aí repondo mercadorias. Estava tão irritada com meus pais que não queria mais trabalhar no restaurante.

— Isso deve ter corrido bem.

— Nem tanto. Eles ficaram mais magoados por eu ter saído do restaurante do que por eu não estar falando com eles.

— O que eles fizeram para merecer o tratamento do silêncio?

— Se recusaram a me deixar namorar com o Tony até eu ter dezesseis anos.

— Ah, certo, o período de espera.

— Foi uma tortura! Estávamos apaixonados. — Rio da minha própria tolice. — O drama foi excepcionalmente alto durante aqueles anos.

— Eu só posso imaginar — ele diz com uma risada baixa.

— Meus pais têm valores antiquados que não combinavam com a minha mentalidade adolescente. Batíamos muito de frente, mas sempre fiz o que me mandaram. Por mais que eu quisesse me rebelar, eu não conseguia fazer isso.

— Uma garota muito boa — ele diz, sorrindo. — Era só você? Sem irmãos?

— Só eu. Minha mãe teve nove abortos espontâneos antes de eu nascer.

— Meu Deus!

— Eu sei. Pelo que me disseram, foi terrível para eles. No entanto, eles não falam sobre isso. Acho que é por esse motivo que não fui totalmente selvagem e os desafiei quando eu queria muito. Então lá estava eu, seu bebê milagroso que se tornou uma adolescente nada milagrosa. Olho para trás e me encolho ao me lembrar do quanto fui terrível para eles.

— Todos fomos adolescentes horríveis.

— Você também foi?

— Ah, Deus, sim. Eu era horrível. Se meus pais tivessem alguma ideia das porcarias que eu costumava fazer...

Fico imediatamente intrigada.

— Como o quê?

— Fumei maconha, bebi muita cerveja e dormi com muitas garotas. E fui um idiota com meus pais.

Ouvir que ele dormiu com muitas garotas me faz querer arrancar seus olhos. Essa é uma reação totalmente normal, certo? Sim, eu sei. Ridículo.

— Você era um típico bad boy.

— Em todos os sentidos, exceto em um: eu tirava A sem me esforçar.

— Argh, você era esse *tipo* de cara? Eu odiava isso! Esse tipo de aluno estragava tudo para o resto de nós.

— Eu era — ele fala, rindo. — Eu era um merda total no resto da minha vida, mas como as minhas notas eram perfeitas, meus pais não podiam reclamar muito.

— Essa é uma boa posição para se estar.

— Eu gostava bastante.

— Onde você estudou?

— Fui para a Cornell e a especialização de medicina na Duke.

— Uau, isso é impressionante, mas acho que você não consegue ser neurocirurgião sem ter um cérebro muito bom.

Seus lábios tremem de diversão.

— Ajuda. A escola sempre foi fácil para mim, até que cheguei à faculdade de medicina e descobri que minha falta de habilidade para estudar seria um grande problema. Foi como bater em uma parede de tijolos a noventa quilômetros por hora.

— Me faz sentir melhor saber que você recebeu seu castigo.

Ele ri.

— Recebi mesmo. Em grande estilo. Quase fui reprovado depois do primeiro semestre. Eu era um desastre até que uma das minhas colegas me colocou sob sua proteção e me transformou em um aluno de verdade.

— Isso é *tudo* que ela fez com você?

— Ah, não, nós trepamos como coelhos entre as sessões de estudo.

Eu rio tanto que acabo com lágrimas nos olhos.

— A maneira como você diz as coisas... — Eu me pergunto como seria *trepar como coelhos* com ele. O pensamento faz meu rosto ficar vermelho de calor e vergonha quando um nó de desejo se instala entre minhas pernas. Eu as cruzo, na esperança de reprimir a sensação, mas isso só piora as coisas.

Ele abre um sorriso sexy que faz minha pele formigar.

— Me disseram que tenho jeito com as palavras. Mas, falando sério, ela me salvou. Ficamos juntos na faculdade de medicina, até conseguirmos residências em programas em lados opostos do país e seguirmos caminhos separados. Relacionamentos de longa distância são difíceis o suficiente, mas acrescente duas residências e isso se torna impossível. Mas ainda somos amigos. Ela me apoiou após o desastre em Nova York. Um amigo em comum contou a ela o que estava acontecendo.

— Legal da parte dela.

Assentindo, ele muda o rádio e coloca em uma estação cubana.

— As notícias correm rápido nos círculos médicos.

Eu canto junto a música em espanhol, adicionando alguns gestos com as mãos da época em que eu dançava.

— Você é fluente em espanhol?

— *Si*. Não dá para crescer aqui e não falar a língua.

— Estudei espanhol durante anos, mas sou péssimo em compreensão.

— Fico feliz em saber que você é péssimo em alguma coisa.

— Sou péssimo em muitas coisas. — Ele balança as sobrancelhas de forma sugestiva. — E em outras, sou muito, *muito* bom.

Bom Deus, quero saber sobre essas coisas. Quero experimentar essas coisas. Quero...

Pare com isso. Seja profissional e pare de cobiçar seu colega. Faça seu trabalho.

Tenho um repentino momento de inspiração.

— Dê a volta com o carro.

— Para onde?

— Eu vou te mostrar quando chegarmos lá.

— Você é a chefe. — Ele encontra um lugar para fazer o retorno e refazemos o caminho até o parque onde os homens estão jogando dominó.

— Estacione lá. — Aponto para um raro local vago na rua. — Venha comigo. — Jason me segue até o grupo de homens. — Com licença. — Eu reconheço alguns deles do Giordino's, especialmente o sr. Perez, que leva sua esposa, Eva, nas noites de sábado. Eles variam em idade de sessenta a noventa, e todos sabem quem sou e quem perdi. É assim depois de trabalhar no restaurante desde que tinha idade suficiente para enrolar talheres em guardanapos.

Em espanhol, digo a eles:

— Meu amigo Jason é novo na cidade e não sabe jogar dominó. Vocês se importariam se ele assistisse?

— Nem um pouco — um dos homens responde, se movendo para abrir espaço para Jason no banco de piquenique. — Sente-se.

Jason me lança um olhar questionador.

Dou-lhe um empurrãozinho para frente.

— Me acompanhe.

Ele contorna a mesa para ocupar o lugar vago.

Falando em inglês e espanhol, os homens passam a lhe dar dicas, regras e conselhos, discutindo sobre as melhores estratégias e geralmente o confundindo muito. Felizmente, o sr. Perez traduz para Jason.

Apesar de sua relutância inicial, Jason é cativado, fazendo perguntas e participando totalmente como eu suspeitava que ele faria. O jogo é barulhento e animado, dominós batendo contra a mesa com movimentos rápidos que fazem Jason se esforçar para acompanhar. Suspeito que isso não aconteça com ele com muita frequência, e as caretas que ele faz são cômicas.

Pego o telefone e começo a tirar fotos, me movendo ao redor da mesa para conseguir melhor iluminação e ângulos.

Ele inclina a cabeça para trás e ri de algo que um dos homens diz sobre a idiotice de outro, me dando a chance de tirar uma foto maravilhosa.

Muitos minutos depois, ele se distrai do jogo, olhando em volta até me encontrar com o telefone. Estou ciente do momento exato em que ele descobre o que estou fazendo e por quê.

Ele abre um sorriso caloroso e privado que me ilumina por dentro. Cada parte de mim está ciente dele e de como ele me faz sentir apenas por sorrir para mim. Apesar de estarmos cercados por pessoas, a conexão entre nós parece íntima de alguma forma.

— Adoraríamos compartilhar as fotos que tirei na conta do dr. Northrup, no Instagram. Algum de vocês se oporia em estar nas fotos?

— Você é médico? — um dos homens pergunta.

— Sou.

— Que tipo?

— Neurocirurgião pediátrico.

Eles estão impressionados. Os homens o provocam sobre médicos que viram na TV e começam a perguntar sobre suas próprias doenças, um deles mostrando uma verruga no braço.

— Você deveria cuidar disso — Jason fala.

— Viu? — o homem diz para um de seus amigos em espanhol. — Eu disse que era ruim!

— Sem objeções à postagem das fotos? — pergunto novamente, precisando ter certeza.

— Não — o sr. Perez diz enquanto os outros concordam.

Jason se levanta para ir embora.

— Senhores, isso foi muito educativo. Vocês se importariam se eu aparecesse para jogar de novo?

— Quando quiser. Estamos aqui quase todos os dias.

Jason aperta a mão de cada um dos homens, o que os impressiona. Por alguma razão, é importante para mim que gostem dele.

— Vou voltar.

— Estaremos aqui — Perez falou. — Alguém precisa ficar de olho no lugar. — Ele olha para mim e pisca. — *Me agrada tu amigo, mija.*

— *Sí, gracias.* — Mantenho minha resposta discreta, esperando que não se espalhe por toda a vizinhança que eu trouxe um homem para casa.

— Foi divertido.

— Que bom que você gostou.

— O que ele disse para você em espanhol?

— Que gosta de você.

— Ele vai contar a todos que você me trouxe aqui?

— Eu realmente espero que não.

— Isso seria tão horrível?

— Isso tornaria as coisas complicadas, e não tenho certeza se algum de nós está em um bom momento para complicações.

— Verdade. — Ele parece desapontado, e não tenho certeza de como lidar com isso. Sou grata por ele não insistir.

Quando voltamos para o carro, abro o Instagram e saio da minha conta.

— Precisamos abrir uma conta para você. Qual você quer que seja o seu nome de usuário?

— O que você sugerir.

— Que tal MiamiDoc?

Ele faz uma careta de desgosto.

— Isso é meio idiota.

— Já foi usado por outro médico idiota. E se colocarmos JNorthMiamiDoc? Queremos fazer a conexão entre você e sua carreira.

— Se for preciso.

— É, sim. — Configuro a conta usando Priscilla@0624, o mês e dia em que nos conhecemos, como senha. Para sua foto de perfil, uso uma das que tirei dele parecendo contemplativo enquanto ouvia os homens explicando as regras do jogo. Publico as fotos de Jason com os homens, usando a legenda: *Conhecendo minha nova cidade. Agradeço aos meus novos amigos em Little Havana por me mostrarem como jogar dominó. Mal posso esperar para voltar a jogar. #casanova #miami #littlehavana #doutor #neurocirurgiapediatrica.*

Em seguida, crio um *story* que incentiva as pessoas a segui-lo enquanto ele descobre sua nova cidade. Faço tudo isso em questão de minutos. Eu não apenas amo o Instagram, mas fiz uma aula inteira na pós-graduação sobre como usá-lo para fins de marketing.

— Quando vou poder ver este restaurante sobre o qual ouvi tanto falar? — Jason pergunta.

— Ah, hum, vire à esquerda no semáforo.

Ele segue minhas instruções até chegarmos ao restaurante na West Flagler Street.

— Lá está ele em toda a sua glória. — O prédio de estuque é pintado de amarelo claro com venezianas verdes e floreiras. As bandeiras cubana e italiana tremulam de cada lado da porta. Acima da porta, GIORDINO'S é esculpido e pintado em folha de ouro que minha mãe retoca no dia primeiro de janeiro de cada ano. Ela também cuida pessoalmente das janelas que mudam com as estações. No momento, estão cheias de petúnias roxas e amores-perfeitos.

— Parece muito bom — Jason comenta.

— Eles são muito orgulhosos do lugar.

— Você também deveria ser.

— Oh, eu sou, com certeza. Eles trabalharam muito para torná-lo o que é.

— Eles esperam que você assuma o lugar algum dia?

— Sim, e é por isso que estou determinada a ter uma carreira separada do restaurante enquanto puder.

— Você não quer?

— Não tanto quanto não gosto da ideia de não ter escolha.

— Nenhum de seus primos está interessado?

— Talvez, mas meus pais são os proprietários, então seria estranho para eles me pularem em favor dos meus primos, ou é o que meu pai diz.

— Entendo. Você sempre pode contratar um gerente, sabe?

— Já pensei sobre o assunto. Espero não ter que passar por isso por muitos anos ainda. Minhas avós parecem que vão ser eternas, e meus pais estão na casa dos cinquenta anos. Todos eles zombam da ideia de se aposentar. Nona diz que não saberia o que fazer.

— Eles devem realmente amá-lo, se não desejam deixá-lo.

— Eles adoram.

— Aqui serve almoço?

— Sim...

— Estou com um pouco de fome.

— Jason... — Meu emocional fica abalado com a ideia de entrar na cova do leão com ele.

Nunca há vagas de estacionamento disponíveis na rua, exceto agora. Ele habilmente estaciona em paralelo e desliga o motor.

— Eu posso aguentar o que eles disserem.

Não tenho certeza se *eu* posso. Quando ele alcança a maçaneta da porta, estou paralisada.

Ele olha para mim.

— Vai ficar tudo bem. Não se preocupe.

Eu rio.

— Como pode saber disso se não os conhece?

— Eu te conheço. Eles te criaram, certo?

— Sim...

— Então, eles devem ser ótimas pessoas, porque você é incrível.

Mantenho o olhar no seu por um longo e carregado momento antes de olhar para baixo, oprimida por suas palavras e a maneira como me sinto perto dele: tonta, desnorteada, excitada, intrigada e com medo. A última vez que dei meu coração a um homem, ele se partiu em um milhão de pedaços. Só não sei se tenho coragem de fazer isso de novo. Não quero passar o resto da vida sozinha, mas às vezes acho que pode ser mais fácil do que arriscar a rede de segurança que construí em torno de mim desde que perdi Tony.

— Me diga o que preciso saber sobre eles.

1 0

CARMEN

𝒩ão estou nem um pouco preparada para levá-lo para dentro. Eles me conhecem muito bem. Vão me ver com Jason e saber que estou atraída.

Engulo em seco enquanto a vibração nervosa em meu abdômen me faz sentir como uma adolescente nas dores do primeiro desejo. É exatamente assim que me sinto, como se o chão abaixo de mim tivesse desaparecido de repente, me enviando em uma espiral para o desconhecido.

— Se não quer que eu os conheça, tudo bem também. Só depende de você.

Quero que eles o conheçam, então procuro a coragem necessária para entrar com ele, sabendo muito bem o que eles farão disso.

— Quando conhecer minhas avós, se certifique de fazer contato visual. Isso é importante para elas. E muitas vezes, o restaurante é barulhento e tempestuoso. Talvez você ache que algo terrível deve estar acontecendo, mas é comum. Se alguém torcer o nariz, a pessoa está só pedindo que você explique melhor o que acabou de dizer. Não estão dizendo que você fede.

Ele ri disso.

— Bom saber.

— Abuela, minha avó cubana, vai invadir seu espaço pessoal. Ela não está tentando ser intimidante. Talvez elas te beijem, então esteja preparado para isso, e sempre há muitos toques e coisas do tipo. Pessoas que não estão acostumadas tendem a se surpreender. Minhas avós e meus pais adoram reclamar de *tudo*, mas na verdade eles odeiam qualquer tipo de drama. Eles falam e não fazem nada quando se trata de tópicos polêmicos. O que pode soar como uma briga para você, é só uma conversa para eles. O lado esquerdo é cubano. O direito é italiano. Há um bar no meio, e vamos nos sentar lá para evitar mostrar favoritismo para qualquer um dos lados.

Seus olhos se iluminam com diversão.

— Mal posso esperar para conhecê-los.

— Você diz isso agora.

Ele cobre minha mão com a sua e me olha com carinho e humor.

— Eu ouvi o que você disse antes sobre *timing*, complicações e tudo mais. Mas quero que saiba... quando cheguei ao hospital ontem e descobri que não estavam exatamente estendendo o tapete vermelho para mim, quase tive um ataque cardíaco. Eu coloquei anos de trabalho árduo em minha carreira, sacrifiquei muito e a possibilidade de que isso pudesse ser tirado de mim por causa de uma mulher vingativa...

Ele balança a cabeça em descrença.

— Mas então soube que a adorável jovem que me cumprimentou quando cheguei estava com problemas com meu carro e precisava que eu fosse à delegacia. Eu estava muito grato por ter uma desculpa para dar o fora daquele hospital. No minuto em que te vi sentada naquela cela, me senti melhor. A turbulência dentro de mim se acalmou quando começamos a conversar sobre como poderíamos reverter essa situação. *Você* fez isso por mim. Depois de tudo o que aconteceu com a Ginger, achei que seria impossível sentir qualquer coisa por outra mulher, especialmente em tão pouco tempo. Mas você... — Ele dá de ombros. — Sinto algo por você, Carmen, e acho que você também pode sentir isso.

Quero negar. Quero voltar a ser quem eu era ontem de manhã, quando não sabia que esse homem existia. Eu estava segura. Nada de ruim pode acontecer se você não se colocar lá fora. Posso ouvir a Abuela me lembrando que nada de bom pode acontecer também. *A vida é um risco*, ela diz. O amor é um risco. Na verdade, tudo é arriscado e as pessoas que têm a coragem de dar o salto são as que são mais bem recompensadas.

E arrasadas quando acaba. Não posso me esquecer disso.

Umedeço os lábios que ficaram secos enquanto o ouvia e tentava processar o que ele estava dizendo.

— Sim. — Respiro fundo. *Coragem, Carmen.* — Eu sinto algo.

— E você não tem certeza se quer, estou certo?

Concordo.

— Eu também não. Preciso estar mil por cento focado em minha carreira e em consertar o desastre. E ainda assim, estou aproveitando cada minuto que passamos juntos. — Ele aperta minha mão. — Tudo que quero é passar mais tempo com você.

— Eles vão dar uma olhada em nós e vão saber... — Umedeço os lábios de novo. — Que há alguma coisa.

— Tudo bem. — Ele me olha por um longo momento que termina quando seu olhar muda para minha boca.

Percebo que ele quer me beijar, e eu quero que ele me beije. Quero muito. Mas não aqui e não agora. Limpo a garganta e desvio o olhar, enervada com a intensidade da conexão que sinto com ele. Não é a mesma coisa que era com Tony. Nossa conexão começou com uma amizade próxima e se transformou em algo maravilhoso e confortável ao longo dos anos. Isso é totalmente diferente. Tem o potencial de ser cataclísmico se eu permitir.

Seu estômago ronca, quebrando a tensão enquanto rimos.

— Estou faminto.

— Eu ouvi. — Olho para o Giordino's e depois para ele. — Vamos alimentá-lo até quase o fim da sua vida.

— Estou satisfeito com isso.

Saímos do carro e esperamos uma pausa no trânsito para atravessar a rua. Este lugar é tão familiar para mim quanto qualquer outro do mundo, e conforme eu caminho através das portas para os cheiros ricos e o caos usual, parece que algo grande mudou. Mas a mudança não ocorreu no restaurante, que é o mesmo de sempre. A mudança está acontecendo dentro de mim, e é tudo devido ao homem lindo que me segue para dentro.

Como de costume, os dois lados do restaurante estão agitados para o almoço, mas fico aliviada ao ver que o bar do meio está quase vazio.

— Carmen! — Minha mãe dá um grito e vem me abraçar, como se não me visse há meses, quando, na verdade, estive aqui há dois dias para o brunch, durante o qual todos brindaram a mim e ao meu novo emprego.

Ela se afasta de mim, observando meu rosto.

— Por que você está aqui no meio expediente? Aconteceu alguma coisa?

— Você foi demitida? — meu pai pergunta quando se junta a nós.

— Não. — Eu provavelmente teria sido se meu chefe soubesse o que realmente aconteceu ontem, mas felizmente ele não sabe. Abraço os dois e gesticulo para Jason. — Este é o dr. Jason Northrup. Ele é novo na equipe do Miami-Dade, e me pediram para ajudá-lo a encontrar um lugar para morar e para mostrar-lhe os arredores.

Meus pais olham para ele, depois para mim e para ele de novo. Juro por Deus que eles podem ver tudo o que aconteceu entre nós desde o segundo em que nos conhecemos, ou pelo menos, é o que me parece.

— É muito bom conhecê-lo, dr. Northrup. — Minha mãe aperta sua mão com a reverência que normalmente reserva às celebridades. — Bem-vindo ao nosso humilde estabelecimento.

Quero revirar meus olhos para o ridículo da situação. Com pouco mais de um metro e meio de altura – e a parte do *pouco mais* é muito importante – ela é cerca de quinze centímetros mais baixa que eu. Em todos os outros sentidos, sou ela mais nova.

— Por favor, me chame de Jason, sra. Giordino.

— Então você deve me chamar de Vivian, e meu marido é Vincent. Nós dois respondemos apenas a V. também. — Ela passa as mãos pelo braço dele e tenta conduzi-lo em direção ao lado cubano da casa.

— Vamos comer no balcão, Mami.

Meu pai olha para mim e balança a cabeça com a maneira desavergonhada com que ela tenta levá-lo para o lado dela do restaurante. Ele tem um metro e noventa de altura, ombros largos, cabelo escuro e um rosto bonito que atrai a clientela feminina que flerta de forma descarada com ele.

Minha mãe o incentiva porque, como ela diz, é bom para os negócios e porque ela sabe que ele é irremediavelmente dedicado a ela.

— Onde estão a Abuela e a Nona? — É quase inédito que elas não estejam trabalhando nas áreas de recepcionistas durante o horário comercial.

— No cabeleireiro. Voltarão logo.

— Elas foram *juntas*? — Isso também é quase inédito.

— A Nona disse a Abuela que seu cabelo estava azul e que ela precisava ir até a amiga da Nona para consertá-lo. Elas tiveram uma grande briga sobre isso até que a Nona a cansou.

— A Nona *a cansou*? A abuela está doente? Você a levou ao médico, Mami?

— Ela está bem. Eu disse a ela que a Nona estava certa. Seu cabelo está azul e a cabelereira está muito velha para arrumá-lo. A mulher tem uma catarata do tamanho de pratos de jantar e se recusa a fazer qualquer coisa a respeito. Não é de se admirar que ela não consiga acertar a cor.

Ao meu lado, Jason estremece com uma risada silenciosa.

— Esta é a minha vida — digo a ele.

— É incrível.

— Venham, sentem-se. — Meu pai faz um gesto para que nos sentemos no bar. Ele serve água gelada com rodela de limão para mim. — O que posso trazer por você, Jason?

— Água com gás e limão seria ótimo.

— Já está saindo. — Ele dá a Jason um grande cardápio encadernado em couro preto e serve a bebida enquanto minha mãe fica por perto para não perder nada.

— Achamos que teríamos notícias suas ontem à noite, após seu primeiro dia — meu pai comenta.

— Sinto muito. Eu queria ligar, mas cheguei tarde em casa e quando preparei as roupas para hoje, já passava das onze.

Ele franziu as sobrancelhas.

— Por que estão te fazendo trabalhar até tão tarde?

— Foi o primeiro dia de Jason também, e queriam que eu mostrasse a cidade a ele. O sr. Augustino me disse que eu precisaria trabalhar à noite ocasionalmente quando me contratou.

— Mas no seu primeiro dia. — Mami resmunga com desaprovação, o que não me surpreende. Se eles pudessem, eu nunca teria ido para a faculdade ou feito outra coisa senão trabalhar na empresa da família. Sei que eles estão orgulhosos de tudo que eu conquistei, mas desapontados ao mesmo tempo porque escolhi um caminho diferente do que eles planejaram para mim.

— O que você quer comer, Jason? — meu pai pergunta.

— Tudo parece delicioso. O que você recomenda?

— Que tal um pouco de tudo?

— Incluindo cubano? — pergunto a ele, levantando uma sobrancelha.

— É claro. — Ele finge estar ofendido que eu tenha perguntado. Reviro os olhos para ele, deixando-o saber que não acredito em sua atuação. Eu não me surpreenderia se ele trouxesse apenas comida italiana, assim como minha mãe traria apenas comida cubana. Como suas mães, eles são bem territoriais.

— Perfeito — Jason responde. — Obrigado.

Meu pai vai até a cozinha para fazer os pedidos aos dois chefs e, sim, temos chefs executivos nos dois lados da casa, enquanto Jason vê as fotos autografadas de meus pais com várias celebridades que se alinham nas paredes. Todos, de Frank Sinatra a Taylor Swift, já passaram por nossas portas uma vez ou outra. O restaurante é listado como "imperdível" na maioria dos locais turísticos da área de Miami, e tem um fluxo constante de turistas junto com nossos frequentadores locais.

— Eva Perez disse que você estava jogando dominó no parque esta manhã — Mami diz com uma indiferença que é totalmente falsa. Ela foi para trás do bar para limpar a superfície brilhante que não precisa ser limpa.

Caramba. Eu não tenho sossego. Esta realmente é minha vida.

— Nós paramos porque o Jason quer conhecer a cidade, e achei que ele gostaria de aprender a jogar.

— Ela disse que você tirou fotos.

— Sim, para as redes sociais dele.

— Maria disse que você perguntou se ele poderia trabalhar na clínica popular.

Suspiro para mim mesma, porque Deus me livre que ela me ouça suspirar por algo que ela diz.

— Me permita explicar — Jason interfere.

Quero me jogar na frente dele, mas antes que possa impedi-lo, ele está contando toda a história do que aconteceu em Nova York e também como o estou ajudando a restaurar sua reputação e ser aprovado pelo conselho do Miami-Dade.

Minha mãe aguarda cada palavra sua, com a boca aberta em choque quando ele chega na parte sobre como Ginger o traiu. Quando ele está na metade da repetição da história, meu pai retorna e está igualmente interessado. Não tenho certeza se estou assistindo a um desastre lento ou a uma jogada inteligente da parte dele.

— Que tipo de mulher faz isso com alguém? — Mami está cheia de indignação por ele.

Sua indignação é um alívio para mim. Não quero que ela não goste dele por causa do que aconteceu. E, além disso, é provavelmente melhor que ele mesmo tenha contado, já que eles iriam pesquisar seu nome no Google dois segundos depois de sairmos. Os quatro são apaixonados por seus iPhones e emojis.

— Esta tarefa que você recebeu é muito importante, Dulcita.

Jason me olha com uma sobrancelha levantada.

— Dulcita?

— Docinho — minha mãe diz a ele. — É como eu sempre a chamei.

— Ela é muito doce.

Estou mortificada, e ele sabe disso, mas ri de qualquer maneira. E eu que pensei que gostava dele. Quando olho para cima, minha mãe está me olhando com curiosidade, como se tivesse acabado de montar um quebra-cabeça de mil peças no espaço de um segundo. Essa é a minha mãe. Nada passa por ela.

— De onde você é, Jason? — Mami pergunta.

— Milwaukee.

— De onde vem o seu pessoal?

Jason olha para mim.

— Nacionalidade. — Minha família está sempre interessada em saber de onde as outras pessoas são.

— Ah, hum, Inglaterra, Irlanda e Holanda, foi o que me disseram.

— Você tem irmãos?

— Tenho um mais novo.

— E o que seus pais fazem?

— Mami! Isso é um almoço, não uma inquisição. — Sinto que devo parar com isso, embora ela esteja fazendo perguntas que eu gostaria de fazer.

— Está tudo bem, Dulcita. — Jason pisca para mim enquanto eu faço uma careta para ele. Ele não tem permissão para me chamar assim, mas não parece se importar. — Minha mãe é médica e meu pai é advogado.

— Minha nossa. — Minha mãe sempre fica impressionada com pessoas com educação sofisticada, embora, como meu pai frequentemente diz a ela, educação sofisticada não significa necessariamente pessoas elegantes. Ele gosta de dar exemplos de pessoas que conhecemos, que têm toda a educação do mundo, mas não sabem o suficiente para sair da chuva, como ele diz. — Eles devem estar muito orgulhosos de você.

— Estavam até que as coisas explodiram em Nova York.

— Não foi sua culpa.

Ele dá de ombros, parecendo um pouco derrotado.

— As pessoas não acreditam que eu não sabia quem ela era. Ela não mudou de nome quando se casou, então como eu poderia conectá-la a alguém do conselho? E nunca me ocorreu que eu deveria pesquisar no Google essa nova mulher fabulosa que conheci e que parecia tão genuína. Isso é por minha conta.

— Não é sua culpa. — Mami estende o braço pelo bar para colocar a mão sobre a dele. — É culpa *dela*. Ela decidiu te usar sem nenhuma preocupação sobre os danos que isso faria a você, provavelmente imaginando que você era um típico cirurgião astro e egocêntrico que não se importaria se ela o usasse para separar sua família. Lamento muito que tenha acontecido com você.

— Obrigado.

Ele está chafurdando nas vibrações maternais que minha mãe está emitindo. Ela é mãe de todos, como uma mulher que deveria ter dez filhos, não apenas uma. E como tantos outros antes dele, Jason é impotente para resistir a ela. Tony a *adorava* e contou a ela todos os seus problemas a tal ponto que tive que implorar para ele não compartilhar tudo o que acontecia entre nós com *minha mãe*!

Deixe-me dizer: não foi fácil ser adolescente rebelde quando todos os meus amigos me diziam o quanto minha mãe era incrível e que eu deveria ser mais legal para ela. Era no mínimo frustrante.

O pager no cinto do meu pai vibra para avisá-lo que a comida está pronta na cozinha. Ele vai buscá-la e volta com duas travessas que coloca na nossa frente.

— Cubano à esquerda. Italiano à direita.

— Nunca é o oposto aqui — digo a Jason. — Nunca.

— Bom saber. Eu não gostaria de estragar tudo.

— Não se preocupe — Mami fala —, não vamos deixar você cometer esse erro.

— Me fale um pouco do que temos aqui.

Aponto para a cesta de doces que meu pai trouxe junto com a comida.

— *Croquetas, pastelitos e bocaditos*. No prato, tem *arroz con pollo*, que é arroz e frango, e *arroz con frijoles negros*, ou arroz com feijão preto. Isso é *ropa vieja*, carne desfiada com molho de tomate. *Ropa vieja* na verdade significa "roupas velhas", mas não deixe que isso o impeça de experimentar. É um dos meus favoritos. Também temos *tostones*, que são bananas, e *yuca hervida con mojo*, ou *yuca fervida*. Do lado italiano, há *manicotti*, que é o que somos conhecidos, bem como berinjela parma, *fritto misto*, linguiça e *brócolis rabe frittata*.

— Espero que vocês forneçam embalagens para viagem, porque isso é suficiente para três refeições.

— Vamos embalar para você, *mijo* — Mami diz. — Não se preocupe.

Estou chocada com o uso da palavra *mijo*. Era assim que ela chamava Tony, a gíria para *mi hijo*, ou "meu filho".

Ela imediatamente percebe o que fez e me lança um olhar implorante, como se estivesse me pedindo para perdoá-la. Eu perdoo. Claro que sim, mas ouvir esse termo pela primeira vez em cinco anos me atinge como um tiro no coração.

Jason não percebe, o que é bom. Ele está muito ocupado experimentando um pouco de tudo. Seus gemidos de prazer vibram em mim como fios elétricos presos a todas as minhas partes mais importantes enquanto tento comer um pouco.

Precisando de algo para fazer, pego o telefone, dou a volta no bar e tiro fotos dele provando – e obviamente gostando – da comida tradicional cubana e italiana.

— Esta é a melhor refeição que já comi em toda a minha vida — ele declara quando acaba com uma porção considerável de ambos os pratos.

Meus pais sorriem de felicidade. Ele não poderia fazer um elogio maior. Eles amam alimentar as pessoas a ponto de explodir.

— Que tal sobremesa? — meu pai pergunta.

Antes que possamos responder, a porta da frente se abre com um estrondo quando minhas avós entram, brigando como gatos furiosos, como de costume.

Abuela está mexendo no cabelo, que está lindo como sempre.

— Está muito curto. Eu disse a ela para não cortar muito, mas ela não me deu ouvidos. Só você mesma, *coño*, me levar a uma cabeleireira que não fala inglês *ou* espanhol.

— Ela fala inglês e espanhol perfeitamente e, ao contrário da sua cabelereira cega como um morcego, ela pode ver o que está fazendo!

— Se eu não te conhecesse bem, acharia que você tinha dito a ela...

Tudo para quando Abuela percebe que estou sentada no bar.

Com um homem.

Nona olha em nossa direção para ver o que Abuela está olhando e, rapidamente, a discussão é esquecida.

Elas têm coisas muito melhores a fazer do que brigar por causa do cabelo quando estou sentada no bar. Com um homem.

— Se prepara — eu murmuro para Jason.

CARMEN

Vindo em nossa direção como gafanhotos, as duas me abraçam e beijam como se não me vissem há semanas, trazendo nuvens de perfume Chanel e Dior com elas. Para mim, é como se elas fossem os aromas de casa. Abuela é pequena e delicada, e seu cabelo branco como a neve está perfeitamente penteado depois da ida ao salão, durante a qual os tons de azul desapareceram. Embora ela tenha quase setenta e cinco anos, seu rosto não tem rugas e a maquiagem é perfeita. Eu nunca a vi de outra forma, a não ser deslumbrante, mesmo logo pela manhã.

Nona é mais alta, tem o dobro de largura e para o desânimo de Abuela, o cabelo da minha outra avó continua escuro, com apenas alguns fios grisalhos para indicar que ela logo fará setenta e seis. Nona não dá a mínima para maquiagem, roupas ou qualquer uma das coisas pelas quais Abuela é obcecada. Elas não poderiam ser mais diferentes, nem se tentassem.

No entanto, elas têm uma enorme coisa em comum...

A mim.

Me levanto antes que elas possam começar a fazer perguntas.

— Nona, Abuela, este é o dr. Jason Northrup, um dos meus colegas do Miami-Dade. Jason, essas lindas damas são minhas avós, Marlene e Livia, mas quase todo mundo as chamam de Abuela e Nona.

Ele se levanta e aperta as mãos das duas, olhando-as nos olhos quando diz que é muito bom conhecê-las.

Estou excessivamente orgulhosa dele.

— Um *médico* — Nona diz. — Que adorável. Qual a sua especialidade?

— Neurocirurgia pediátrica.

Abuela ofega.

— Neurocirurgião! Como Patrick...

— Dempsey. — Nona completa a frase de Abuela como de costume. Abuela nunca consegue se lembrar de nomes. Rostos, sim, mas ela é péssima com nomes. É por isso que chama nossos clientes de Mami e Papi. É mais fácil.

— Sim, assim como ele — respondo. — Só que o Jason é neurocirurgião de verdade.

Abuela dirige um olhar astuto na minha direção.

— Jason, é?

Percebi meu erro no segundo em que o cometi, mas é tarde demais para consertar.

— Estou muito feliz que você já esteja fazendo tantos *amiguitos* no trabalho, Carmen. — Além de não ter boa memória, ela também não tem muito tato. *Amiguitos* significa bons amigos, meio que no sentido de paquera, e ela deu uma ênfase extra ao pronunciar a palavra para fazer seu ponto. Como se eu fosse entender o que ela quis dizer de outra forma.

Abuela está impressionada com seu rosto bonito tanto quanto com seu currículo, sem mencionar por ele estar aqui comigo. Ela vai falar sobre isso por semanas. Sua neta trouxe um neurocirurgião para o restaurante, um *neurocirurgião* de verdade.

— Meu chefe me pediu para mostrar o local ao dr. Northrup, já que ele é novo na região e precisa de ajuda para se aclimatar.

— Você veio ao lugar certo, dr. Northrup — Nona fala. —

Podemos ensinar tudo o que você precisa saber sobre a área de Miami.

— É muito gentil de sua parte, senhora. Carmen está fazendo um excelente trabalho em me mostrar tudo.

— É mesmo? — O olhar de laser de Abuela tenta enxergar dentro de mim para procurar a história real.

Faço um bloqueio mental e não demonstro nada a ela.

— Precisamos ir. — Espero ser capaz de livrá-lo de suas garras.

Antes que possamos fazer um movimento, minha prima Maria entra, vestida com um uniforme rosa com bebês de desenho animado por toda parte. Ela tem minha constituição, altura e tom de pele, mas seu cabelo é mais comprido e encaracolado que o meu. As pessoas costumam achar que somos irmãs. Ela passa por minhas avós para beijar minha bochecha.

— Soube que você estava aqui.

— Como isso é possível? — Jason pergunta baixinho.

— É melhor não perguntar. Dr. Jason Northrup, essa é a minha prima Maria Giordino. Maria, dr. Northrup.

— Jason — ele diz.

Minhas avós se afastam com relutância para que Jason e Maria possam apertar as mãos.

— Prazer em conhecê-lo. — Maria me lança um olhar de esguelha que transmite toda uma conversa que seria mais ou menos assim se estivéssemos sozinhas:

Ela: Isso é sério? Esse cara é muito gostoso.

Eu: É mesmo? Eu não tinha percebido.

Ela: Até parece. Duvido que não.

— Soube que você está procurando um trabalho voluntário.

— É isso mesmo e é um prazer conhecê-la também.

— Venho trazendo boas notícias. A clínica adoraria contar com seus serviços a partir de amanhã, se você estiver disponível.

Ele olha para mim.

— Ele está disponível com uma condição.

— Qual?

— Tirar fotos dele no trabalho.

— Nada de publicar fotos de rosto de pacientes na internet sem autorizações assinadas.

— Combinado.

Maria sorri para Jason.

— Você está contratado.

— Isso é ótimo. Muito obrigado.

— Estamos muito felizes em ter você.

— Achei que você tivesse dito que é neurocirurgião — Abuela comenta. — O que está fazendo trabalhando na clínica popular de Maria?

— Apoio à comunidade — respondo rapidamente por ele. — O hospital exige isso.

— É um gesto maravilhoso — Nona fala.

Ele a conquistou para sempre ao dar seu tempo aos necessitados. Meu pai reclama da quantidade de comida que ela doa para as inúmeras causas com as quais está envolvida, mas até ele respeita o quanto ela e a Abuela dão aos outros.

— Quer almoçar, querida? — meu pai pergunta a Maria.

— Uma salada da casa com frango para viagem seria ótimo, tio V.

— Já está saindo.

— Que horas e onde amanhã? — Jason pergunta a Maria.

— Pode ser às nove?

— Por mim, tudo bem.

— Vou levá-lo para que eu possa tirar as fotos — digo a ele.

— Combinado. Obrigado a vocês duas.

— Obrigada *você*. Minha chefe não conseguiu dizer sim rápido o suficiente quando contei a ela sobre sua oferta. Eu teria te dado uma resposta antes, mas ela esteve em reuniões durante toda a manhã com o pessoal da contabilidade, o que geralmente a deixa de péssimo humor.

— A clínica precisa de dinheiro de novo, querida? — Nona pergunta.

— Não tenho certeza do que está acontecendo, mas eu aviso.

— Podemos fazer outra noite do espaguete — Nona diz. — É só falar.

— Obrigada. — Maria beija a bochecha de Nona e depois a de Abuela. Ela é como uma terceira avó de Maria. Isso é algo para se admirar no relacionamento único das minhas avós. Elas amam os netos uma da outra como se fossem seus próprios.

Meu pai embalou as sobras para Jason e, a julgar pelo tamanho da sacola que ele trouxe, presumo que tenha adicionado o suficiente para algumas refeições adicionais também.

— Obrigado, pai.

— Qualquer coisa por você, amor.

Jason pega a carteira.

— Você vai nos insultar se tentar pagar. — Meu pai fala de forma severa de um jeito cômico. — É um prazer dar as boas-vindas ao colega de nossa filha em Miami e em nosso humilde estabelecimento.

Jason se inclina sobre o bar para apertar a mão do meu pai.

— Muito obrigado por sua hospitalidade, Vincent. Foi um prazer conhecer todos vocês.

— Igualmente — Abuela fala. — Espero te ver de novo em breve. Na verdade, você deveria vir para o *brunch* de domingo. — O olhar calculista que ela me dá mostra que está tentando me ajudar, quer eu queira ou não.

— Eu adoraria.

— Maravilhoso. A Carmen vai te dar os detalhes, e nos vemos no domingo. — Ela curva o dedo para fazê-lo se inclinar para que ela possa beijar sua bochecha.

Em seguida, Nona o abraça e beija enquanto minha mãe espera sua vez.

Eu o cutuco para que ele se mova para a porta antes que elas pensem em outra coisa que precisam dizer ou perguntar a ele.

— Me ligue mais tarde, Carmen — Mami me chama quando a porta se fecha atrás de nós.

— Esta é minha família.

— Tenho muitas perguntas.

Enquanto caminhamos em direção ao carro dele, eu rio como há anos não ria.

JASON

Ela não tem ideia de como é incrivelmente adorável, o que a torna ainda mais. Vê-la com sua família acrescentou uma camada intrigante à minha impressão sobre Carmen e me encheu de curiosidade sobre a dinâmica familiar.

— Abuela é a mãe da sua mãe, certo? — pergunto quando estamos de volta ao carro.

— Sim, ela deixou Cuba quando tinha uns dez anos. A família da Nona veio da Itália para Nova York quando ela tinha dois anos, muito jovem para se lembrar e tudo. Já a Abuela lembra-se de tudo sobre a saída de Cuba. Foi muito traumático para ela e toda sua família, especialmente depois que perderam o pai.

— O que aconteceu com ele?

— Meu bisavô se infiltrou no governo de Batista como parte do esforço revolucionário para derrubar seu governo corrupto. Batista era o presidente na época caótica antes de Castro chegar ao poder. Quando foi descoberto, o executaram.

— Meu Deus.

— Infelizmente, isso aconteceu um mês antes de Batista ser forçado a fugir do país. Um dos amigos do meu bisavô foi até a casa e disse à mãe da Abuela que elas tinham que partir imediatamente. Ele os colocou em um voo que partia para Miami naquela tarde. Sua mãe escapou com cinco filhos e as roupas do corpo. Eles deixaram de ser cidadãos ricos e proeminentes de Havana para viver em um novo país onde não falavam a língua e com poucos recursos disponíveis.

— Que choque deve ter sido.

— Pelo que soube, minha bisavó nunca se recuperou de verdade da perda do marido, a casa e o país no mesmo dia. Abuela e sua irmã mais velha ajudaram a criar os irmãos mais novos enquanto a mãe trabalhava longas horas em uma lavanderia para colocar comida na mesa no apartamento apertado onde todos moravam. A graça salvadora, se é que se pode chamar assim, foi a comunidade de cubanos exilados que acabaram aqui.

— Deve ter ajudado ter outras pessoas de Cuba por perto.

— Foi uma mistura de sentimentos para eles. Havia muitos interesses conflitantes na época. Algumas pessoas os reverenciavam pelo que seu marido e pai haviam feito, e outras eram menos gratas. Curiosidade: recebi o nome da minha bisavó, Carmen.

— Que história incrível.

— Quando as restrições de viagem foram amenizadas há alguns anos, meus pais levaram Abuela e sua irmã mais velha para Havana. Meus pais disseram que Havana é como um lugar que o tempo esqueceu. Ainda dirigem carros dos anos cinquenta e quase não têm nenhuma das conveniências modernas que consideramos naturais aqui. Iam ficar lá por uma semana, mas voltaram depois de apenas dois dias. A Abuela e minha tia-avó não suportaram estar ali. As memórias eram muito dolorosas.

— Isso é muito triste.

— Ela disse que a viagem proporcionou um fechamento para elas. Foi tudo o que ela falou sobre isso. Desde então, ela nos pediu para falar com ela mais em inglês do que em espanhol para que ela pudesse melhorar a língua. É como se ela finalmente tivesse aceitado que nunca vai voltar para casa.

— Jamais imaginaria que ela passou por tanta coisa.

— Ela esconde bem. Apesar de tudo que suportou, ainda é uma das pessoas mais otimistas e alegres que já conheci.

— Confesso que não sei muito sobre a história cubana além do que ouvimos nos noticiários sobre pessoas tentando escapar para os Estados Unidos de barco.

— Só ouvimos falar disso quando as coisas vão mal e alguém morre. A história da revolução é fascinante. Nós a estudamos na escola.

— Enquanto nós estudamos a crise dos mísseis cubanos no ensino médio, mas, fora isso, não me lembro de ter aprendido muito mais. Você disse que a sua Nona é de Nova York?

— Isso. A família dela se mudou do Brooklyn para Miami quando ela era adolescente, então ela é nova-iorquina de coração. Ela volta sempre que pode, especialmente agora que dois dos meus primos moram lá. Nós brincamos que ela avisa com vinte e quatro horas de antecedência que está indo para a cidade, e eles têm que correr para limpar o apartamento para deixá-lo pronto para ela.

Eu rio com a imagem que ela pinta de dois jovens nova-iorquinos lutando para se preparar para a chegada de sua amada, mas exigente, avó.

— Obrigado por compartilhá-los comigo. Essa foi a refeição mais agradável e deliciosa que tive em muito tempo. — Olho para o restaurante. — Eles estão falando sobre nós agora?

— Ah, com certeza — ela responde, rindo. — Cometi um erro crítico quando te chamei de Jason na frente delas.

— Como assim?

— Você não deve ter visto o olhar calculista que Abuela me lançou. Juro que essa mulher às vezes pode ver dentro de mim. Chamar você pelo seu primeiro nome indica familiaridade, e ela percebeu isso.

— Nossa geração é muito menos formal do que a delas.

— Verdade, mas ela vê muito mais do que quero. Ela sempre faz isso. Minha mãe é igual.

Eu me viro para ela, mais intrigado a cada minuto que passamos juntos.

— O que você acha que elas viram hoje?

Carmen mordisca o lábio enquanto me observa com atenção.

Começo a me preocupar se estou com molho no rosto ou espi-nafre nos dentes, mas não consigo desviar do olhar dela para verificar.

— Elas viram que, pela primeira vez desde que perdi o Tony, estou interessada em um homem.

Sua confissão toca a parte mais profunda de mim, e eu me inclino em sua direção, precisando beijar aqueles lábios doces.

Ela lança um olhar desconfiado para o restaurante.

— Aqui, não.

Engulo um gemido.

— Aonde você quer ir?

— Vamos dar um passeio até a praia.

Entro no trânsito enquanto ela me direciona para a rodovia ao sul para Miami Beach. Ela mexe no rádio até encontrar uma estação que toca rock clássico.

Ela aumenta o volume de *Hot Blooded* e, quando me pega olhando para ela, sorri.

— Cresci ouvindo rock clássico. Era tudo o que meu pai gostava de ouvir em casa e no carro.

— Eu também sou um cara do tipo rock clássico. Qual sua banda favorita? — Se falarmos de música, não vou pensar em como quase a beijei, certo? Ela vai me deixar beijá-la quando chegarmos à praia? Deus, espero que sim. Estou morrendo de vontade de beijar seus lábios.

— É uma disputa entre Fleetwood Mac e os Eagles.

— Dois dos meus três primeiros.

— Qual é o terceiro? — ela pergunta.

— Stones. Eu os vi ano passado em Nova York. Foi um sonho que se tornou realidade.

— Não posso acreditar na maneira como Mick anda pelo palco aos setenta anos.

— Eu sei, e mesmo depois de fazer uma cirurgia cardíaca, ele ainda está ótimo. Você já foi a algum show?

— Ainda não, mas adoraria.

Guardo essas informações para referência futura.

— Quais shows você já foi?

— Os Eagles vieram para Miami no ano passado. Eles foram muito bons. O filho de Glenn Frey, Deacon, está em turnê com eles agora, e ele é incrível.

— Eu soube. Quem mais você tem vontade de ver?

Falamos sobre música, bandas e shows que vimos enquanto seguimos no trânsito intenso a caminho da praia. É uma distração bem-vinda depois do que ela me confessou. Quero beijá-la, abraçá-la e passar mais tempo com ela. Se alguém tivesse me dito que eu estaria tendo esses pensamentos logo após o desastre com Ginger, eu teria rido. Mas isso foi antes de eu saber que Carmen Giordino existia neste mundo.

Enquanto dirijo, ela trabalha em seu telefone, postando as fotos que tirou de mim no restaurante saboreando a autêntica comida cubana e italiana no Giordino's. O tráfego está lento, é como eu consigo vê-la franzir a testa enquanto seus dedos voam sobre a tela.

— O que há de errado?

— Nada.

Sua postura tensa e expressão dizem o contrário.

— Me fale.

— Só uns comentários idiotas sobre as fotos anteriores.

Meu coração se aperta.

— Que tipo de comentários?

— Sobre aquela merda de Nova York, mas não se preocupe. Excluí os comentários e bloqueei as contas.

Fico desanimado ao saber que aquilo me seguiu para o sul, mas o que eu esperava?

— Na era digital, você pode correr, mas não pode se esconder.

— Não se preocupe. Continuaremos adicionando à narrativa e, com o tempo, faremos com que esqueçam tudo sobre o que aconteceu em Nova York.

Eu gostaria de estar tão convencido quanto ela de que as pessoas vão esquecer um escândalo tão suculento.

Carmen atende a uma ligação de sua prima Maria, que ela coloca no viva-voz.

— Oi, o que manda?

— Pensei em seu projeto — Maria fala.

Presumo que ela esteja falando de mim.

— O que tem?

— Se lembra da minha amiga Desiree, do colégio?

— Ah, ela trabalha para a NBC 6 agora, certo?

— Sim. Eu poderia falar com ela para fazer uma reportagem sobre o neurocirurgião pediátrico que se ofereceu para trabalhar de graça na clínica para que ele pudesse conhecer sua nova cidade.

Carmen olha para mim e, embora chamar atenção seja contrário à minha natureza, estou bem ciente de que será necessário se eu tiver qualquer expectativa de reparar minha reputação. Eu concordo, dando a ela minha aprovação relutante.

— Isso seria incrível, Mari. Pode pedir a ela que me ligue se estiver interessada?

— Pode deixar.

— Obrigada.

— Obrigado por *cafetizar* o seu médico para nós.

Nós dois rimos de seu uso da palavra *cafetão* para descrever o papel de Carmen.

— O prazer é meu — Carmen responde. — Me avise quando tiver uma resposta da Desiree.

— Pode deixar. Até mais tarde.

— Seria incrível se conseguíssemos a matéria na TV — Carmen fala.

— Sim. — Eu aperto o volante com mais força, com o olhar fixo na estrada.

— Você não acha?

— Acho. Claro que acho. É só que... em minha vida normal, atrair esse tipo de atenção para um trabalho voluntário seria algo inédito.

— Não tenho dúvidas de que sua humildade aparecerá em uma entrevista, ou eu nunca concordaria em deixá-lo fazer isso. As pessoas vão te adorar por apoiar os menos afortunados na comunidade que você espera chamar de lar. É uma ótima história.

— É uma história melhor quando é outra pessoa na câmera.

— Você será um astro.

— Ótimo — ele diz, fazendo uma careta. — Eles vão desenterrar o lixo de Nova York?

— Vou falar sobre o que aconteceu e fazer o meu melhor para manter o foco no que você está fazendo aqui.

— Isso sempre vai me seguir? Será a frase de abertura do meu obituário?

— Você ainda tem muitos anos para fazer coisas incríveis que irão empurrar isso ainda mais para baixo na lista.

Ela me faz sentir otimista quando não tenho razão para isso há semanas.

— Se você fizer a entrevista, deve falar sobre sua pesquisa e o quanto está perto de um grande avanço. Esse é o tipo de coisa que vai ressoar nas pessoas normais. Todo mundo conhece alguém que está lutando contra uma doença grave. Ser lembrado de que existem médicos dedicados trabalhando nesses desafios é reconfortante.

Absorvo cada palavra sua, tocado por sua visão e sabedoria.

— Você me faz acreditar que podemos conseguir isso.

— Fica comigo, garoto.

125

1 2

JASON

*E*u amo o sorriso adorável e arrogante que ela exibe. Adoro que ela tenha abraçado a minha situação e a tenha tornado sua. Carmen me faz sentir menos sozinho com meus problemas do que antes de conhecê-la.

— Estacione ali. — Ela aponta para um estacionamento público enquanto se ocupa com seu telefone de novo.

Depois de parar em uma vaga, começo a ler a placa sobre como pagar por meio de um aplicativo.

— Como é o pagamento aqui?

— Tudo é feito em um aplicativo. Já cuidei disso. Vou baixá-lo e configurar no seu telefone. Você vai precisar para estacionar por aqui.

— É muito bom ter você por perto.

— Ora, obrigada. Vamos andar.

Guardamos sua bolsa no porta-malas antes que ela siga na frente até um calçadão que percorre toda a extensão de Miami Beach.

— Meus pais passaram a lua de mel aqui no início dos anos 1980 — digo a ela.

— Onde eles ficaram? Você sabe?

— No Fontainebleau, acho.

— Vamos dar uma olhada. Mudou muito desde que o remodelaram. Pessoalmente, não gosto muito. Eu gostava de como era antes, quando estava mais de acordo com o estilo *art déco* de Miami e Miami Beach. Agora se parece com qualquer outro hotel moderno e sofisticado. Mas ainda é um lugar legal para tomar uma bebida e observar as pessoas.

À nossa esquerda, há dunas e uma vegetação exuberante que bloqueia a visão da praia do outro lado. Avisto pedaços do oceano enquanto caminhamos para o deck da piscina do Fontainebleau, que está lotado, principalmente de jovens. Vejo pessoas de biquínis minúsculos em todos os lugares que olho, não que eu queira olhar para outra mulher além daquela com quem estou.

Ela me deixou completamente cativado, especialmente porque admitiu estar tão atraída por mim quanto estou por ela. É como se o desastre com Ginger nunca tivesse acontecido, agora que conheci Carmen e consegui chamar a atenção dela.

Entendo que para ela é um grande problema admitir que se sente atraída por mim. Estou honrado e orgulhoso por passar este tempo com ela. Nos sentamos em um bar chamado Glow, localizado no meio do lugar, na vasta rede de piscinas e bares. A música toca alto – alto demais para o meu gosto – em alto-falantes posicionados para cobertura máxima.

Um dos seis bartenders coloca cardápios de bebidas e comidas na nossa frente. Examino as ofertas, observando que os preços estão de acordo com o que eu esperava ver em Manhattan.

— Não consigo imaginar meus pais aqui.

— Não era assim quando eles vieram. Quando eu era mais jovem, meus pais tiravam um domingo por mês de folga do trabalho e brincávamos de turista em nossa cidade natal. Nos revezávamos para escolher o que íamos fazer, e minha mãe sempre queria vir para a praia. Almoçávamos aqui e brincávamos na piscina. Eles tinham um escorregador sinuoso que era uma das minhas coisas favoritas. Depois de um tempo, íamos para a praia, tentar surfar. Esses eram alguns dos meus dias favoritos.

Ela se contêm e oferece o sorriso tímido em que estou me viciando.

— Me desculpe. Não tenho a intenção de divagar.

— Você não está divagando. Gosto de ouvir suas histórias.

Ela pede um Miami Heat, que é uma bebida a base de Bacardí Limón, purê de maracujá, Tropical Red Bull e jalapeño, enquanto eu escolho um Preacher Man, feito com Bourbon Four Roses, suco de limão, xarope simples e cerveja de gengibre.

— Me deixe tirar uma foto sua apreciando uma bebida. — Ela segura o telefone e tira várias fotos minhas com a bebida chique e, em seguida, digita em seu telefone para postar.

— Qual a legenda dessa?

— Aproveitando uma bebida no Fontainebleau.

— Mais algum comentário sarcástico?

Ela examina a tela por um minuto, franzindo as sobrancelhas enquanto digita na tela.

— Nada com que se preocupar.

Isso significa que sim, então decido mudar de assunto.

— Se eu tomasse Tropical Red Bull, ficaria acordado por dois dias.

Ela ri.

— Nada me mantém acordada. Quando me deito, acabou. Bato na cama e apago. Meus primos zombam de mim porque não aguento virar a noite com eles. Consigo ficar acordada até umas onze horas em uma boa noite. Sempre fui assim. Eles me chamam de Abuela.

— Que bonitinho.

— Não, não é! Na minha idade, eu deveria estar virando a noite fora, não agindo como uma senhora idosa, sentada em uma poltrona reclinável, caindo no sono enquanto assiste às reprises do seriado Golden Girls.

Morro de rir da maneira indignada com que ela diz isso. Ela é adorável demais. Tudo que descubro a seu respeito só me faz gostar mais dela. E quanto mais descubro, mais quero saber. Mexo a bebida com o canudo de papel e tomo um gole da saborosa mistura.

— Não consigo parar de pensar na história que você me contou sobre sua bisavó fugindo de Cuba com cinco filhos e nada além das roupas do corpo.

— Ouvi essa história toda a minha vida, e ainda me dá arrepios.

— Entendo o porquê. Ela se casou novamente?

— Sim, uns dez anos depois. Ela se casou com um homem quinze anos mais velho e solteirão. Ele era dono de uma rede de concessionárias de automóveis no sul da Flórida e adorava ela e os filhos. Tratou-os como se fossem seus.

— Isso é realmente bom. — Estou incrivelmente comovido com essa história, por razões que nem consigo entender.

— Segundo todos os relatos, foi um bom casamento, mas Abuela diz que sua mãe nunca superou a perda repentina e violenta do primeiro marido.

— Como se superaria algo assim?

— Não se supera. Você aprende a conviver com isso, mas jamais supera.

Inclino a cabeça para observá-la mais atentamente.

— Ainda estamos falando sobre a sua bisavó?

Seu sorrisinho transmite um mundo de compreensão.

— O luto é uma jornada muito estranha, e não há duas pessoas que sigam o mesmo caminho. Eu ouvi a história do que aconteceu com meu bisavô durante toda a minha vida, mas até que perdi Tony, eu realmente não entendia, sabe?

— Entendo o que você está dizendo. Deu-lhe perspectiva.

— Sim, exatamente. Entendi sua perda, agravada por ter que deixar sua casa e seu país enquanto consola cinco crianças angustiadas em um lugar onde você não fala o idioma, não tem uma fonte de renda ou um lugar para morar, é de se perguntar como ela sobreviveu. Suas lutas fazem com que a minha pareça simples em comparação.

— E, no entanto, não havia nada de simples nisso.

— Não, não havia. Ainda não há. É como se essa dor simplesmente continuasse com você. Mesmo em dias realmente bons, como este tem sido, a dor está sempre lá. Torna-se parte de quem você é.

Seguro sua mão, entrelaço nossos dedos e olho em seus lindos olhos castanhos.

— Acho que você é tão admirável quanto sua bisavó.

— É legal da sua parte dizer, mas eu nunca compararia minha perda com a dela.

— Tenho certeza de que ela ficaria orgulhosa da maneira como você reconstruiu sua vida e descobriu um novo caminho para si, da mesma forma que ela fez.

— Eu gostaria de pensar que sim.

— Como não estaria? Você é uma jovem muito impressionante, Carmen.

— Isso é um grande elogio vindo de um neurocirurgião.

— Não faça isso. Não use minhas realizações para diminuir as suas. Nunca passei por nada remotamente parecido com o que aconteceu com você, para não mencionar quando era tão jovem. Tenho permissão para te achar impressionante pela maneira como sobreviveu a isso.

— Obrigada — ela diz baixinho enquanto a diversão toma conta de sua expressão. — Significa muito vindo de um neurocirurgião.

Eu sorrio e reviro os olhos para ela.

— Essa música está me irritando. Vamos encontrar um lugar mais tranquilo. — Entrego o cartão de crédito ao barman, que após passá-lo na máquina, o devolve para mim. Assino o recibo e vamos dar um passeio pelo hotel. Ela me mostra fotos de como era quando meus pais estavam aqui.

— Isso parece mais o estilo deles do que o jeito como está agora. Vi uma placa de aluguel de carros de luxo. Quer alugar um Lambo?

— Que nada, meu amigo tem um Porsche. Por que preciso de um Lambo?

Rindo, coloco meu braço em volta dela enquanto caminhamos pelo hotel luxuoso e contemporâneo até a saída que leva à praia. Tiramos os sapatos e caminhamos ao longo da beira da água. É um final de tarde quente e ensolarado, e sinto uma sensação de paz tomar conta de mim que me lembra de antes de o escândalo explodir em minha vida. Não que eu tivesse muita paz ou sossego naquela vida acelerada, mas me convinha.

A mão de Carmen roça a minha, e eu a seguro, querendo tocá-la agora que ela me demonstrou que sou bem-vindo. Depois de uma longa caminhada pela praia, encontramos um lugar para nos sentar e assistir ao pôr do sol.

— Deixe-me tirar uma foto sua na praia — ela pede. — Faça uma pose pensativa e contemplativa.

Faço caretas que a fazem rir antes de ficar sério e dar o que ela precisa.

Quando ela está sentada ao meu lado na areia, não posso esperar mais para falar sobre o que ela compartilhou comigo do lado de fora do restaurante de sua família.

— O que você disse antes... quero que saiba que significa muito para mim.

— Desde que o Tony morreu, eu me pergunto se isso era para mim. Se ele seria o cara certo e, se depois de alguns anos eu decidisse que sim, se eu teria sorte, sabe? Algumas pessoas nunca conseguem ter o que tive com ele.

— Eu nunca tive isso.

— Achei que estava sendo gananciosa em esperar que pudesse acontecer novamente. Mas a desvantagem é que, uma vez que você experimenta a coisa real, é difícil se contentar com nada menos. — Ela ri e olha para o vasto oceano. — Não é minha intenção transformar isso em algo muito pesado um dia depois de nos conhecermos. É que não houve ninguém que realmente me interessasse, então estou feliz em saber que ainda posso sentir isso. Não quero que você pense que estou transformando isso em alg...

Eu a beijo porque não posso esperar mais um segundo para fazer o que desejei desde quase que a vi pela primeira vez. Eu a beijo devagar e com calma, me segurando para dar a ela tempo para se recuperar, totalmente ciente de que este pode ser o primeiro beijo mais importante da minha vida. Levando a mão ao rosto dela, espero ela relaxar e quando isso acontece...

Puta merda.

O beijo vai de doce para sexy pra caramba no espaço de um segundo quando ela coloca a mão em meu pescoço e sua língua se conecta com a minha. Caramba, ela é adorável, sexy, inteligente e...

não consigo encontrar as palavras que preciso para descrever como é beijá-la, tocá-la, respirar o cheiro rico e perfumado de seu cabelo enquanto a brisa quente passa sobre nós.

Nós nos beijamos por um longo tempo, nossos corpos se esforçando para chegar mais perto. Eu me afasto dela apenas quando começo a me preocupar com a possibilidade de sermos presos – de novo. Beijá-la quase vale o risco, mas não acho que ela concordaria.

— Também sinto isso — sussurro contra seus lábios. — No caso de você estar se perguntando.

Sua risada nervosa é a melhor coisa que já ouvi.

— Eu não faço coisas assim.

— Coisas como o quê? — Mudo minha atenção para seu pescoço, que é tão atraente quanto seus lábios.

Ela estremece e entrelaça os dedos no meu cabelo.

— Dar amassos como uma adolescente em Miami Beach.

Estou insuportavelmente excitado por ela, tanto que sinto até a mais inocente das carícias em todos os lugares.

— Você deveria fazer isso com mais frequência.

— Falou como o próprio diabo, me levando para o mau caminho.

Sorrindo, inclino a testa contra a sua, fazendo uma contagem regressiva a partir de cem enquanto me lembro de ir devagar, de respeitar o que ela passou e entender que é muito mais importante para ela começar seja lá o que for que esteja entre nós do que sempre será para mim.

Ela pisca e parece perceber que muito tempo se passou desde que nos sentamos na areia pela primeira vez.

— Devemos ir. Não é muito bom estar aqui depois de escurecer.

Eu me levanto, limpo a areia da bermuda e estendo a mão para ajudá-la a se levantar, soltando-a apenas o tempo suficiente para ela limpar a areia em suas roupas.

Estendemos a mão um para o outro no mesmo momento e depois sorrimos ao ver como somos tolos, dois adultos agindo como adolescentes no meio do primeiro romance. Mas é assim que parece, pelo menos para mim. Há uma inocência nisso, um retrocesso a um tempo mais simples, talvez porque eu tenha que ser muito cuidadoso com ela.

Com qualquer outra mulher, eu poderia estar sugerindo que encontrássemos a superfície horizontal mais próxima depois de uma sessão de amassos de proporções tão épicas. Mas essa mulher é especial. Ela teve seu coração partido e conseguiu colocar sua vida de volta no lugar. Nada mais acontecerá entre nós até que ela diga que quer.

Voltamos para o meu hotel em um silêncio amigável. Não estou pronto para o fim do nosso dia juntos, mas estou decidido a agir com cautela para não a assustar por desejá-la demais. É incrível para mim nem me lembrar de Ginger desde que conheci Carmen, que tem mais substância e integridade em seu dedo mindinho do que Ginger tem em o seu corpo todo.

Em retrospecto, estou envergonhado da maneira como ela me enganou, impressionado com sua aparência e o jeito como ela parecia me querer tão ferozmente na cama. Agora, me pergunto se isso fazia parte de seu estratagema, fingir estar tão atraída por mim a ponto de me fazer perder a cabeça por ela, que foi exatamente o que aconteceu. Eu estava tão profundamente dominado por aquela mulher que nem percebi que havia outra pessoa no quarto nos observando até que fosse tarde demais.

Estremeço ao lembrar do horror daquele momento e de todos os que se seguiram, quando a história se tornou um escândalo poucas horas depois que o marido, que eu não sabia que ela tinha, ter nos descoberto nus no quarto. O fato de ele também ser o presidente do conselho do hospital onde eu trabalhava só tornava as coisas ainda mais horríveis, especialmente quando fui chamado ao gabinete do presidente e me pediram que me transferisse.

— O que você está pensando?

A pergunta de Carmen interrompe o caminho perturbador que meus pensamentos tomaram.

— Nada demais.

— Se não é nada, então por que todo o seu corpo está tenso?

— Eu estava pensando em coisas que seria melhor esquecer.

— Ah, entendo. Você não gostaria de poder apertar um botão e não pensar mais nisso?

— Mais do que tudo.

— Você é o neurocirurgião. Deve saber onde o disjuntor está localizado.

Quando me pego rindo, percebo rapidez com que ela dissipou minha tensão e me fez pensar em outras coisas, como quando eu poderia beijá-la novamente.

— Talvez *você* seja o disjuntor.

— O que você quer dizer?

— Está fazendo um ótimo trabalho em me fazer esquecer algo que pensei que nunca pararia de pensar.

— É óbvio que não estou fazendo um trabalho tão bom se você estava pensando nisso agora.

— Você está fazendo um trabalho muito bom. Eu só estava pensando que, se isso não tivesse acontecido, eu não teria te conhecido. Isso teria sido realmente lamentável.

— Lamento que você tenha passado pelo que passou, mas estou feliz que você tenha desembarcado na minha cidade e que tivemos a chance de nos conhecer.

Pego sua mão e seguro-a durante todo o caminho de volta para o hotel, onde sou forçado a deixá-la ir. Por enquanto.

Quando estamos do lado de fora do meu carro, noto que ela parece relutante em sair.

— Virei por volta das oito, tá?

— Estarei aqui. Leve um pouco dessas sobras.

Ela pega alguns dos recipientes que seus pais embalaram para nós. Eles incluíram uma daquelas bolsas de gelo para manter tudo fresco.

— Não tome café de manhã. Vou levá-lo ao meu *ventanita* favorito para tomar *cortadito*, que é um café expresso cubano coberto com leite vaporizado.

— Certo...

— Confie em mim. Você vai amar.

Coloco as mãos em seus quadris, trazendo-a para mais perto de mim.

— Não tenho dúvidas. Hoje foi fantástico. Obrigado por compartilhar sua família, seu restaurante, sua cidade natal e você comigo. — Eu a beijo de leve, ou pelo menos esse é o plano, até que ela envolve os braços em meu pescoço e me beija com todo o desejo e necessidade que sinto por ela.

Me afastar dela é uma das coisas mais difíceis que já fiz. Quero pegá-la pela mão e levá-la comigo quando eu entrar. Mas, mais do que isso, quero fazer a coisa certa por ela. Então, eu a acompanho até o carro e seguro a porta enquanto Carmen entra. Quando ela se acomoda, eu me inclino e a beijo mais uma vez.

— Me mande uma mensagem para me avisar que chegou bem em casa.

— Vou ficar bem.

— Me mande uma mensagem.

— Se você insiste.

— Insisto. — Dou mais um beijo e depois outro. Não consigo ter o suficiente. Eu me forço a dar um passo para trás, a deixá-la ir, e aceno enquanto ela se afasta. Respiro fundo várias vezes o ar quente e úmido antes de ir para o saguão gelado e subo para o meu quarto, onde imediatamente desligo o ar. Não parece haver um meio termo no que diz respeito à temperatura no sul da Flórida. Estou derretendo ou congelando.

Claro, não ajuda que Carmen tenha feito meu sangue fervendo com seus beijos doces.

Enquanto guardo a comida na geladeira, meu telefone toca. Meu coração acelera, esperando que seja Carmen, e então volta a bater normal quando vejo MÃE no identificador de chamadas. Atendo a ligação, temendo o que tenho para dizer a ela.

— Oi.

— Oi, querido. Como estão as coisas?

Demais. As coisas estão demais.

— Nada demais. Estou conhecendo Miami enquanto espero para ver se o conselho do Miami-Dade vai me contratar. — Eu me encolho quando digo essas palavras, sabendo qual será a reação dela.

— O que você quer dizer com esperando para te contratar? —

Minha mãe é clínica geral na área de Milwaukee. O dia de maior orgulho de sua vida, ou assim ela sempre diz, foi minha formatura na faculdade de medicina.

— Exatamente o que eu disse. Eles não têm certeza se me querem depois do que aconteceu em Nova York.

— Você só pode estar brincando comigo.

— Eu queria estar. — Um dos momentos mais difíceis em um mês de pesadelo foi ligar para minha mãe para contar a ela o que aconteceu com Ginger para que ela não soubesse por terceiros. Nós dois e meu irmão mais novo, Ben, formamos um time desde que meu pai foi embora. Decepcioná-la me esmagou. — O conselho pediu duas semanas para considerar o pedido e, enquanto isso, estou trabalhando com uma das profissionais de relações públicas do hospital para mudar a narrativa. Ela me ajudou a conseguir um trabalho *pro bono* em uma clínica popular e está trabalhando em outra publicidade que esperamos que ajude a melhorar o quadro.

— Meu Deus, Jason. Como isso pode estar acontecendo? Você é um neurocirurgião pediátrico certificado. Eles deveriam estar desenrolando o tapete vermelho.

— Bem, mas não estão. Acho que eles têm medo de que eu durma com suas esposas – ou maridos.

— Como você pode brincar sobre isso? Toda a sua carreira está em jogo.

— Se eu não brincar, vou enlouquecer. Sei o que está em jogo, mãe, acredite em mim. Estou fazendo tudo que posso para conquistá-los. Não tenho certeza do que mais posso fazer além de esperar o melhor.

— Você poderia se candidatar em outro lugar.

— E abandonar minha pesquisa? Não posso fazer isso. Não se trata apenas de mim, mas de todos os outros que estiveram envolvidos.

— Essa profissional de relações públicas que está te ajudando? Ela sabe o que está fazendo?

— Ela é excelente. — E corajosa, inteligente e tão linda que me faz sofrer. Não posso dizer nada disso para minha mãe, que vai pensar que sou louco por me envolver com outra mulher tão cedo depois do que a última fez comigo. Caramba, acho que *estou* um pouco louco, mas de jeito nenhum eu posso parar isso que está acontecendo com Carmen. Não quero parar com isso. Nada nunca foi tão bom quanto estar com ela. — Dê uma olhada na minha nova conta do Instagram. — Dou o nome de usuário para minha mãe. — A Carmen está postando fotos minhas conhecendo Miami. Temos permissão da clínica para postar fotos minhas trabalhando lá, com o consentimento dos pacientes, é claro, e há a possibilidade de uma entrevista na TV local também.

— As fotos estão ótimas. Você parece feliz.

— Foi um bom dia. É bom pensar em outra coisa além do desastre em Nova York.

— Tenho certeza de que é

— Estamos fazendo tudo o que podemos. Tenho que acreditar que se não funcionar aqui, outra coisa vai aparecer.

— Espero que aquela vadia de Nova York esteja orgulhosa de si mesma. Todos os seus anos de trabalho árduo...

— Minhas credenciais não mudaram, mãe. Ela não pode tirar isso de mim. Alguém vai me querer, com escândalo ou não.

— Espero que você esteja certo quanto a isso.

— Tente não se preocupar. Isto vai passar.

— Estou feliz em ouvir você parecendo melhor e mais otimista de toda forma.

Tenho que agradecer a Carmen pelo ajuste de atitude. Ela está me dando motivos para me sentir otimista, entre outras coisas.

— Estou fazendo o que posso para colocar o trem de volta nos trilhos.

— Me mantenha informada?

— Pode deixar. Fique de olho na conta do Instagram para atualizações.

— Farei isso. Me ligue se precisar conversar.

— Ligo, sim. Amo você.

— Amo você também.

Pego uma cerveja do estoque que coloquei na geladeira ontem à noite e puxo a tampa antes de me sentar para fazer algo que venho evitando: verificar o e-mail. Recebi mensagens de várias pessoas com quem trabalhei em Nova York, muitas delas ridicularizando o "castigo injusto" que recebi do conselho e me perguntando o que vou fazer agora.

— Boa pergunta.

Respondo para cada um deles, agradecendo o apoio e dizendo a verdade: estou esperando para ver se o Miami-Dade irá me contratar para que eu possa continuar a pesquisa. Se não, tentarei começar em outro lugar.

Uma das residentes que está trabalhando no projeto comigo envia um e-mail dizendo que enviou mensagens para cada um dos membros do conselho, dizendo que eles estão loucos por me deixarem ir embora, especialmente quando estamos à beira de um grande avanço que poderia trazer prestígio internacional ao hospital.

Não posso te agradecer o suficiente pelo apoio, Daniela, escrevo em minha resposta a ela. Por favor, não arrisque seu pescoço em meu nome. As coisas são como são, ou pelo menos é o que digo a mim mesmo. Tenho que acreditar que vai dar certo e que estaremos de volta aos trilhos em breve. Enquanto isso, continue monitorando nossos pacientes e inserindo os dados.

Percorro outras mensagens de amigos e colegas antes de parar em uma de Ginger.

Jason,

Não sei o que dizer além de sinto muito. Sei que não vai acreditar em mim quando eu disser que tenho sentimentos genuínos por você ou que aproveitei cada minuto que passamos juntos, mas as duas coisas são verdadeiras. Apelei a Howard para não retaliar contra você por meus pecados. Eu disse a ele que você não tinha ideia de quem eu era. Tudo o que aconteceu foi minha culpa, e espero que um dia você possa me perdoar pela confusão que fiz em algo tão maravilhoso. Eu adoraria ter outra chance com você, recomeçar de onde paramos e seguir em frente a partir daqui. Você tem meu número. Me ligue a qualquer hora.

Com amor,

Ginger

Leio a mensagem duas vezes, a primeira em total descrença e a segunda sentindo a raiva ferver dentro de mim. Ela estragou minha vida inteira e quer que eu a perdoe por isso e continue de onde paramos? Nós "paramos" quando seu *marido* a pegou me fazendo sexo oral. Ela é louca? Eu a bloqueio, excluo a mensagem e esvazio a lixeira para que não haja chance de ver aquela merda novamente.

Enojado, me levanto e me afasto antes de ficar tentado a jogar o laptop contra a parede. Levo a cerveja comigo para a pequena varanda ao lado do quarto e olho para baixo, para a área da piscina do hotel, que ainda está movimentada mesmo por volta das nove horas.

Filha da mãe. Ela tinha que tornar as coisas ainda piores do que já são. Depois de me fazer de idiota e custar meu emprego e excelente reputação, ela realmente acha que eu posso *querer voltar*? Ela é *louca*?

Se há um lado bom, é que ela apelou ao marido em meu nome, pelo menos é o que ela diz, não que eu ache que isso realmente ajude. Ele não vai querer o homem que transou com sua esposa e o humilhou em sua equipe. O que é engraçado é que ela fodeu a nós dois. Ele e eu deveríamos nos encontrar, tomar uma cerveja e conversar sobre as muitas maneiras como ela nos fez mal. Poderíamos até ser amigos depois disso, um pensamento que me faz rir.

Até parece.

Nunca afirmei ter sido um santo em minhas relações com as mulheres, mas mulheres casadas são um limite rígido para mim. Não que o bom e velho Howard acreditasse nisso, levando em conta o que fiz com sua esposa. Penso no que ele viu naquela noite em seu quarto nos Hamptons e me encolho. Sexo com Ginger sempre foi "enérgico" e aquela noite não foi exceção. Ele entrou e viu minha bunda nua e sua esposa gemendo de joelhos enquanto me fazia sexo oral.

— Argh. — Bebo o resto da cerveja e vou buscar outra, desejando saber a localização daquele disjuntor que Carmen mencionou, aquele que poderia desligar pensamentos que não desejamos mais ter. Talvez eu deva focar minha pesquisa em descobrir esse mistério. Isso valeria bilhões para pessoas que dariam qualquer coisa para serem capazes de esquecer de forma seletiva coisas desagradáveis ou dolorosas.

Gostaria de nunca ter verificado o e-mail, mesmo que tivesse sido principalmente edificante, ao ver as mensagens de apoio de colegas e amigos. Eu não precisava ver as bobagens de Ginger, não quando estava fazendo progresso em tentar seguir em frente depois daquele show de merda.

Pego o telefone, me sento na cama e abro a mensagem de Carmen. Falar com ela me faz sentir melhor. Por quê? Quem sabe? Simplesmente me faz.

Fico olhando por um longo tempo para a mensagem em que ela avisa que chegou bem em casa, antes de digitar uma resposta.

Gostaria que você não tivesse ido embora.

Enviar.

13

CARMEN

*A*cabo de sair do chuveiro quando o telefone toca com uma mensagem. Enrolo o cabelo em uma toalha e pego o aparelho da bancada do banheiro.

Jason.

Meu coração dá um pulo engraçado que me deixa sem fôlego.

Gostaria que você não tivesse ido embora.

O que isso significa? Ele está dizendo que gostaria que eu tivesse ficado e passado a noite em sua cama? E se for, por que pensar nisso faz tudo dentro de mim ficar confuso? Meu peito parece muito pequeno para meu coração e pulmões. Minha barriga está vibrando, e o sentimento quente e tenso de desejo que esteve ausente da minha vida por cinco longos e solitários anos voltou rugindo para me lembrar que, enquanto Tony se foi para sempre, eu ainda estou muito viva.

E que quero esse homem.

O telefone toca com outra mensagem dele.

Me desculpe se isso é muito direto.

Ele inclui o rosto sorridente e os *emojis* de rosto vermelho.

Mas é verdade. Queria que você ainda estivesse aqui.

Antes que eu possa ceder à minha propensão de pensar demais em tudo, respondo a ele.

Gostaria de ainda estar aí também.

Sério? Mesmo? <morri>

Rio em voz alta com sua resposta boba e envio os *emojis* de risos e coroa seguidos por uma mensagem de texto.

Rainha do drama.

Não, sério. Hoje foi um dia absolutamente perfeito, e por sua causa.

Por sua. Eu também gostei. Muito.

Meu telefone toca, e é ele, fazendo uma chamada por *FaceTime*. Tiro a toalha da cabeça e passo dedos pelo cabelo molhado antes de atender.

— Se pareço assustadora, é porque não tive tempo de pentear o cabelo.

— Você não poderia parecer assustadora nem se tentasse.

Engulo em seco ao vê-lo sentado na cama, com o peito nu e o lençol enrolado na cintura. Ele está nu? Me concentro no pelo dourado que cobre seu peito e abdômen, descendo em direção ao lençol. Umedeço os lábios que ficaram secos enquanto eu o examino.

— Você deveria me ver logo de manhã. — As palavras saem antes que eu tome um segundo para contemplar o que exatamente estou dizendo.

Ele responde com um sorriso de lobo que derrete minha calcinha. Ah espere, eu não estou usando. Besteira.

— Adoraria ver você logo de manhã. Quando você gostaria de fazer isso?

Eu rio como uma garota boba, que é exatamente como ele me faz sentir. Como se eu fosse mais uma vez jovem com o coração ainda intacto do jeito que estava antes da tragédia quebrar meu mundo e me esmagar. Me esqueci de como é ser alegre, inteira, feliz e animada com o futuro. Essas emoções tomam conta de mim em uma onda de euforia que conhecer Jason trouxe de volta à minha vida.

— Peço desculpas por agir de forma inapropriada — ele diz, me trazendo de volta à realidade.

— Você estava brincando. Eu sei disso.

— Hum... não muito. Não consigo parar de pensar em estar com você, em te beijar e como isso foi incrível.

— Foi incrível mesmo.

— Estou feliz que você pense assim também.

— Penso, sim.

— Então, sim, não estou brincando sobre desejar poder ver você na primeira hora da manhã, e o resto do tempo também.

Ele é tão fofo, sexy e... tenho que me impedir de mergulhar no que quer que seja isso com ele. Tenho que me lembrar dos *anos* que passei na faculdade, me preparando para meu novo emprego. *Ele* é meu trabalho por enquanto, e por mais que eu queira me jogar, provavelmente não deveria fazer isso agora. Embora, depois de beijá-lo, seja um pouco tarde para me alertar sobre isso.

— Eu sei o que você vai dizer.

Olho para ele com ceticismo.

— Então, além de neurocirurgião você também pode ler mentes?

Ele ri, o que o torna ainda mais sexy, se isso é possível.

— Sim, a gente aprende como ler mentes na escola de neurocirurgia. Faz parte do currículo do primeiro ano. E o que você ia dizer é que estamos trabalhando juntos, e não é hora de se tornar nada mais do que isso.

— Você aprendeu bem.

— Obrigado. Sou bom no que faço. Quando tenho permissão para fazer isso, é claro.

A tristeza que vejo e ouço faz com que meu coração se aperte.

— Você está ficando louco por ter sido cortado do trabalho?

— Um pouco. Já se passaram anos desde que fiquei tanto tempo sem furar o crânio de alguém.

Me engasgo de tanto rir.

— Você é louco.

— Sei que deve parecer assim para alguém que não faz o que faço, mas para mim, abrir crânios é apenas mais um dia no escritório.

— É realmente incrível ser bom.

— Sempre pensei assim, até que isso foi tirado de mim. — Ele bebe de uma garrafa de cerveja. — Recebi um e-mail da Ginger.

Endireito minha postura.

— Sério? O que ela disse?

— Que lamenta tudo o que aconteceu, que nunca pretendeu que minha carreira fosse impactada. Gostaria de outra chance comigo. Blá, blá.

— Mentira! O que ela achou que aconteceria quando armou para você ser pego nu com ela pelo marido, que também era seu chefe?

— Calma, tigresa. — Ele mostra aquele sorriso sexy que me faz sentir poderosa e impotente ao mesmo tempo, e sim, sei que isso é loucura, mas não consigo me conter.

— Sinto muito, mas espero que você não esteja se sentindo indulgente com ela.

— De jeito nenhum. Excluí o e-mail e a bloqueei para nunca mais ter que ouvir falar dela.

— Ótimo.

— Está tudo bem.

— Ela nunca teve a intenção de atrapalhar sua carreira. *Até parece.* Ela sabia exatamente o que estava fazendo e não deu a mínima quando executou seu plano insano para se livrar do marido.

— Você fica muito sexy quando está chateada. Me lembre de te irritar com mais frequência.

— Jason, pare. Estou falando sério.

— Sei que está e significa muito para mim ter seu apoio, sua amizade e sua experiência profissional. Você não tem ideia do quanto.

— Minha experiência profissional é quase nenhuma.

— Você está indo muito bem, Carmen. Suas ideias parecem certas para mim, e mesmo que não consiga influenciar o conselho, valeu a pena te conhecer e passar este tempo com você.

Estou tão impressionada com ele que respondo com humor em vez da emoção que está correndo em minhas veias como um trem de carga fora de controle que não pode ser empurrado de volta para a estação, não importa o quanto eu tente. Não que eu esteja tentando muito.

— Especialmente aquela vez em que fomos para a prisão.

Ele sorri.

— Especialmente isso. Sempre teremos a prisão. Falando de boas notícias, alguns dos residentes que têm trabalhado comigo na pesquisa entraram em contato com o conselho em Nova York para que soubessem que eles estão loucos por me deixar partir, especialmente quando estamos tão perto de um verdadeiro avanço.

— Isso é incrível. Algum dia, em um futuro não muito distante, tudo isso será um pesadelo do qual você finalmente acordou.

— Nem tudo tem sido ruim — ele fala em um tom significativo que não deixa dúvidas de que está se referindo a mim.

Passo os dedos pelo meu cabelo, tentando colocar ordem nele.

— Temos algo em comum.

— O que é?

— Nós dois achamos que tínhamos tudo planejado até que deu merda.

— Verdade. Embora a sua fosse mil vezes pior do que a minha.

— Coração partido é coração partido, não importa o que aconteça.

— Teremos que concordar em discordar sobre isso. Perder seu jovem marido do jeito que você perdeu é muito pior do que o que está acontecendo comigo.

— Ainda odeio que ela tenha feito isso, quando você trabalhou tão duro pela carreira que agora está em jogo.

— Tenho que acreditar que vai dar certo. Mesmo que eu não possa exercer minha profissão no Miami-Dade, ainda sou um médico bem qualificado. Não é como se eu fosse incapaz de ganhar a vida em qualquer lugar.

— Estou feliz que você esteja se sentindo mais positivo sobre isso.

— Estou tentando. Você tem sido uma grande ajuda para mim, Carmen. De verdade.

— Tem sido divertido. Minha primeira semana no novo emprego foi muito mais interessante do que o esperado.

— Especialmente o tempo na prisão.

— A praia também foi muito boa.

— Muito melhor do que a prisão.

— Pare de falar sobre a prisão

— Nunca — ele diz, rindo.

Estou cansada, mas não quero que essa conversa termine. Eu poderia falar com ele a noite toda e nunca me cansar do som de sua voz ou das coisas divertidas que ele diz.

— Ei, Carmen?

— Sim?

— Quero te levar para um encontro real. Podemos fazer isso em breve?

Eu deveria dizer não. Deveria me esforçar mais para manter os limites entre o pessoal e o profissional, mas à luz do que já aconteceu entre nós, é tarde demais para tais preocupações.

— Claro, isso seria divertido.

— Você teve que pensar sobre isso por um longo momento.

— Não é porque não quero sair com você. Estou apenas preocupada com a questão pessoal versus profissional.

— Entendi. Eu deveria estar muito mais preocupado com isso depois da coisa com a Ginger, mas isso não é nada parecido com o que tivemos, mesmo antes de tudo dar errado.

— É diferente como?

— Porque você é você, e isso torna tudo especial e único.

— Você sabe como fazer uma garota flutuar por dentro.

— É?

— Aham.

— Você está cansada? — ele pergunta.

— Um pouco. E você?

— Eu poderia dormir, mas falar com você é mais divertido.

Meu telefone toca com uma nova mensagem de Abuela que leio rapidamente.

Adorei conhecer o seu amigo Jason hoje. Ele parece um jovem especial. Você não gosta quando eu interfiro, então só direi que você se ilumina perto dele. Bons sonhos, mi amor. Bjokas

— Do que você está rindo?

— Uma mensagem da Abuela. Ela gostou de te conhecer.

— Gostei de conhecer todos eles. Você tem uma ótima família.

— Espere até conhecer os outros. Você pode mudar de ideia.

— Tenho certeza de que não vou.

— Você vem de família grande?

— Tenho alguns primos, mas a maioria deles são mais velhos. Eu não os conheço muito bem. Somos basicamente meu irmão, minha mãe e eu desde que meu pai foi embora.

— Você não o vê?

— Talvez uma ou duas vezes por ano, quando ele vai a Nova York. Prefiro não o encontrar, mas a minha mãe me incentiva a fazer isso. Ela não quer que eu tenha arrependimentos.

— Ela deve ser uma pessoa incrível para pensar assim depois que ele foi infiel.

— Ela acredita muito no perdão, mesmo que não necessariamente esqueça o que se passou. Mas ela demorou muito para chegar a esse ponto depois que tudo aconteceu.

— Eu entendo. Decidi perdoar o homem que matou o Tony porque me doía mais odiá-lo do que perdoá-lo. Não vou me esquecer do que ele fez, mas eu o perdoo.

— Isso é realmente admirável. Não tenho certeza se conseguiria fazer isso. Eu mal consegui pensar em perdoar meu pai pelo que ele fez.

— Descobri que a família do homem foi despejada do apartamento em que moravam. Ele estava roubando a loja porque estavam sem leite para a filha, e estava desesperado. Já havia tido problemas com a polícia no passado. Quando viu Tony de uniforme, ele entrou em pânico. Sinceramente, não acredito que ele pretendia atirar ou matá-lo.

— Uau.

— Duas vidas foram arruinadas no espaço de um segundo. Quando ouvi toda a história, pedi ao promotor que pedisse prisão perpétua em vez da pena de morte. Não achei que o Tony aprovaria que eu trocasse uma vida por outra neste caso.

— Eu lhe dou muito crédito por ser capaz de pensar nisso com

clareza, aos vinte e quatro anos, depois de perder o marido e
melhor amigo de uma forma tão sem sentido.

— Ajudou a focar nos detalhes do caso em vez de chafurdar na
dor, não que eu também não tenha feito isso.

— Sinto muito por você ter passado por isso.

Suas palavras gentis me fazem sentir um nó na garganta.

— Obrigada. Sinto falta dele, mas há muito tempo aceitei que
sempre sentirei saudades e o amarei. Isso nunca vai mudar.

— Claro que não. Posso te perguntar...

— O quê?

— Não é da minha conta.

— Tudo bem. Pode perguntar. Já não passamos do ponto em que
seu problema é o meu e vice-versa?

Sua risada baixa me faz sentir quente por toda parte, fazendo
minha pele formigar com a consciência quase dolorosa do quanto
eu desejo este homem.

— Carmen, linda... — Ele parece agoniado, e não consigo
imaginar por quê. — Eu gosto muito de você. Quero que saiba
disso.

— Por que ouço um "mas" chegando?

— Sem mas. Gosto de você. Gosto tanto que não é nem engraçado. Gosto de tudo em você.

— Minha nossa. — Ele é adorável, doce e sexy pra caramba. —
Eu também gosto de você.

— É só que... a minha vida está uma confusão ridícula agora, e
você... você não esteve com ninguém desde que o Tony morreu,
e...

— O que há de errado, Jason? Pode falar.

— Não quero te magoar.

Umedeço os lábios e observo a forma como seu olhar se
concentra no movimento da minha língua. Ele não tenta esconder
o fato de que me deseja ferozmente e saber disso me fortalece.

— Sou uma garota crescida. Posso cuidar de mim mesma.

— Sei que pode. Você é a pessoa mais forte e corajosa que
conheci em muito tempo. A última coisa que quero fazer no mundo
é atingir sua vida como um incêndio e deixar cinzas em meu rastro.

Não tenho ideia de onde estarei em duas semanas ou um mês a partir de agora. Isso me mataria se...

Minha tremenda afeição por ele cresce e se multiplica à medida que ele mostra sua preocupação por mim. Isso o coloca anos-luz à frente dos outros homens com quem namorei desde que perdi meu marido.

— Tenho todos os motivos do mundo para ficar longe de você. Eu trabalhei pra caramba para conseguir este emprego e estou determinada a mantê-lo pelo maior tempo que puder antes de ter que assumir o restaurante.

— Não quero fazer nada de mal para você, linda.

— Fico feliz que você se importe. Isso conta muito para mim. Mas se aprendi alguma coisa com o que passei, é que a vida é curta e o agora é tudo o que temos. Gosto de você. De como me sinto quando estou com você – e mesmo quando não estou. Pela primeira vez desde que perdi Tony, quero saber para onde isso pode ir. Se você for para outro lugar, vou lidar com isso quando acontecer.

— E o seu trabalho?

— Não vou dizer a ninguém que isso se tornou algo mais. Você vai?

— De jeito nenhum.

— Então deve ficar tudo bem.

— *Deve ficar* nem sempre acontece da maneira que deveria.

— Confie em mim, eu sei. — Tento organizar meus pensamentos. — Você disse que hoje foi um bom dia.

— Foi ótimo. Talvez o melhor dia que já tive.

— Foi o melhor dia que tive em cinco anos, Jason. Estou bem ciente de todas as razões pelas quais preciso ter cuidado, mas estou cansada de ser cuidadosa, de ficar à margem enquanto a vida continua sem mim. Quero viver de novo, não apenas existir.

— Querida, você está me matando. Quero tanto estar com você que estou fazendo um grande esforço para ficar parado.

— Também queria que você estivesse aqui, mas acho que devemos fazer uma pausa, pensar sobre tudo isso e tomar uma decisão lógica sobre para onde iremos.

— Já sei para onde quero ir a partir daqui.

Perco a compostura e dou risada novamente. Amo que ele me faça rir do jeito que eu costumava fazer, antes que a vida me acertasse no rosto.

— Estou falando sério, Jason.

— Eu também estou falando sério.

— Você está saindo de uma grande decepção...

— Deixei isso tão para trás que é como se ela nunca tivesse acontecido. Descobrir que ela armou para mim do jeito que fez arruinou todos os sentimentos que eu tinha por ela. Juro por Deus que não é um rebote, Carmen. Nada sequer parecido com isso.

— Minha cabeça está girando um pouco.

— A minha também, mas é a melhor sensação. Não é?

— Sim.

— Durma um pouco. Amanhã é outro dia. Vai dar tudo certo.

— Estou ansiosa para vê-lo no modo médico na clínica.

— Também estou ansioso por isso. Te vejo pela manhã?

— Com certeza. Vá dormir.

— Você também.

— Não quero te deixar.

Apago a luz e me sento debaixo as cobertas, o brilho do telefone iluminando a escuridão do meu quarto.

Ele faz o mesmo do seu lado e nós dois ficamos na escuridão.

— Queria estar na cama com você, te abraçando, beijando e fazendo outras coisas.

— Que outras coisas? — pergunto, sem fôlego mais uma vez.

— As coisas boas.

— Faz tanto tempo para mim que mal consigo me lembrar das coisas boas.

Ele geme alto.

— *Pare.*

— Não quero.

— *Carmen.*

Quando fecho os olhos, tudo que posso ver é a imagem dele sentado na cama, as cobertas amontoadas em sua cintura, o peito sexy em plena exibição. Eu estava melhor antes de saber que seu peito era tão gostoso.

Adormeço com um sorriso no rosto. Quando acordo, horas depois, a primeira coisa que noto é que a conexão ainda está ativa. Eu o vejo dormir por um longo tempo, desejando que ele estivesse aqui ao meu lado.

Provavelmente deveria estar preocupada por ter perdido toda a perspectiva quando se trata de Jason. Eu não poderia me importar menos com todos os motivos pelos quais pode ser uma má ideia me envolver com ele do ponto de vista pessoal ou profissional.

Não me importo com nada além de estar com ele, e isso é tão estranho para mim que chega a ser ridículo. Eu sempre me importo. Sempre faço a coisa certa e mantenho a cabeça no lugar. Nunca faço nada que possa ser considerado arriscado, especialmente desde que perdi Tony.

Dois dias depois de conhecer Jason, me sinto como uma nova versão de mim mesma e gosto muito dela. Se aprendi alguma coisa com o que passei, é que a vida não é um ensaio geral. Pode ser tirada de nós a qualquer momento, e precisamos abraçar totalmente cada minuto que temos. Não fiz isso da maneira que deveria desde que meu mundo virou de cabeça para baixo.

De jeito nenhum vou perder esta chance de viver plenamente.

É melhor o dr. Jason Northrup ficar atento. Ele não tem ideia de que a nova Carmen o receberá em poucas horas. Nem que a nova Carmen o deseja.

Muito.

14

CARMEN

*E*u me visto com ele em mente, escolhendo um vestido sexy que revela mais do que normalmente mostro. É perfeitamente apropriado para o que planejamos para hoje e me faz sentir sensual, o que é ainda melhor. Deixo o cabelo cacheado e dou uma atenção extra à maquiagem. Depilei tudo por precaução.

Dou uma risada com o fato de meus pensamentos terem se tornado ridículos.

Há apenas alguns dias, a ideia de depilar tudo "por precaução" me levaria a perguntar: *por precaução de quê?*

Estou perfeitamente ciente do meu próprio batimento cardíaco, bem como da superfície sensível da minha pele. Os mamilos estão tensos e o ápice entre minhas coxas...

— Argh — digo ao meu reflexo no espelho. — Este vai ser um dia longo.

Recebo uma mensagem de Maria.

Espero que seu cara esteja pronto para isso. Tem uma fila grande.

Ele está pronto e disposto. Te vejo em breve.

Pego minhas coisas e saio com tempo de sobra para não me atrasar para encontrá-lo. O tráfego como sempre está terrível.

Provavelmente parece pior para mim hoje porque estou ansiosa para vê-lo.

— Isto é ruim. — Talvez, se disser em voz alta, eu possa controlar a situação antes que ela fique ainda pior. Se eu tivesse que localizar o momento exato em que o perdi, seria ontem à noite em Miami Beach quando beijei o homem que meu chefe me designou para trabalhar.

Meu chefe. *Merda*! Esqueci de falar com o sr. Augustino ontem à noite. Chamo a Siri e digo a ela para ligar para o hospital. Quando sou atendida pela telefonista, peço para transferir para o gabinete do presidente.

— Gabinete do presidente, Mona falando.

— Mona, oi, é a Carmen.

— Olá! Como vai você?

— Bem.

— Eu *amei* a conta do dr. Northrup no Instagram. Você viu quantos seguidores ele já tem? As fotos dele jogando dominó estão tão perfeitas. Ele está...

— Mona!

— Ah, sinto muito. O que posso fazer por você, querida?

— Posso falar com o sr. Augustino?

— É claro. Um momento.

Enquanto espero ouvindo a música rock leve tocando ao fundo, sigo pelo tráfego que está entre mim e a fonte de minha obsessão. E sim, é isso que ele se tornou. Que outra palavra devo usar para descrever o homem que ocupa noventa e oito por cento dos meus pensamentos quarenta e oito horas depois que o vi pela primeira vez?

Já quase desisti de Mona e do sr. Augustino quando ele atende.

— Carmen, que bom falar com você. Esperava um e-mail seu esta manhã.

— Eu sei, é por isso que estou ligando. Eu me preocupei em fazer planos para hoje e me esqueci de enviar o e-mail. Sinto muito. — Me encolho quando minhas palavras saem exageradas. Vou direto para o inferno. — Achei que deveria ligar para passar meu relatório, se estiver tudo bem.

— Claro, o que me conta?

Conto a ele sobre a conta do Instagram, sobre Jason jogando dominó com os homens em Little Havana, comendo no Giordino's e fazendo um passeio em Miami Beach.

— Hoje, ele vai atender pacientes na clínica popular Our Lady of Charity, em Little Havana, e de acordo com meu contato lá, as pessoas já estão esperando na fila pela chance de ser atendidas. Obtivemos permissão da clínica para tirar fotos com todos os pacientes que concordarem em ser fotografados, e vou me certificar de que eles assinem autorizações.

— Isso é excelente, Carmen. Perfeito.

Solto um suspiro de alívio.

— Tive algumas conversas promissoras com vários membros do conselho que expressaram preocupações, e com certeza vou avisá-los sobre a conta do Instagram, bem como sobre o trabalho do dr. Northrup na clínica.

— Isso seria excelente.

— Mantenha o bom trabalho.

— Sim, senhor, e pode deixar que vou entregar o relatório de hoje por escrito.

— Estou ansioso para saber como vai ser. Tenha um bom dia.

— Você também.

Encerro a ligação me sentindo otimista após ouvir que o sr. Augustino teve algumas conversas positivas com membros do conselho. A maré parece estar mudando a favor de Jason, e eu só posso esperar que seu dia na clínica o ajude a fechar o negócio.

Parece que tenho grande interesse em mantê-lo em Miami.

Quando paro no estacionamento, ele está encostado em Priscilla mexendo em seu telefone. Ele está usando os óculos escuros Wayfarer, camisa de botão que cobre aquele peito pecaminoso que vi na noite passada e calças cáqui. É bem possível que eu esteja babando enquanto olho para ele.

Uma buzina soa atrás de mim, me tirando do transe e chamando sua atenção.

Ele sorri para mim, e eu morro. Estou acabada. Não consigo pensar ou fazer qualquer coisa.

Até aquele motorista chato do carro de trás buzinar novamente.

Jason cai na gargalhada enquanto eu avanço lentamente para uma vaga. *Bem, isso foi mortificante.* Me sinto nervosa enquanto recolho minhas coisas, e então a porta se abre e ele está lá, agachado ao meu lado e sorrindo.

— Eu odiaria ter que pagar sua fiança de novo.

— Mas você faria isso, não é?

Assentindo, ele se inclina, claramente com a intenção de me beijar.

— Todas as vezes.

Eu o encontro no meio do caminho, nossos lábios se unem com uma urgência que nos leva de volta para onde paramos ontem.

Ele segura meu pescoço, eu agarro sua camisa e sua língua roça a minha, me fazendo gemer com a força do desejo que toca cada parte de mim. Ele é tão cheiroso. Muito bom. Como sabonete, colônia esportiva e o paraíso.

— Puta merda — ele murmura quando nos afastamos para respirar. — Quero te levar lá para dentro e passar o dia inteiro na cama.

Tento dizer algo, mas o que sai soa como

— *Ungwh.*

— Sim, exatamente meus pensamentos.

— Você embaralhou meu cérebro.

— O mesmo aqui, baby.

Uso o polegar para limpar meu batom de sua boca.

— Maria disse que tem fila na clínica.

Sua língua toca meu polegar, e eu ofego com a necessidade que me faz querer esquecer tudo sobre a clínica, nossos trabalhos, a diretoria do hospital... tudo isso. Eu só queria mandar tudo se danar e segui-lo para dentro do quarto para começar um novo escândalo.

— Temos boas e más notícias — digo a ele.

Ele empurra meu cabelo de lado e beija meu pescoço.

— Hum?

Me derreto. Sou uma poça de desejo e necessidade tão intensa que turva meu melhor julgamento e quase me faz esquecer tudo o que não são seus lábios no meu pescoço.

— A boa é que eu estava preocupada se seria estranho ou embaraçoso entre nós hoje.

— Nada estranho nem embaraçoso. Quais são as más notícias?

— Precisamos ir a um lugar.

— Isso é uma notícia muito ruim. Acho que é a pior que já ouvi.

— Você já sabia.

— Verdade, mas eu não tinha te beijado hoje ainda, e agora que beijei...

— O quê? — Já estive tão sem fôlego quanto fico perto dele? Não, nunca.

— Vou precisar de um tempo para me acalmar antes de irmos a qualquer lugar.

Digo a mim mesma para não olhar, mas não consigo. Eu encaro. Eu quero.

— Pare. Isso não está ajudando.

Meu telefone toca e atendo a ligação de um número que não reconheço.

— Carmen Giordino.

— Oi, aqui é a Desiree Rivera, da NBC 6.

Dou a Jason, que ainda está agachado ao lado do meu carro, um olhar arregalado e coloco o telefone no viva-voz para que ele possa ouvir também.

— Oi, Desiree. Muito obrigada por ligar.

— Maria me contou sobre seu colega, o neurocirurgião pediatra que está oferecendo trabalho *pro bono* na clínica em Little Havana. Meus chefes adoraram a ideia de contar uma história especial, se ele quiser.

Jason concorda, mas posso ver a relutância em seu rosto.

— Ele quer, mas há uma questão.

— Que tipo de questão?

— A razão pela qual ele está em busca de publicidade é que ele foi envolvido em um escândalo em seu antigo hospital em Nova York. Ele conheceu uma mulher, começou um relacionamento com ela e o tempo todo ela estava armando para sair de um casamento ruim... com o presidente do conselho de seu hospital.

— *Nossa.*

— Ele não tinha ideia de que ela era casada, muito menos com o presidente do conselho. Eles o transferiram para o Miami-Dade sem mencionar o escândalo. Aparentemente, o conselho em Miami ouviu falar sobre isso e não tem certeza se deseja contratá-lo. Nosso objetivo é mostrar que ele é alguém que queremos e precisamos em nossa comunidade.

— Então é por isso que ele está fazendo o trabalho *pro bono*?

— Sim, mas ele está realmente ansioso por ajudar. Ele já não consegue mais fazer muitas consultas médicas de rotina, já que seus pacientes o procuram quando estão em algum tipo de crise, mas é grato pela oportunidade de fazer uma contribuição para sua nova comunidade.

Ele sorri e me levanta o polegar, o que é um alívio, porque estou improvisando.

— Se fizermos a entrevista, terei que perguntar a ele sobre o que aconteceu em Nova York.

Ele faz uma careta.

Eu encontro seu olhar.

— Entendi.

— Deixe-me testar as águas aqui e te retorno em uma hora mais ou menos. Maria disse que ele vai ficar lá o dia todo.

— Isso mesmo.

— Certo, vou resolver isso. Nos falamos em breve.

Ela desliga antes que eu possa responder.

— Esta é uma oportunidade incrível — digo a ele.

— Eu sei. — Ele fica em pé e se alonga. Todos os sinais de excitação sumiram com o lembrete do que vamos fazer hoje e o porquê.

— Você me prometeu café cubano.

— Verdade.

Estendendo a mão, e ele me ajuda a sair do carro.

— Jason.

— Sim?

— Você está bem?

— Estou.

— Você está chateado com a entrevista?

— Estou chateado por *precisar* dela.

— Vai ajudar se as pessoas ouvirem a história do seu ponto de vista. Acho que você pode falar por alto sobre o que aconteceu sem citar nomes.

Ele assente, mas o aperto em sua mandíbula é um indicativo de seus verdadeiros sentimentos. A última coisa que ele quer é falar sobre o escândalo que deixou para trás, mas a cobertura de seu trabalho na clínica será bem importante para nosso projeto.

O caminho até minha *ventanita* favorita em Priscilla foi preenchida por um silêncio desconfortável. A tensão emana dele, e posso sentir na parte mais profunda de mim. Odeio que ele se sinta assim, tanto quanto odiaria se tivesse acontecido comigo. Mergulhei de cabeça no que quer que esteja acontecendo, e não me importo com nenhuma das possíveis consequências. E eu não sou assim.

A Nova Carmen quer isso com todas as fibras de seu ser, sem permitir que a velha e chata Carmen fique em seu caminho. Eu o encaminho para o posto de gasolina Citgo que não fica em nossa rota, mas é um desvio necessário.

— Eu não preciso abastecer.

— Eu sei, mas precisa de um *cortadito*. Confie em mim. A Juanita faz o que há de melhor na cidade. — Saio do carro e o encontro com um sorriso, na esperança de animá-lo antes de chegarmos à clínica. Tem umas cinco pessoas à nossa frente na fila que se forma do lado de fora de uma janela.

— Vende mesmo café aqui? — Jason pergunta, parecendo cético.

— Chamar isso de "café" não faz justiça. Você ficará arruinado para qualquer outra coisa depois disso.

— Você é a chefe.

Explico a ele os quatro tipos de café cubano - *cafecito, colada, café com leche* e meu favorito, *cortadito*. — Por aqui, se você visitar a casa de alguém, a primeira coisa que vão te oferecer é café. É uma parte importante da nossa cultura.

— Sou grande fã de café. Mal posso esperar para experimentar.

— *Hola, mi vida. ¿Quién es el guapo?* — Juanita tem quarenta e poucos anos, cabelos e olhos escuros, além de uma personalidade contagiante que mantém as pessoas na fila do lado de fora de sua loja o dia todo. Ela flerta de forma descarada com seus clientes do sexo masculino, mas é perdidamente apaixonada pelo marido. Ele é dono da empresa de aluguel de carros que levou a mim e a meus amigos ao baile. Claro que ela quer saber sobre o homem bonito que trouxe hoje.

— Este é o Jason. — Levanto dois dedos, e ela se ocupa fazendo dois dos meus habituais.

— Ele é solteiro e quer se misturar?

— Não, ele não é. — Jason me dá aquele olhar que derrete calcinhas que deveria ser sua marca registrada, porque é muito eficaz.

— É mesmo, é? — Juanita sorri para mim por cima do ombro enquanto aciona suas alavancas e válvulas. Como todos por aqui, ela conhece minha história e se interessa por tudo que faço. Essa é a minha sorte na vida. Em nossa comunidade, quando uma jovem viúva começa a namorar novamente, é uma grande notícia. Caramba, tudo é uma grande notícia em nossa comunidade. Minha mãe brinca que somos excelentes em cuidar da vida uns dos outros.

Juanita traz dois copos fumegantes para o balcão e volta para buscar dois dos amanteigados do paraíso que contribuíram para minhas curvas. Entrego doze dólares a ela.

Em espanhol, ela diz:

— Traga-o de volta em breve. Ele é um colírio para os olhos.

— É mesmo? Não percebi.

Ela bufa de tanto rir.

— Claro, que não. Vai com tudo, garota. Está na hora.

Dou um sorrisinho e aceno para ela, me juntando a Jason no carro. Entramos para tomar o café.

Ele dá uma mordida no *pastelito*.

— Meu Deus. Que doce é esse?

— Em primeiro lugar, você nunca chama isso de doce. É *pastelito*.

— É a melhor coisa que já provei em toda a minha vida.

— Experimente o *cortadito*.

Ele toma um gole e geme.

Abro um sorriso presunçoso.

— Eu te disse.

Comemos e bebemos em um silêncio amistoso.

— Não acredito que compramos isso na janela de um posto de gasolina. A Starbucks não tem vez neste lugar.

— Não é?

— Você vai ter que me ensinar a fazer este café para que eu possa tomá-lo todos os dias pelo resto da minha vida.

— Eu posso te mostrar, mas o meu não é nem de perto tão bom quanto o de Juanita. Não sei o que é que ela faz dentro daquela lojinha, mas é mágico.

— Me conquistou.

— Os avós dela também fugiram de Cuba nos anos de 1950. Minha avó conheceu a dela em Havana. Elas estudaram juntas.

— Todo mundo conhece todo mundo por aqui?

— As famílias que moram há bastante tempo em Little Havana tendem a se conhecer, pelo menos os avós se conhecem, mas o resto de nós, não. Minha família é uma exceção por causa do restaurante. — Olho para o relógio, que está se aproximando das oito e meia. — Devíamos ir para a clínica. Você deve começar em meia hora.

Ele gira a chave, e Priscilla ruge para a vida. Antes de dar ré no carro, ele olha para mim.

— Caso eu me esqueça de falar, agradeço tudo isso. Mesmo que não dê certo...

— Vai dar. Eles seriam loucos se não te quisessem em nossa equipe. Ainda temos doze dias para mostrar isso a eles. Tente não se preocupar. Vamos fazer isso dar certo.

— Você me faz acreditar.

— Pode acreditar. Estamos fazendo tudo o que podemos e muito mais.

Ele engata a marcha do carro e segue minhas instruções.

— Eu estaria ficando louco sem você me ajudar. Obrigado. De coração.

— Estou gostando. De tudo.

— Não fale sobre *tudo* até mais tarde, quando podemos fazer algo sobre isso.

— Fazer algo sobre o quê? — pergunto, fingindo indiferença.

O olhar que ele me dá é incendiário. Queima cada centímetro de mim e não me deixa nenhuma dúvida sobre o que vai acontecer da próxima vez que estivermos sozinhos.

Uma pontada de apreensão me atinge. E se eu tiver me esquecido de como se faz? E se eu entrar em pânico no último minuto ou...

Sua mão cobre a minha, me transmitindo seu calor.

— Pare de se preocupar. Nada vai acontecer entre nós, a menos ou até que você queira. Você é a chefe em todos os sentidos.

Me derreto no assento de couro e quase vou às lágrimas com seu comentário perspicaz. Ele entende. Ele realmente entende. Outros homens com quem namorei não tinham a menor ideia de como é sofrer uma perda como a minha. Eles tentavam ser sensíveis, mas a maioria era estúpido quando se tratava de navegar no campo minado emocional de namorar uma viúva.

No grupo de suporte online de viúvas ao qual pertenço, as pessoas postam histórias sobre seus desastres amorosos e algumas das coisas engraçadas que acontecem. De vez em quando, alguém postar sobre seu primeiro relacionamento significativo após a grande perda.

Jason será isso para mim? Ou será uma aventura passageira, algo para passar o tempo até que nós dois seguimos até encontrar relacionamentos mais permanentes? Sinceramente, não tenho ideia e tudo bem. É o que quero agora. *Ele* é o que quero, e desejá-lo é uma sensação muito boa. Na verdade, é seguro dizer que me sinto melhor que nunca.

Entramos na rua onde fica a clínica e a primeira coisa que vejo é a multidão reunida do lado de fora.

— Puta merda. — Olho para Jason, que está absorvendo tudo, mas não parece abalado com o tamanho da fila. — Se for demais...

— Tudo bem. Gosto de estar ocupado.

Estacionamos na parte de trás e entramos pela porta dos fundos. Lá dentro, encontramos Maria.

— É como quando o One Direction veio para a cidade — ela diz com um sorriso provocador para Jason.

— Não sei o que isso quer dizer — ele responde, parecendo envergonhado.

— Bem, para nós, você é o One Direction, Bieber e a Taylor Swift, todos embrulhados em um pacote muito bem-vindo. Não temos um médico aqui há duas semanas.

— Estou feliz em ajudar no que puder.

— Sua sala é aqui. — Ela lidera o caminho para uma sala de exames apertada onde um jaleco branco foi colocado na mesa. Maria mostra a ele onde está tudo e lhe entrega um receituário. — Você consegue pensar em mais alguma coisa de que possa precisar?

— Não no momento, mas eu aviso.

— Certo, vamos abrir as portas então.

— Tenho formulários de autorização para qualquer pessoa que não se importe de ser fotografada com o dr. Northrup. — Entrego a pilha que imprimi em casa para Maria. — Se alguém estiver interessado em compartilhar uma história sobre sua visita comigo, eu adoraria conversar com eles.

— Vou mencionar isso quando entrarem. Lá vamos nós!

15

CARMEN

O dia se torna uma enxurrada de atividades insanas. Jason atende quinze pacientes em duas horas. A maioria posa para fotos com ele, e três contam suas histórias para mim. Jason diagnostica uma criança com um caso grave de faringite estreptocócica, outra com escarlatina e uma terceira com conjuntivite.

A mãe estressada dos três filhos me disse o quanto significava para ela poder ser atendida por um médico altamente qualificado de graça e receber os medicamentos tão necessários. Outro paciente, um homem diabético de setenta e cinco anos, foi encaminhado a um hospital por causa de uma úlcera no pé que se recusa a cicatrizar.

Maria e duas das outras mulheres que trabalham como administradoras traduzem para pacientes que não falam inglês.

À uma da tarde, meus pais chegam com sanduíches e garrafas de água gelada para a equipe e pacientes que ainda estão na fila no calor do meio-dia.

Meu pai se aproxima para beijar minha testa.

Eu me inclino para ele.

— Você é o melhor, pai.

— Qualquer coisa por você, querida. Toda a vizinhança está comentando sobre o seu médico e o que ele está fazendo aqui.

— Foi uma manhã louca. As pessoas não param de chegar.

— Eles estão muito gratos pela oportunidade. A sra. Lopez teve o pior momento com gota, e a primeira consulta que ela conseguiria com um médico seria em três meses. Você sabe como a gota é dolorosa?

— Ouvi falar.

— Ela entrou no restaurante mais cedo cantando elogios a ele – e a você. Precisamos de mais médicos como o seu Jason, dispostos a dedicar um tempo para ajudar aqueles com menos acesso. É uma coisa muito boa o que ele está fazendo aqui.

Não me incomodo em corrigi-lo. Ele não é *meu* Jason. Mas concordo que o que ele está fazendo é uma coisa muito boa. Todos que saem da sala de exames saem sorrindo, muitos deles segurando receitas.

Depois que meus pais voltam ao restaurante, como alguns sanduíches entre tirar fotos, entrevistar pacientes e postar *stories* no Instagram. A reação aos *stories* é muito positiva, mas tiro um tempo para ter certeza de que não há ninguém deixando mensagens grosseiras nas postagens.

Até agora, tudo bem.

Às duas, meu telefone toca com uma ligação de Desiree.

— Estamos prontos para uma reportagem no noticiário das onze horas desta noite. Estou a caminho com a equipe.

— Muito obrigada, Desiree. Eu agradeço.

— É uma ótima história. Estou feliz por ter a chance de contar. Te vejo em breve.

Aceno para Maria.

— A Desiree está vindo com uma equipe de filmagem. Como administramos a fila e o consentimento?

— Vamos lá fora contar o que vai acontecer e pedir para assinarem os formulários antes que a Desiree chegue.

Passamos trinta minutos sob o sol escaldante, explicando o formulário em inglês e espanhol e pedindo permissão para que os possíveis pacientes sejam filmados pela equipe de TV. A maioria está entusiasmada com a ideia de aparecer no noticiário. Alguns se oferecem para serem entrevistados, e eu anoto quem são.

Estou tonta de empolgação com a grande oportunidade de Jason fazer esta entrevista. Só espero que isso não se volte contra nós. Se eles se concentrarem mais no escândalo em Nova York do que no que ele está fazendo aqui em Miami... Isso não pode acontecer. Com todas as pessoas da clínica preparadas para atestar o quanto são gratas pelo tempo que ele está oferecendo, esse deve ser o ponto da história.

Estou murchando com o calor quando o carro da NBC 6 chega. Reconheço Desiree da TV e de uma festa que fui com Maria há vários anos. Ela parece se lembrar de mim também. Com maquiagem perfeita e cabelos escuros brilhantes, Desiree estende a mão bem cuidada para mim. — É muito bom ver você de novo, Carmen.

— Igualmente. Muito obrigada por ter vindo.

— Você está trabalhando para o Miami-Dade General agora?

— Sim, no departamento de relações públicas. Minha primeira tarefa é ajudar o dr. Northrup a se aclimatar com a comunidade.

— Verifiquei com algumas fontes e descobri que a diretoria está relutante em tê-lo na equipe.

Hesito, tentando encontrar as palavras que preciso para lidar com essa situação delicada.

— Ouça, Desiree. Entendo que você tem um trabalho a fazer, e o escândalo em Nova York é lascivo, excitante e tudo mais, mas a verdade é que ele sofreu algo realmente cruel de uma mulher que ele achava que o amava.

— Eu li sobre isso e tenho uma pergunta. Se ele não sabia que ela era casada e tinha filhos, por que não disse isso desde que a coisa toda veio a público?

— Porque ela tem filhos, e ele se recusa a expor a mãe deles. Parece que isso aconteceu com ele quando era criança, e ele está determinado a não repetir o ciclo.

— Uau, bem, esse é um ângulo totalmente novo sobre o que li na internet.

— Não vou te dizer como fazer o seu trabalho. Só posso te pedir que olhe a imagem completa e não se distraia com os pedaços de mau gosto.

— Agradeço a dica. Ele está disponível para uma entrevista?

— Vou dizer a ele que você está aqui. Podemos pegá-lo entre os pacientes.

— Parece bom. Tem alguma sala vazia que possamos usar?

— Vou pedir a Maria para organizar isso para você. — Entro, onde até o ar-condicionado morno é um alívio bem-vindo. Encontro Maria trabalhando em um computador na recepção e passo o pedido de Desiree.

— Ela pode usar nossa sala de descanso. É a maior sala do lugar. — Ela se levanta para cumprimentar a amiga e se preparar para a equipe de filmagem, enquanto espero Jason terminar com seu paciente atual. Posso ouvir o baixo teor de sua voz, mas não o que ele está dizendo, o que é bom. Não é da minha conta. Estamos caminhando em uma linha tênue para conseguir a publicidade de que precisamos e, ao mesmo tempo, proteger a privacidade do paciente.

A porta se abre cinco minutos depois, e uma mulher mais velha surge, segurando um pedaço de papel. Ela está com um sorriso enorme e os olhos castanhos brilhando com lágrimas não derramadas.

— Deus te abençoe — ela sussurra para mim. — Abençoe a todos vocês por isso. — Ela aperta meu braço enquanto passa por mim.

Entro na sala de exames para falar com Jason e o pego fazendo anotações em um prontuário. Ele é lindo, mas vê-lo no modo médico leva sua atratividade para o próximo nível para mim.

— Desculpe incomodá-lo.

Ele me presenteia com um sorriso sexy e privado que faz minhas entranhas enlouquecerem.

— Você não está me incomodando. Tenho sentido falta da minha companheira constante nos últimos dias.

— Eu também. Você está deixando as pessoas muito felizes.

— Tem sido muito agradável. Eles são muito doces e agradecidos. Odeio que eles não tenham tido acesso a um médico nas últimas semanas. Muitos deles têm medo de ir para o pronto-socorro porque sabem que não podem pagar, e alguns são imigrantes com medo de deportação. Todo o nosso sistema está sobrecarregado.

— É verdade.

— Na maioria das vezes, vejo pessoas quando já estão em crise e precisam de uma cirurgia de emergência. Não passo muito tempo junto para conhecê-los. Eu realmente gosto disso. Já disse a Maria que voltarei amanhã.

Ele é tão fofo e sincero que me sinto cada vez mais envolvida.

— Eles ficarão maravilhados em tê-lo de volta. — Tento me lembrar por que vim aqui, mas então ele torce o dedo.

— Venha aqui.

Olho por cima do ombro para a porta, que não está totalmente fechada. Meu coração bate mais rápido quando uma onda de excitação passa por mim ao perceber que ele quer me beijar.

Embora seja possível sermos pegos por qualquer um, eu não me importo. Atravesso a salinha para onde ele está sentado.

— Chamou, dr. Northrup?

Ele se levanta, abraça minha cintura e observa meu rosto por um longo momento antes de me dar o beijo mais suave e doce.

— Mal posso esperar para ficarmos sozinhos hoje à noite.

— Humm, eu também. — E então me lembro de Desiree, da equipe de filmagem e a razão de estarmos aqui. — A equipe da NBC 6 está aqui e eles gostariam de alguns minutos.

Sua expressão endurece imediatamente.

— Contei a ela sobre o seu lado do escândalo e pedi que não se concentrasse nisso.

— O que ela disse?

— Ela queria saber por que você não contou o seu lado publicamente. Expliquei sobre as crianças.

Quando falamos sobre isso, todo o seu comportamento muda. Acaricio seu rosto e o obrigo a olhar para mim.

— O que está fazendo aqui hoje é muito importante para as pessoas que você está atendendo. Isso vai aparecer nas entrevistas que ela está fazendo com os pacientes. Tenho um bom pressentimento quanto a isso.

A tensão ocupa cada centímetro dele.

— Estou feliz que você tenha.

Fecho a porta e a tranco antes de voltar para ele e colocar as mãos em seus ombros.

— Respire. — Massageio os músculos tensos de seu pescoço e ombros. — Apenas respire.

— Tem muita coisa em jogo — ele fala baixinho.

Meu coração dói por ele.

— Eu sei e tenho a sensação de que tudo vai dar certo.

— Eu gostaria de ter tanta certeza quanto você.

— Confie em mim. Terei certeza por nós dois. — Continuo massageando os nós em seus músculos até que ele comece a relaxar um pouco. — É isso aí, Jason. Seja você mesmo. Isso é tudo que você precisa fazer para convencer o conselho de que você pertence ao Miami-Dade.

Um sorriso caloroso ilumina seus lindos olhos.

— Você está se tornando essencial para mim.

— É mesmo?

Se concentrando em meus lábios, ele assente.

Se eu começar a beijá-lo, talvez nunca pare. Com pessoas esperando por ele, não podemos perder tempo agora. Mas depois... mal posso esperar até mais tarde.

— Vamos fazer a entrevista para que você possa voltar aos pacientes. Está quente lá fora.

— Lidere o caminho.

Eu o levo até a sala de descanso, onde a equipe de Desiree instalou luzes e uma câmera.

— Desiree Rivera, conheça o dr. Jason Northrup.

Desiree aperta sua mão.

— Prazer em conhecê-lo.

— Igualmente. Obrigado por isso.

— Sem problemas. Vamos colocar o microfone.

Um dos técnicos conecta um microfone ao jaleco de Jason e entrega a ele a outra parte. — Prenda isso no seu cinto.

Quando ele está pronto, Desiree gesticula para que ele se sente na sua frente.

— Vamos lá.

O cinegrafista dá um sinal para ela.

— Aqui é Desiree Rivera da NBC 6, com o dr. Jason Northrup, um neurocirurgião pediátrico que recentemente se mudou de Nova York para Miami. Hoje ele está oferecendo seus serviços na clínica popular Our Lady of Charity, em Little Havana. Conseguimos pegá-lo em um intervalo. Bem-vindo a Miami, dr. Northrup.

— Muito obrigado.

— Você poderia nos contar um pouco sobre as circunstâncias que o trouxeram aqui?

O único sinal de seus sentimentos sobre essa pergunta está na tensão em sua mandíbula.

— Deixei meu antigo hospital em Nova York depois que um relacionamento com uma mulher que pensei amar terminou de forma dramática. Tudo o que vou dizer sobre isso é que eu nunca, jamais, me envolveria de forma consciente com alguém que é casada. Eu não tinha me envolvido com ninguém nos anos anteriores a esse relacionamento.

— Pelo que entendi, o conselho de Miami-Dade pediu algum tempo para considerar a possibilidade de contratá-lo.

— Correto.

— Nesse ínterim, você está conhecendo a região e oferecendo seu tempo aqui em Little Havana.

— Sim. Eu realmente gostei de atender aos pacientes aqui hoje, e estarei de volta amanhã para aqueles que não conseguiram vir. Vou continuar vindo até que possa atender a todos que necessitem.

Estou muito orgulhosa de vê-lo e ouvi-lo. Ele desviou a atenção do que aconteceu em Nova York e está mostrando sua dedicação ao oferecer seu tempo como voluntário pelo tempo que for necessário para atender todos os pacientes que vierem à clínica. Gosto dele ainda mais do que esta manhã e não achei que isso era possível.

— Eu deveria voltar. As pessoas estão na fila do lado de fora e está quente demais.

— Obrigada por dedicar seu tempo, dr. Northrup. Te desejamos tudo de bom em Miami.

— Obrigado. — Ele se levanta, tira o microfone e o entrega ao cinegrafista. — Agradeço a oportunidade — ele diz enquanto aperta a mão de Desiree.

— Boa sorte com o conselho.

— Obrigado.

— Vai passar hoje à noite às onze e, talvez, novamente amanhã.

— Que ótimo. — Ele aperta meu braço enquanto sai da sala para voltar ao trabalho.

— Hum — Desiree me diz em um tom baixo e sugestivo. — Que cara legal.

Engulo uma resposta irritada – e muito pouco profissional.

— Sim ele é. Obrigada mais uma vez por fazer isso.

— Definitivamente, um prazer. Espero que o médico gostoso fique por aqui em Miami. — Ela me entrega seu cartão. — Entregue isso para ele, se puder.

Pego o cartão, porque não há como não pegar sem ser rude.

— Hum, claro.

Desiree e sua equipe partem alguns minutos depois.

— Como foi? — Maria pergunta enquanto despeja água de uma jarra em copos de papel.

— Acho que foi bom.

— Quero levar um pouco de água para as pessoas que esperam lá fora. Alguns estão derretendo com o calor.

— Me deixe ajudar.

Colocamos mais formulários de liberação debaixo dos braços e levamos bandejas com copos d'água para o calor úmido e sufocante. No final da fila, encontro uma jovem segurando um menino que deve ter entre quatro ou cinco anos. Ele está deitado sobre ela e adormecido. O suor desce pelo rosto da mulher enquanto ela luta para manter o controle sobre a criança.

— Maria — chamo sua atenção para a mulher.

Maria fala com ela em espanhol e a leva para dentro, onde algumas janela ajudam a esfriar a sala de espera. Os olhos da mulher se enchem de lágrimas de alívio ao se sentar e ajeitar o filho. Eu a ouvi dizer a Maria que ele está com uma forte dor de cabeça há dias e de repente parou de falar. Quando acordou esta manhã, não conseguia andar. Ela estava com medo de chamar a ambulância, porque não tem plano de saúde.

Maria entrega a ela a papelada necessária em uma prancheta.

A mulher ajeita o filho nos braços para preencher os formulários.

Sinto o alarme de minha prima enquanto ela caminha para a sala onde Jason está trabalhando, bate na porta e pede a ele para atender o menino em seguida. Ela usa a palavra *urgente*.

Jason termina com o paciente e vem para a sala de espera, onde posso vê-lo em ação enquanto avalia rapidamente o menino. Se virando para Maria, ele diz:

— Chame a ambulância.

Enquanto Maria sai apressada, a jovem mãe desmorona.

— O que há de errado com ele? — ela pergunta em um inglês hesitante.

— Não posso ter certeza até que tenhamos um exame completo e não quero especular, mas precisamos levá-lo a um hospital imedi-atamente.

— Não posso pagar por isso!

Jason põe a mão no ombro da jovem e a olha nos olhos.

— Vou te ajudar a resolver isso. O mais importante agora é levar seu filho a um lugar que tenha o equipamento para avaliá-lo. Não posso fazer isso aqui.

A mãe da criança, Sofia, chora desamparada, mas assente em concordância.

Posso dizer que Jason está aliviado por ela permitir que ele transporte a criança.

Os paramédicos chegam alguns minutos depois, e Jason os instrui a levar o menino para o Miami-Dade. Antes de segui-los até a ambulância, ele me entrega as chaves de Priscilla. Sorrindo, ele diz:

— Não seja presa.

— Vou tentar.

— Te ligo assim que puder. Diga a todos que estarei de volta amanhã. — Ele corre e entra na parte de trás da ambulância.

Tenho muitas perguntas. Ele instruiu os paramédicos a levar a criança para o Miami-Dade e irá com ela, embora não esteja contratado ainda. Qual é o seu plano?

Maria diz aos pacientes que esperam por Jason que houve uma emergência e que eles devem voltar amanhã. Ela distribui números em papeis adesivos para preservar seus lugares na fila. Apesar de terem esperado, em alguns casos, por horas no calor, em geral não estão aborrecidos por não terem sido atendidos.

— Entreguei sessenta e três números — ela comenta quando volta para dentro, enxugando o suor do rosto. — Ele é uma dádiva de Deus.

— Ele está gostando. Disse que não consegue fazer muito esse tipo de atendimento ambulatorial. Quando as pessoas vêm até ele, geralmente estão tendo algum tipo de crise, então ele não passa muito tempo com elas.

— Gosto muito dele e, pelo que posso dizer, você também.

— Gosto. Bastante.

Ela abre um grande sorriso bobo.

— É mesmo?

Eu concordo.

— Esta é uma ótima notícia, prima.

— Eu sei. Estou tentando não perder a cabeça, porque quem sabe onde ele estará em um mês?

— Mas o fato de você gostar dele é uma grande coisa.

— Sim.

Ela segura minha mão e me leva para a sala de descanso, que parece muito maior sem as luzes e as câmeras. Depois de fechar a porta, ela se vira para mim.

— Você não tem ideia do quanto todos nós queríamos isso, que você conhecesse alguém que te faça brilhar do jeito que você brilha quando está perto dele.

— Eu não *brilho*.

— Brilha, sim, e é incrível.

— Estou tentando não pensar demais.

— Não faça isso. Aproveite o momento. Você merece. Imagine o quanto as coisas vão ser sensuais com ele. Aposto que ele sabe bem o que fazer na cama.

— Maria! *Pare.* — A ideia de estar na cama com Jason faz o sangue queimar minhas veias.

— Seu rosto está vermelho só de pensar nisso. Você já o beijou?

— Talvez.

— Eu amo *muito* isso.

— Não transforme essa situação em algo grande, Mari, por favor? — Coloco a mão na barriga, que de repente parece inquieta. — Eu simplesmente não sei...

Ela me abraça.

— Entendo por que isso é tão difícil para você. Entendo isso melhor do que ninguém. Mas também sei que está na hora de você tentar de novo. Já se passaram cinco anos, C.

— Acredite em mim, eu sei.

— Você tem que deixar alguém entrar antes que fique virgem de novo.

Ofego de tanto rir.

— Cale a boca.

— Estou falando sério! Pode se fechar de novo.

— Claro que não. Uma profissional da saúde não deveria mentir sobre essas coisas.

— É um fato conhecido que o hímen se regenera da mesma forma que o fígado.

Balanço a cabeça e reviro os olhos enquanto tento não uivar de tanto rir, o que só iria encorajar sua afronta.

— Mentira.

— Você também precisa se preocupar com a poeira e teias de aranha. Isso não é nada sexy.

— Vou embora.

— Ei.

Me viro para ela.

— Brincadeiras à parte, estou feliz por você. Independentemente do que pode ou não acontecer com o seu médico sexy, é ótimo saber que você ainda pode se sentir assim por alguém, sabe?

— Sim. Tem sido divertido.

— Está tudo bem deixar isso acontecer com ele. O Tony não

gostaria que você ficasse sozinha para sempre. Ele te amava e tudo o que ele sempre quis foi que você fosse feliz.

A lembrança da devoção do meu doce marido traz lágrimas aos meus olhos.

— Eu sei.

— Estou aqui se você precisar falar sobre isso.

— Também sei disso.

— Especialmente se você quiser compartilhar os detalhes sacanas.

— Vou embora. Te vejo amanhã.

— Aposto que os detalhes serão *extremamente* sacanas com ele — ela grita atrás de mim.

16

CARMEN

Rindo da tolice de Maria, sigo para o estacionamento. A umidade parece um tapa na cara enquanto caminho até Priscilla.

— É melhor você não me fazer ser presa de novo — digo para o carro enquanto o ligo. Dirijo devagar de volta ao hotel de Jason e solto um suspiro de alívio quando o estaciono e o desligo. Me pergunto se devo deixar as chaves na recepção, mas não confio que não a levem para um passeio, então decido mantê-las comigo.

Meu telefone toca com uma mensagem de Jason.

Indo para a cirurgia. Deve levar de cinco a sete horas. Te ligo mais tarde para ver se você ainda está acordada.

Quero perguntar se o Miami-Dade autorizou. Devem ter autorizado se ele vai operar lá. O que isso significa para a situação dele com o conselho? Estou morrendo de vontade de saber, mas ele tem coisas mais importantes em que se concentrar agora. Respondo com um emoji de joinha.

Envio uma mensagem para Maria para confirmar que a mãe da criança assinou o formulário de liberação. Quando Maria confirma que sim, envio uma para Desiree, informando-a do que aconteceu.

Não tenho certeza se isso irá impactar a notícia, mas acho que não fará mal contar.

Volto para casa no meu carro, minha cabeça girando com perguntas e entusiasmo para vê-lo novamente. Agora só tenho que relatar ao sr. Augustino o que aconteceu e aguentar as próximas horas.

Ele envia uma mensagem às nove e quarenta e cinco.

Ainda acordada?

Sim.

Posso passar por aí?

Por favor, venha. Estou com suas chaves.

É por isso que quero ir. Para pegar as chaves.

Ele adiciona o emoji risonho.

Precisa de uma carona?

Não, estou em um Uber. Estarei aí em breve. Mal posso esperar.

Me levanto da cama e corro para o banheiro para escovar o cabelo e dentes. Estou vestindo um robe sobre uma camiseta longa e considero trocar para algo mais sexy.

Pare. Simplesmente pare. Respire. Relaxe.

Mais fácil falar do que fazer. Quando ele chegar aqui, não tenho dúvidas de que vamos continuar de onde paramos no carro esta manhã – e provavelmente não vamos parar nos beijos. Estou pronta para mais. Quero mais.

Só espero poder seguir em frente com isso. Estou tranquila, com a certeza de que Jason seguirá minha liderança, que ele não vai me pressionar por mais do que posso aguentar. Estou pronta para isso porque é ele. Porque confio nele. E porque eu o quero. No fim das contas, é bem simples.

No momento em que ele bate na porta, minha frequência cardíaca está se aproximando da zona de perigo, e estou tonta por não conseguir respirar. Que bom que ele é um médico talentoso, porque posso precisar de um.

Quando abro a porta, ele preenche o espaço. Mais uma vez, seus braços estão sobre a cabeça no batente da porta, as mangas da camisa enroladas para revelar braços musculosos. O olhar de desejo em seus olhos cansados faz meus joelhos fraquejarem. Por muito tempo, nós simplesmente nos encaramos.

— Vai me convidar para entrar, linda?

Sua pergunta me tira do transe em que caí ao vê-lo.

— Ah... sim. É claro. Entre.

A porta se fecha, e eu me viro para ele.

— Como foi...

Ele envolve o braço em minha cintura, me puxa com força contra si e me beija.

Horas de antecipação e desejo se unem no beijo mais apaixonado que já compartilhamos. Estamos famintos um pelo outro, seus lábios e língua me devoram com uma ferocidade que me faz me agarrar a ele para permanecer de pé. Ele pressiona minhas costas contra a parede do hall de entrada, inclina a cabeça e segura minha bochecha, passando os dedos com carinho sobre minha pele sensível enquanto seus lábios e língua continuam sua tortura sensual.

É insuportável e necessário ao mesmo tempo. Até ele me acariciar com tanta ternura, eu não tinha percebido o quanto sentia falta de ser tocada assim.

— Me diga para parar, Carmen — ele sussurra com a voz rouca em meu ouvido, desencadeando uma nova calamidade dentro de mim.

Com Tony, nosso relacionamento físico foi lento à medida que passávamos de crianças a adultos e aprendíamos sobre amor e desejo juntos. Esta... é uma experiência totalmente diferente. Não consigo chegar perto o suficiente de Jason. Estou bêbada pela maneira como ele me faz sentir, viva de uma maneira que não sentia há anos, de uma forma que pensei que nunca estaria novamente.

Não consigo nem encontrar os meios para me sentir culpada ou em conflito por ter esses sentimentos por alguém que não seja meu falecido marido. A necessidade de Jason me consome tanto que abafa todo o resto, até mesmo Tony. Há uma semana, eu diria que isso não era possível. Agora, sei que é.

Ele muda sua atenção para o meu pescoço, e eu me esforço para chegar mais perto dele, alinhando nossos corpos com intimidade, a dureza de seu pênis pressionado contra meu ventre.

Embora meu cérebro esteja completamente confuso, ainda quero saber como foi a cirurgia.

— Me conte sobre o menino — consigo dizer enquanto ele beija meu pescoço. —Ele está bem?

— Se você acredita que as coisas acontecem por uma razão, tenho uma história e tanto para você.

Seguro sua camisa para mantê-lo perto de mim enquanto ele me conta a história.

— A mãe assinou a autorização, certo?

— Sim.

— Então posso dizer que o menino tinha um tumor.

Ofegante, eu olho para ele.

— Meu Deus.

Ele continua a beijar meu pescoço e me deixar louca.

— Ele tinha um meduloblastoma, um tumor na parte posterior. Esse é o tumor cerebral maligno mais comum da infância. Ocorre exclusivamente no cerebelo. Era um T2, o que significa que tinha mais de três centímetros de diâmetro, sem evidências de metástases subaracnóideas grosseiras ou hematogênicas, o que é a melhor notícia de todas.

Estremeço, tanto pelo que ele está fazendo em meu pescoço quanto por ouvi-lo e perceber o quanto ele é inteligente e talentoso. Isso é tão atraente para mim quanto seu rosto bonito, sorriso caloroso e corpo sexy.

— Não tenho ideia do que você acabou de dizer, mas parece sério.

— É o tumor que eu e minha equipe temos estudado nos últimos três anos.

Eu me afasto novamente para olhar para seu rosto.

— Sério?

Ele concorda.

— Não existe ninguém neste país mais preparado para operar esse tumor que eu. Quais são as chances de eu encontrar uma criança na clínica popular da sua prima em Little Havana que precise exatamente do que eu sou excepcionalmente qualificado para oferecer?

Estou pasma com esta reviravolta nos acontecimentos.

— Isso é incrível. Ele vai ficar bem?

— Espero que sim, mas ele tem um longo caminho pela frente. Tiramos quase tudo. Com quimioterapia e radiação, ele tem uma chance muito boa de se recuperar, embora venha a apresentar alguns problemas devido à localização do tumor, bem como ao tratamento.

— E quanto ao hospital?

— Quando informei ao chefe de cirurgia do que estava acontecendo, ele convenceu o sr. Augustino a me dar uma autorização temporária para realizar a cirurgia. Ele disse que não havia ninguém na equipe mais qualificado para lidar com esse caso. Como fui trazido ao Miami-Dade para uma cirurgia semelhante no passado, Augustino deu sinal verde.

— Estou tão feliz por ele ter te deixado operar. Qual é o custo? A Sofia estava muito preocupada.

— Estamos trabalhando nisso. Ela não vai ter que pagar por nada.

Afasto o cabelo de sua testa e deixo os fios sedosos correrem pelos meus dedos.

— Quando se pensa sobre isso, talvez tudo o que aconteceu em Nova York foi para que você pudesse estar aqui hoje para encontrar o garoto que precisava de você.

— Ou — ele diz, acariciando meu pescoço e mordiscando o lóbulo da minha orelha — tinha que acontecer para que eu pudesse encontrar você.

— Você está deixando meus joelhos fracos.

— Não podemos permitir isso. — Ele aperta o braço em volta da minha cintura e me levanta do chão.

Eu o seguro enquanto ele nos transporta para o sofá, onde me coloca com gentileza antes de se acomodar ao meu lado. Ele passa o braço ao meu redor, e eu apoio a perna entre as dele. Nós nos juntamos sem esforço, como se esta fosse uma dança que já tivéssemos feito juntos muitas vezes. Parece certo estar aqui com ele, tocá-lo e beijá-lo, mesmo que tanto ainda esteja indefinido.

— O que você está pensando? — pergunto, observando sua expressão pensativa.

— Muitas coisas, mas antes de mais nada quero que você se sinta confortável com o que quer que aconteça entre nós.

Me aconchego mais contra ele.

— Estou muito confortável.

Ele geme e enterra o rosto no meu cabelo, parecendo me inspirar.

— Você sabe o que quero dizer, Carmen.

— Sim, e o fato de você se preocupar de que esta é a primeira vez que faço algo assim desde que meu marido morreu, me deixa muito mais confortável do que eu estaria com qualquer outra pessoa.

— Pensar em você com outra pessoa me deixa um pouco irritado para ser sincero.

Gosto de ouvir que ele tem um lado possessivo – mais do que provavelmente deveria.

— É mesmo?

— Sim.

— Desiree Rivera me deu seu cartão e me pediu para te entregar.

— É mesmo?

— Aham. Eu rasguei.

Rindo, ele passa a mão para cima e para baixo nas minhas costas enquanto olha para mim com olhos que veem a mim, Carmen, não a jovem triste que perdeu o marido cedo demais.

Eu o puxo para outro beijo, usando lábios, língua e mãos para dizer a ele exatamente o que quero. Não quero que ele tenha dúvidas de que estou bem onde quero estar.

Um beijo se transforma em dois e depois em outro. Tiramos as roupas quando o desejo atinge uma necessidade urgente em nós dois. Meu robe é desamarrado e removido. A camiseta limpa é puxada sobre a minha cabeça enquanto eu puxo sua camisa, tentando chegar ao seu peito sem arrancar os botões. A sensação dos meus seios nus pressionados contra seu peito me tira o fôlego.

Esqueci como é ser consumida pelo desejo. Como é ser tocada por um homem que me quer como Jason. Esta parte de mim está isolada há anos. Jason está trazendo o meu lado sensual de volta à vida com um beijo e uma carícia de cada vez. Ele segura meus seios e passa os polegares sobre os pontos tensos dos meus mamilos.

— Você é tão adorável, doce Carmen. Foi o que pensei quando te vi pela primeira vez, tão certinha em seu terno enquanto esperava que eu chegasse.

Arqueio para ele, querendo mais do que ele está fazendo com meus seios.

— Eu não estava certinha.

— Estava, sim. E muito mais. Fiquei imediatamente intrigado. Queria saber tudo sobre você.

— Achei que você estava com a Betty.

Ele balança a cabeça antes de incliná-la para capturar meu mamilo no calor de sua boca.

— Eu nunca estive com ela.

Pego um pouco de seu cabelo para impedi-lo de fugir, não que ele esteja tentando. A onda de emoção é tão intensa que provoca uma dor em meu coração, que já havia sofrido tanto no passado. Não que eu queira pensar sobre isso quando cada parte minha está envolvida no que ele está fazendo com meus mamilos. Ele beija uma trilha na frente do meu corpo, passando a língua em meu umbigo, me fazendo gritar de desejo que ele inspira em mim.

— Tão sexy — ele sussurra, e sinto seu hálito quente contra a minha pele provocando arrepios que me fazem estremecer de prazer.

Quando fiquei viúva, costumava tentar me imaginar com outra pessoa dessa forma, e nunca conseguia passar da agonia o suficiente para ver isso realmente acontecendo. Imaginei que seria estranho, que eu choraria, me arrependeria depois. Mas não há nada de estranho em estar com Jason, e já sei que não vou me arrepender. Resta saber se haverá lágrimas ou não.

Os olhos dourados de Jason ficam escuros de desejo quando ele vê a calcinha de algodão branco que usei intencionalmente.

— Sexy demais — ele diz em um grunhido baixo, enquanto me segura por cima da calcinha, pressionando os dedos contra meu clitóris e me fazendo contorcer enquanto persigo um orgasmo que parece tão perto. — Eu sabia que você ficaria sexy demais usando algodão branco.

Solto uma risada rouca enquanto o orgasmo fica fora de alcance.

— Calma, amor. Não se preocupe. Não vou te deixar esperando.

Enquanto a calcinha desliza pelas minhas pernas, fecho os olhos e tento me concentrar no que está prestes a acontecer. Mas nada poderia me preparar para o toque de seus lábios na minha perna ou a pressão de seus dedos contra minha carne incrivelmente sensível. Ele mal me tocou, e estou prestes a entrar em combustão.

Seus lábios continuam sua jornada pela minha perna enquanto eu prendo a respiração em antecipação. Ele me arruma de forma que minhas pernas fiquem abertas, me deixando grata pela depilação. E quando ele me abre para sua língua, estou completamente perdida na incrível gama de sensações que me oprimem ao ponto da loucura. Seus dedos estão dentro de mim enquanto sua língua gira sobre meu clitóris.

Caramba, mal consigo respirar, e então ele chupa meu clitóris com força. Grito com o prazer poderoso que me balança. Nem bem recuperei meus sentidos quando ele começa tudo de novo, me tomando tão rapidamente que estou gozando uma segunda vez antes de saber o que me atingiu. Meu corpo é uma coleção trêmula de terminações nervosas, cada uma delas sintonizada com ele. Ouço o som da embalagem do preservativo um segundo antes de ele cobrir meu corpo, me beijar com lábios que me provaram e me penetrar um pouco de cada vez enquanto olha para o meu rosto com olhos dourados sensuais que me arruínam.

— Nossa, Carmen — ele fala em uma longa expiração. — Nada nunca foi tão bom. Nunca. — Ele me puxa para mais perto e pressiona os lábios no ponto sensível em meu pescoço enquanto abre caminho dentro de mim. — Fale comigo. Me diga como você se sente.

— Me sinto... preenchida.

Ele ri baixinho enquanto deixa uma trilha de beijos ao longo da minha clavícula.

— Dói?

— Não. — Levanto as pernas e as envolvo em seus quadris, o que o faz me penetrar mais fundo. — É muito bom.

Seu gemido baixo me faz estremecer enquanto ele segura minha bunda para me inclinar para um ângulo ainda melhor. Aperto os dedos nos músculos de suas costas, precisando abraçá-lo, mantê-lo perto, mergulhar nesta perfeição por tanto tempo quanto eu puder.

Ele aperta os braços em volta de mim e aumenta o ritmo.

— Carmen. — O rosto que se tornou tão querido para mim no tempo que passamos juntos está tenso. Seus olhos estão aquecidos enquanto ele me olha e seus lábios estão inchados de nossos beijos frenéticos.

Aperto os músculos internos ao redor de seu pau, e ele geme no segundo antes de me estocar de forma profunda para alcançar o clímax.

— Puta merda, mulher — ele fala, ofegante. — Você acabou comigo antes que eu tivesse a chance de cuidar de você.

— Você cuidou de mim antes.

— Mesmo assim... não quero que você se sinta enganada.

— Confie em mim. Essa é a última coisa que sinto agora.

Ele beija minha bochecha e a ponta do meu nariz antes de encontrar meus lábios em outro beijo suave, doce e sexy.

— O que você está sentindo agora?

— Acabada. Exultante. Feliz. Aliviada.

Ele arqueia de leve a sobrancelha esquerda.

— Aliviada?

— Eu não chorei.

— Você achou que isso aconteceria?

— Eu não tinha certeza do que esperar.

Ele tira uma mecha de cabelo do meu rosto e a coloca atrás da minha orelha.

— Obrigado por me escolher para dar este grande passo com você. Estou honrado em ser o primeiro.

Meus olhos se enchem de lágrimas, mas não são de tristeza. São lágrimas do tipo "a vida continua", e sim, isso é importante.

— Estou feliz por ter esperado por você.

— Também estou muito feliz por você ter feito isso.

Pensar na possibilidade de ele ir embora se o conselho não o contratar me deixa desanimada.

Ele traça o contorno da minha boca com a ponta do dedo.

— O que causou essa testa franzida?

— Eu franzi a testa?

Assentindo, ele me beija até eu sorrir novamente.

— O que você está pensando?

— Sobre como estamos começando algo sem saber onde você vai estar em um mês.

— E isso te preocupa.

— Um pouco. Não saio por aí indo para a cama com qualquer um.

Ele faz uma careta de brincadeira.

— Espero que não.

— Acho que o que estou tentando dizer é que isso, o que fizemos, passar um tempo juntos... tem um significado para mim.

— Para mim também. Como eu disse, desde o primeiro minuto que te vi me esperando do lado de fora do hospital, fiquei interessado. E quando tive que pagar a fiança para te liberar da prisão...

Bato de leve em suas costas.

— *Pare*! Meu Deus! Você não pode fazer com que isso faça parte da nossa história.

— Tarde demais. Já é uma das melhores partes da nossa história. Nunca vou me esquecer o quanto você estava fofa naquela cela enquanto tentava não surtar.

— Eu estava surtando! Desde o segundo em que o policial me parou.

A risada ilumina seu rosto e faz minha boca se encher de água de luxúria. Eu já o quero de novo.

— A prisioneira mais fofa que já conheci.

Eu cubro os ouvidos.

— Lalalala. Não consigo te ouvir, e se você contar para minhas avós ou pais que eu estive na prisão, nunca mais vou falar com você.

— Adoro uma chantagem suculenta. Acho que você vai ter que continuar me beijando para garantir meu silêncio.

— Você não ousaria!

Ele aponta para os lábios.

— Melhor não arriscar.

Carrancuda, empurro meus lábios com força contra os seus.

Estremecendo com uma risada silenciosa, ele envolve um braço ao redor do meu pescoço para me manter presa a ele.

— Sim — ele diz, com as palavras abafadas —, assim, só que mais doce. — Ele me toca até que eu ceda aos seus lábios e língua persuasivos, perdida em um mar de desejo que me domina mais uma vez.

Não me canso dele ou da maneira como ele me faz sentir. Eu tinha me esquecido a euforia provocada ao se conectar com alguém dessa maneira. Ele se retira apenas o tempo suficiente para colocar um novo preservativo antes de juntar nossos corpos mais uma vez. Enquanto ele faz amor comigo novamente, eu me rendo completamente à experiência e ao orgasmo estremecedor que atinge a nós dois ao mesmo tempo.

— Você comprou meu silêncio por mais uma hora, doce Carmen. — Suas palavras, sussurradas contra meu pescoço, me fazem sorrir enquanto passo os dedos por seus cabelos.

Volto à realidade devagar, com o coração e a cabeça resistindo a qualquer coisa que me tire do momento mais perfeito que experimentei desde que perdi Tony. Olho para o relógio. São dez e cinquenta e cinco.

— O noticiário. Temos que assistir. Vão exibir a entrevista.

Ele geme.

— Não quero assistir.

Dou um empurrão suave em seu ombro.

— Precisamos.

— Argh. — Ele se afasta de mim e se recosta no sofá, sem

vergonha de sua nudez enquanto sou atingida por um forte ataque de timidez quando pego a camiseta descartada do chão e a visto de volta. Ligo a TV na NBC 6 e corro para o banheiro para me limpar.

Meu cabelo está um ninho selvagem de cachos, o rímel está borrado e meus lábios estão vermelhos e inchados de beijos desesperados. Pareço ter sido completamente arrebatada. Limpo a maquiagem do rosto, prendo o cabelo rebelde em um coque e uso o banheiro antes de me juntar a ele na sala de estar.

Estou rezando para que esta entrevista não piore nada.

17

CARMEN

*E*nquanto eu estava fora, ele vestiu a boxer. Ele se levanta para me beijar antes de entrar no banheiro.

— Jason, se apresse. Acabaram de dizer que vamos conhecer o mais novo neurocirurgião de Miami após o intervalo.

Quando ele retorna, noto que a tensão está de volta em seus ombros e rosto. Ele se senta ao meu lado, mas mantém um pouco de distância entre nós, como se estivesse se preparando para o que quer que esteja prestes a ver e ouvir.

Coloco a mão em suas costas, desejando que houvesse algo mais que eu pudesse fazer para deixá-lo à vontade.

Ele me presenteia com um sorrisinho enquanto mantém os olhos na TV.

— Nossa repórter, Desiree Rivera, passou algum tempo hoje com o dr. Jason Northrup, o mais novo neurocirurgião pediátrico de Miami, e soube que ele já está causando um impacto em nossa comunidade. Desiree?

— Obrigada, Jim, e de fato você está certo sobre isso. Conheci o dr. Northrup hoje na clínica popular Our Lady of Charity, em Little Havana, onde ele passou o dia oferecendo seu tempo e experiência para uma ampla gama de pacientes. Mas o seu dia na clínica deu uma guinada inesperada quando Sofia Diaz e seu filho, Mateo, chegaram, esperando ser atendidos pelo médico.

A cena ao vivo de Desiree corta para as imagens que ela e sua equipe gravaram na clínica, que mostra Jason com os pacientes e a fila do lado de fora. Em seguida, muda para o Miami-Dade e uma entrevista com Sofia Diaz, que está chorando enquanto detalha a cirurgia que Jason realizou em seu filho.

— Ele está muito doente. — Sofia seca os olhos com um lenço de papel enquanto fala em um inglês hesitante. — Eu esperava que o médico me dissesse que ele tinha algum vírus, mas o dr. Northrup deu uma olhada em meu Mateo e pediu uma ambulância para trazê-lo ao Miami-Dade. Fizeram uma ressonância magnética e descobriram que ele tem um tumor cerebral cancerígeno. O dr. Northrup o operou e... — Sua voz falha. — Ele salvou a vida do meu filho — ela fala em um sussurro.

Uma foto de Mateo descansando na cama do hospital é exibida. Ele parece muito pequeno e indefeso na cama grande.

A filmagem volta para Desiree.

— A sra. Diaz e seu filho se encontravam no lugar certo na hora certa hoje, e o pequeno Mateo está descansando esta noite após a cirurgia para remover o tumor. O dr. Northrup disse a sra. Diaz que com o tratamento de acompanhamento, seu filho tem uma boa chance de se recuperar. Sem dúvida, essa chance foi melhorada pelo dr. Northrup, um especialista reconhecido nacionalmente neste tipo de tumor cerebral pediátrico específico, o que torna os cidadãos de Miami sortudos por tê-lo em nossa comunidade. Esta é a reportagem de Desiree Rivera, do Miami-Dade General Hospital para a NBC 6 News.

— Que história incrível, Desiree. Obrigado por trazer isso para nós.

— Puta merda. — Olho para Jason, que parece tão surpreso quanto eu. — Ela não mencionou Nova York! Este é o melhor cenário, Jason. — Pego o telefone. — Preciso vincular essa história à conta do Instagram. — Demoro alguns minutos mexendo no telefone para localizar o vídeo no site da NBC 6 e carregá-lo na conta do Instagram de Jason. Faço uso abundante de hashtags, incluindo Miami, novo doutor, neurocirurgião pediátrico e salva-vidas.

— Como Desiree soube que o havíamos transportado?

Não sei dizer se ele está feliz por ela saber ou chateado.

— Hum, enviei uma mensagem para ela saber que você identificou uma emergência na clínica e o estava levando para o Miami-Dade. Espero que esteja tudo bem.

— Sim, claro. A mãe assinou a autorização, então está tudo certo. E foi bom pensar nisso. Essa história era justa...

— Era *justamente* o que precisávamos.

Ele coloca o braço em volta de mim e me puxa para seu abraço caloroso.

— Nunca poderei te agradecer. Você fez um milagre em alguns dias.

— Você realizou seu próprio milagre com o que fez por aquela criança hoje.

— Por sua causa. Sem você, eu estaria sentado em um quarto de hotel mergulhado na minha própria miséria enquanto pessoas que nunca nem vi debatiam se minha carreira deveria continuar. Mas você... olha o que você fez, Carmen.

Me deleito com o brilho de seu elogio. Que alguém tão talentoso quanto ele pense tanto de mim profissionalmente é um momento inebriante.

— Fizemos isso juntos.

Ele aperta meu ombro.

— Sim, fizemos, e vamos fazer isso juntos de novo.

Dou a ele meu melhor olhar sexy e tímido.

— Ainda estamos falando sobre recuperar sua reputação?

Ele passa a mão para cima e para baixo no meu braço em uma carícia suave que sinto em todos os lugares.

— Entre outras coisas.

Estou louca por ele. Perdi toda a perspectiva no que diz respeito a Jason. O que levou anos para acontecer com Tony, aconteceu em questão de dias com ele. Certo, sou quinze anos mais velha. Nosso relacionamento veio de uma amizade primeiro e cresceu muito mais à medida que envelhecemos e nos tornamos mais conscientes de todas as coisas que poderiam ser.

Com Jason, é muito mais imediato e urgente. Quanto mais tempo passo com ele, mais tempo eu quero. Apoio a cabeça em seu peito enquanto o meteorologista da TV fala sobre outra onda de calor no sul da Flórida para amanhã.

— Eu deveria ir embora e te deixar descansar um pouco — ele fala após um longo período de silêncio.

Não quero que ele vá, mas não consigo pronunciar as palavras no começo.

— Você... não precisa. Ir, quero dizer. Se você não quiser. — Eu me encolho com o quanto devo ter soado boba.

— Não quero estar em nenhum lugar a não ser com você, mas só se você também quiser.

Levanto a cabeça para olhá-lo nos olhos.

— É o que eu quero. Fique.

Ele sorri e se inclina para me beijar.

— Posso pegar sua escova de dente emprestada?

— Posso fazer melhor. Tenho uma para você.

— Viu? Era para ser.

Estou começando a achar que ele pode estar certo sobre isso.

JASON

Estar na cama com Carmen é surreal e emocionante, tanto que dormir é a última coisa na minha cabeça enquanto ela está quente e aconchegada em meus braços. Inspiro o cheiro fresco e limpo de seu cabelo e acaricio sua pele macia. Sua pele é de morrer. Passo a mão por baixo da camiseta para cobrir um seio. Eu a tive duas vezes e quero mais. Estou viciado nela. Carmen apagou Ginger como um eclipse total do sol ou, neste caso, um eclipse total da confusão que deixei para trás em Nova York.

Quando aperto seu mamilo de leve, ela se contorce em meus braços e pressiona sua bunda contra meu pau duro. Eu deveria estar exausto depois do dia que tive. Geralmente, desabo e apago depois de uma cirurgia longa e intensa como a que fiz mais cedo, mas estou bem acordado, tenso e incrivelmente excitado.

Não conseguia acreditar na matéria que ela orquestrou ou como funcionou perfeitamente para colocar a ênfase nas minhas habilidades em vez do escândalo. Vou enviar o link da reportagem para minha mãe amanhã. Ela vai adorar e ficará aliviada ao ver as coisas indo na direção certa. Tudo graças a Carmen. Acho que preciso contar a minha mãe sobre ela também.

— Jason!

— *Sí, bebé?*

Ela ainda está em meus braços.

— Tenho praticado meu espanhol.

— Quando você fez isso? Você não teve tempo nem para respirar.

— Entre as tarefas. Na verdade, estou procurando um nome especial para você. Como se sente em relação a *bebé*?

— Quais são as outras opções?

Continuo a brincar com seu mamilo enquanto me lembro da lista de palavras que guardei na memória enquanto esperava Mateo se estabilizar a ponto de me sentir confortável em deixá-lo nas mãos competentes das enfermeiras cirúrgicas. Elas sabem que podem me ligar se o estado dele mudar.

— *Corazón.* — Coração. — *Bonita.* — Linda. — *Hermosa.* — Deslumbrante. — *Cariño.* — Doçura.

Ela inala profundamente.

— Isso, não.

Devia ser assim que Tony a chamava. Risque isso da lista.

— *Querida*. E meu favorito, *Rizo*.

Ela cai na gargalhada como eu esperava que acontecesse. *Rizo* significa encaracolada.

Giro um cacho selvagem em volta do meu indicador.

— Acho que esse pode ser o nosso vencedor. — Por enquanto porque provavelmente é muito cedo para *mi amor*. Meu amor. Mas já acho que posso vir a amar essa mulher extraordinária, corajosa, inteligente, inventiva e resiliente.

Ela é uma mistura intrigante de inocência e experiência

mundana. Nunca conheci ninguém como ela. Certamente nunca conheci ninguém que admiro tanto quanto eu a admiro. O que ela sobreviveu em uma idade tão jovem teria arruinado uma pessoa inferior. Mas não *mi tesoro*, meu tesouro. Ela se levantou das cinzas da morte trágica e sem sentido de seu marido, terminou os estudos e fez uma grande diferença em minha vida desde que conhecemos sua habilidade e paixão pela tarefa em mãos.

Quero fazer algo para mostrar a ela o quanto estou grato. Não importa o que aconteça com a vaga no Miami-Dade, na primeira chance que tivermos, vou levá-la para as Bahamas para um fim de semana prolongado ou outra coisa que dirá a ela o quanto seus esforços significam para mim.

Num minuto estou acariciando seu seio e pensando nas Bahamas, e no seguinte, ou assim parece, o alarme do telefone de Carmen está tocando. Não me lembro da última vez em que dormi tão profundamente quanto dormi com ela em meus braços, impregnado do perfume encantador de seu cabelo. Sua mão está entrelaçada a minha, e a doce intimidade disso me toca profundamente.

— Carmen. — Beijo seu ombro e subo até o pescoço. — Acorde, Bela Adormecida.

— Ainda não.

— Minha *Rizo* fica mal-humorada de manhã?

— Vá embora.

Eu rio e a beijo mais um pouco até que ela geme.

— Isso é uma coisa cotidiana ou só em dia de trabalho?

— Cotidiana.

— É bom saber, mas precisamos ir. Tenho que ir para o hotel e me trocar antes de irmos para a clínica. E imagino que você precise de um pouco da bebida especial de Juanita para superar seu mau humor matinal.

Ela resmunga uma resposta e se aconchega ainda mais debaixo das cobertas.

— Ah, não, você não vai dormir. Pode levantar esse corpinho sexy desta cama. — Dou-lhe um tapinha na bunda para incentivá-la a se mover.

Com um olhar tempestuoso ela me pergunta:

— Você é sempre tão alegre pela manhã?

— Se eu disser que sim, isso é um obstáculo?

— Potencialmente.

— Então não, não sou alegre pela manhã. Eu sou um cretino desagradável. Melhor?

— Muito.

— Agora, se levante para que eu não chegue atrasado ao trabalho.

Gemendo, ela obedece e se arrasta para o banheiro, levando o telefone para silenciar o alarme.

Quando a porta bate atrás dela, eu caio na gargalhada. Adoro descobrir esse seu novo lado que ninguém mais experimentou desde que ela perdeu o marido. Mal posso esperar para descobrir todos os seus lados: o bom, o mau e o mal-humorado.

CARMEN

Mal estou acordada quando meu telefone toca com uma mensagem de Mama D, mãe do Tony.

Como está o novo emprego? Espero que esteja adorando. Me avise quando estiver livre para almoçar. Eu te encontro!

Ver o nome dela na tela me enche de um sentimento avassalador de culpa depois do que aconteceu com Jason na noite passada. Claro, eu sei que a família de Tony vai me apoiar em qualquer coisa que eu fizer, mas será que estão prontos para me ver com alguém novo? Eu estou pronta para que eles vejam isso?

Sim, droga. Estou pronta e quero isso com Jason, mesmo que ele fique implacavelmente alegre pela manhã. Tomo banho e seco o cabelo, mais uma vez deixando-o cacheado em deferência ao seu afeto por meus cachos.

Adoro que ele esteja me chamando de Rizo, que tenha dedicado tempo para aprender termos carinhosos em espanhol. Amei fazer amor com ele ontem à noite, e mal posso esperar para fazer de novo. No armário, encontro um vestido que me permite parecer profissional, mas não me deixa derreter de calor na clínica.

Estou saindo do banheiro quando me lembro da mensagem da minha sogra. Eu me inclino na penteadeira por um minuto enquanto olho para a tela e penso no que quero dizer a ela.

O trabalho está ótimo. Estou em uma tarefa especial, ajudando um dos novos médicos esta semana. Te ligo mais tarde!

Jason está vestido e pronto para sair quando eu saio do banheiro. A visão de seu rosto bonito e sorridente faz meu estômago vibrar de excitação por mais um dia com ele. Depois de ir ao banheiro, ele analisa meu rosto enquanto se aproxima de mim, colocando as mãos em meus quadris.

— É seguro beijar o dragão adormecido?

— Sim, ele está totalmente acordado agora. — Faço um biquinho para mostrar meu ponto.

Ainda sorrindo, ele se aproxima devagar, deixando a antecipação aumentar antes de tocar meus lábios, em seguida afastá-los antes que eu tenha a chance de desfrutar totalmente do beijo.

— Mais.

— Agora, não.

— Agora, sim.

— Rabugenta e exigente de manhã. Estou aprendendo muito sobre você e são apenas oito horas. — Ele beija minha testa, a ponta do meu nariz e meus lábios de novo rapidamente – rápido demais para o meu gosto. — Se eu começar a te beijar de novo, não vou querer parar e temos um lugar para ir. — Ele me solta e dá um passo para trás.

Fico satisfeita em ver a protuberância considerável em suas calças.

— Pare de olhar para ele.

— Não quero parar.

— Mas precisa. Sabe o número do Miami-Dade, por acaso? Preciso checar o Mateo.

— Tenho. — Digo o número para ele.

Ele pede para ser transferido para a UTI cirúrgica e é conectado à mesa da enfermeira.

— Aqui é o dr. Northrup. Gostaria de saber sobre Mateo Diaz.

Tento não ouvir muito enquanto ele fala com a enfermeira, mas

ouvi-lo e vê-lo no modo médico só aumenta o meu interesse.
Enquanto ele faz perguntas complexas e ouve respostas, demonstra
ser competente e que se preocupa com seu paciente. Após cinco
minutos no telefone, ele agradece à enfermeira e encerra a ligação.

— Como ele está?

— Indo bem. Teve uma boa noite. Vou passar mais tarde para
vê-lo pessoalmente.

Pego a bolsa e sigo para a porta, ciente de que ele está me
seguindo. Não posso estar em qualquer lugar perto de Jason e não
estar ciente de sua presença, mesmo quando não estamos fazendo
nada mais emocionante do que caminhar até as escadas. Quando
estamos descendo, entrego a ele meu telefone enquanto procuro as
chaves do carro dele na bolsa.

— Você recebeu uma mensagem de Mama D.

— Ah, Tudo bem. — Encontro as chaves, pego o telefone e leio a
mensagem.

Mal posso esperar para matar a saudade.

Tenho que contar a ela sobre Jason. Abuela o convidou para o
brunch de domingo, e os pais de Tony sempre vão. Tenho que
contar a eles sobre Jason antes de domingo. Mal posso acreditar no
que aconteceu desde domingo passado.

— Tudo certo? — Jason pergunta quando estamos no estacionamento.

— Aham. — Me sinto enjoada com a ideia de incluir a família de
Tony no contexto do meu novo relacionamento. E isso é um relacionamento ou um caso? Não estou totalmente certo, o que me faz
pensar se devo mencionar isso a eles. Argh.

Ele segura a porta do motorista do meu carro e espera que eu
me acomode antes de fechá-la. Depois que se senta no banco do
passageiro, ele se vira para mim.

— Me diga o que há de errado.

— *Mama* D é a mãe do Tony.

— Ah. — Ele leva um minuto para processar isso. — Você está se
sentindo culpada...

— Não! — Eu suspiro. — Talvez um pouco. Não sei como devo
me sentir.

Ele segura minha mão e a embala entre as suas.

— Presumo que você ainda seja próxima deles?

— Muito.

— E é seguro presumir que eles te amam e querem o melhor para você?

— Sim — digo baixinho. — Eles têm me apoiado demais.

— Então, também é seguro presumir que ficariam felizes em te ver feliz, mesmo que ainda seja uma ferida aberta para todos vocês e provavelmente sempre será?

Agradeço que ele entenda que a morte de Tony ainda é uma ferida aberta para nós, que provavelmente sempre será. Assinto em resposta à sua pergunta.

— É difícil.

— Eu sei, linda. Bem, não sei. Não realmente. Não posso saber o que foi para todos vocês perdê-lo do jeito que você fez. Só sei que gosto muito de você. Posso até mais do que gostar de você e quero estar ao seu lado. Mas também quero respeitar como é difícil para você dar esse passo comigo e para aqueles que te amam vê-la com alguém novo.

Meu coração tropeça nas palavras "mais do que gostar de você". Meu olhar encontra o dele.

— Significa muito para mim que você entende.

— Estou tentando entender. Me avisa se eu estragar tudo?

— Pode deixar.

Compartilhamos um sorriso caloroso que leva a outro beijo.

— Você vai contar a ela sobre mim?

— Eu quero.

— Mas?

— Acho que não tenho certeza se é muito cedo para contar algo a alguém. Nós nem sabemos onde você vai estar na próxima semana, e não quero me adiantar muito.

— Acho que é justo, mas você deve saber... independentemente do que aconteça com o Miami-Dade, quero estar onde você estiver.

Estou pasma com sua franqueza.

— Oh. Hum, você quer?

— Sim. — Ele encosta os lábios nos meus mais uma vez, desta

vez passando a mão em volta do meu pescoço para me beijar de verdade. No momento em que ele se afasta, estou tonta e bêbada com o que quer que aconteça quando ele me beija desse jeito. — Gostaria que não tivéssemos nenhum compromisso hoje, para que pudéssemos voltar lá para cima, para a sua cama e eu pudesse te mostrar algumas das muitas maneiras que quero estar onde você estiver. — Mais beijos, mais tonturas. — Este fim de semana... podemos passar juntos.

Estou assentindo antes que ele termine de fazer a pergunta.

— Inteirinho?

— Sim, inteirinho.

— Agora tenho algo pelo qual ansiar.

ELE SE ACOMODA NO BANCO DO PASSAGEIRO E, DE ALGUMA FORMA, consigo ligar o carro. Depois de uma rápida ida ao hotel para que ele possa tomar banho e se trocar, chegamos à *ventanita* de Juanita em Priscilla. Ele fez questão de me levar, já que eu ainda não tinha tomado cafeína, e pode ser mais seguro para nós dois. Ele se acha engraçado depois de descobrir que fico mal-humorada pela manhã.

Quando Juanita me vê com Jason pela segunda manhã consecutiva, ela levanta uma sobrancelha. Em espanhol, pergunta se há algo que quero dizer a ela.

— Não — respondo —, nada a dizer.

Ela ri e me chama de mentirosa.

— Sei que existe algo quando vejo, amiga, e estou vendo isso. E antes que você possa negar, saiba que estou feliz por você. Ninguém merece isso mais.

Jason está ao meu lado enquanto falo sobre ele em uma língua que ele não entende. Ele paga dois *cortaditos* e duas dúzias de *pastelitos* para nós e para a equipe da clínica.

— Vi você no noticiário ontem à noite, doutor — ela diz a Jason. — Graças a Deus você foi capaz de ajudar aquela criancinha.

— Estou feliz por ter estado no lugar certo na hora certa.

— Estamos todos contentes por isso.

Vinte minutos depois, chegamos à clínica e encontramos uma fila ainda mais longa do que ontem.

— Puta merda — ele sussurra.

— Você está requisitado, doutor.

— Estou vendo.

— Se for demais, é só avisar. Você não tem que ficar aqui indefinidamente.

— Vou ficar até que cada uma dessas pessoas seja atendida.

1 8

CARMEN

*J*ason leva três dias para atender a todos os pacientes que vêm à clínica. Ele trata de tudo, desde gota a hemorroidas, asma, complicações de diabetes e sarna. Caímos em uma rotina que inclui longos dias na clínica seguidos de paradas diárias no Miami-Dade para que ele possa verificar Mateo e eu informar ao sr. Augustino pessoalmente sobre nosso progresso.

— A cobertura da NBC 6 foi ótima —Augustino diz na noite de sexta-feira. — Ouvi vários membros do conselho sobre isso. Continue com o bom trabalho, Carmen. Parece estar tendo o efeito desejado.

Jason fica animado quando digo isso a ele, mas não parece bem depois de ter ido ver Mateo. Ele me encontrou em meu escritório, onde tenho matado o tempo olhando e-mails, detalhando outros projetos que exigirão minha atenção quando este for concluído e lendo documentos que a ex-diretora de relações públicas deixou para mim. Enquanto leio, me ocorre que ainda não liguei para a mãe de Tony e estou ficando sem tempo antes do *brunch* de domingo.

— O que há de errado? — pergunto a ele.

— O Mateo está com uma infecção. Estamos cuidando disso, mas é preocupante.

— Você precisa ficar por aqui?

— Não, eles sabem que devem me ligar se alguma coisa mudar. É um jogo de espera agora. Espero que os antibióticos resolvam o problema.

— Isto é comum?

— Acontece. — Ele espera que eu junte meus pertences e gesticula para que eu lidere o caminho até o elevador. No estacionamento, ele segura minha mão do jeito que faz sempre que pode. — Podemos passar pelo hotel no caminho para a sua casa? Quero pegar umas roupas e tênis de corrida. Preciso correr em algum momento.

— Não sabia que você gostava de correr.

— Em qualquer chance que eu tenha, o que não é tão frequente quanto costumava ser. O exercício me ajuda a controlar o estresse.

— O Tony era um rato de academia. Ele estava sempre tentando me fazer ir com ele, mas eu era horrível. Ele tentava não rir de mim, mas era péssimo em não rir.

Jason ri enquanto segura a porta do carro para mim. Eu disse a ele que não precisa fazer isso todas as vezes, mas ele insiste que precisa.

— Quero levá-la à academia para ver essa rotina de comédia por mim mesmo.

— Isso não vai acontecer.

Quando ele entra no carro, me viro para olhá-lo.

— Tudo bem eu mencionar o Tony e nosso relacionamento para você?

— Claro que sim. Ele é parte de você, e quero conhecer cada parte sua.

— Fui para um grupo de luto para viúvas depois que ele se foi. Eu era a mais jovem lá, mas aquelas garotas me ajudaram muito. Elas me ensinaram que a tristeza é o amor sem nenhum lugar para ir. Me ajudaram a aceitar que nunca vou deixar de amá-lo. Posso amar outra pessoa algum dia, mas sempre amarei o Tony também, e está tudo bem deixar isso acontecer.

— Estou feliz por você ter conseguido esse tipo de apoio quando precisava.

— Elas também disseram que quando meu capítulo dois surgisse, que é o que elas chamam de primeiro relacionamento significativo após a perda de um cônjuge, eu saberia que ele era o homem certo para mim porque entenderia que sempre amarei Tony, e o cara novo não se sentiria ameaçado por isso.

— Isso, comigo, conta como o seu capítulo dois?

— Acho que sim. — Depois de várias noites na cama, estou completamente viciada nele e na maneira como me faz sentir.

— Prometo que nunca vou me sentir ameaçado ou irritado pelo amor que você tem pelo Tony, Carmen. Acho que ele deve ter sido um cara muito especial para que uma mulher tão fantástica quanto você tenha tanto carinho por ele.

— Ele era — sussurro, enquanto pisco para afastar as lágrimas que são partes iguais de tristeza e alegria. Nunca ousei sonhar que encontraria alguém como Jason. Achei que tinha tido minha única chance de um grande amor, que era esperar demais.

— Quero que você sempre sinta que pode falar sobre ele comigo.

Sorrindo, decido aliviar o clima.

— Você também pode falar sobre a Ginger comigo.

Ele franze a testa.

— Não, obrigado. Estou bem.

Eu rio quando um sentimento leve de pura alegria toma conta de mim. Esse sentimento esteve próximo durante a semana que passamos juntos. Quero estar com ele com tudo o que tenho, mesmo com tantas incertezas ainda. Mas tenho certeza de uma coisa: estou me apaixonando muito pelo meu doce e sexy médico, e não imaginei que me sentir assim seria tão bom.

Enquanto Jason sai para correr, decido que devo ligar para Josie. Uma das coisas que nós duas temos em comum é nossa herança. Ela também é meio cubana e meio italiana. Os pais dela deixaram Cuba na mesma época que minha avó, e as duas famílias se conheceram em Havana. Também recebo mensagens de meus pais e avós, que estão se perguntando onde estive a semana toda.

Não posso dizer a eles que estive na cama com Jason sempre que tive chance...

Josie atende ao primeiro toque.

— Oi, querida. Como foi sua primeira semana?

— Foi boa.

— Já te deram um projeto especial com um dos médicos? Do que se trata?

Conto a ela sobre Jason e o que aconteceu em Nova York.

— Eu vi no noticiário! Foi isso que você fez?

— Junto com a minha prima, Maria, que o colocou para trabalhar na clínica e sugeriu que contatássemos Desiree Rivera. A Maria merece a maior parte do crédito por isso.

— Foi uma história maravilhosa. Ouvi falar sobre o médico chique ajudando na clínica popular. A Agnes disse que havia gente nas ruas.

Agnes é sua vizinha e fonte de todas as informações.

— Ele fez um grande trabalho. Tratou de mais de duzentos pacientes.

— Isso é incrível. Tenho certeza de que significou muito para as pessoas.

— Sim. Ele quer continuar a ser voluntário lá pelo menos um dia por semana, se puder ficar na área.

— Seria uma loucura o conselho de administração do Miami-Dade recusá-lo.

— Eu concordo, mas cabe a eles. — Me sinto repentinamente oprimida pela ansiedade enquanto tento encontrar palavras para contar a ela sobre meu relacionamento pessoal com Jason. — Há mais uma coisa que preciso lhe contar.

— Está tudo bem?

A pobre mulher está condicionada a esperar por desastres.

— Está, sim. É só que...

— Amor? O que foi?

— O dr. Northrup... Jason... nós estamos, bem... estou meio que saindo com ele. — Meu rosto arde de mortificação com as palavras trôpegas enquanto sou tomada por uma tristeza tão profunda que toca a parte mais profunda de mim.

— Querida, que notícia maravilhosa. Eu esperava que você conhecesse alguém especial.

— Oh. É mesmo? — Nunca falei com ela sobre a possibilidade de eu namorar novamente ou algo próximo a esse assunto. Embora todas as outras pessoas na minha vida estivessem ansiosas para me arrumar um encontro, como viúva de seu filho, evitei discutir esse aspecto da minha vida com Josie.

— Claro que sim. Você ainda tem muita vida para viver e muito amor para dar. O Tony gostaria que você encontrasse alguém que a fizesse feliz. Ele te amava muito.

Um soluço me pega desprevenida.

— Carmen, querida... está tudo bem. Mesmo.

— Sinto muito. Não quero agir de forma tão emocional. É só que...

— É difícil falar sobre seguir em frente depois do Tony.

— Sim. — Estou com o rosto banhado em lágrimas quando pego um lenço de papel para limpar o estrago. — Espero que você saiba que não importa aonde eu vá ou com quem esteja, o Tony sempre fará parte de mim.

— Eu sei disso. Sem dúvida. Você tem o direito de ser feliz depois de tudo o que passou. Você tem sido incrivelmente dedicada ao legado e à memória dele.

— Isso não vai mudar. Nunca.

— Sei disso também. Será que vamos encontrar o seu Jason no *brunch*, no domingo?

— Sim, ele vai estar lá.

— Estamos ansiosos para conhecê-lo.

— Só quero agradecer por sempre me apoiar tanto.

— Você é uma das minhas filhas, Carmen. Sempre te apoiarei e tudo o que você escolher fazer. Seus futuros filhos serão meus netos.

Sua bondade faz com que novas lágrimas escorra pelo meu rosto.

— Obrigada. Eu te amo.

— Eu também te amo. Muito mesmo. Te vejo no domingo?

— Nos vemos lá.

Muito depois de encerrar a ligação, as lágrimas continuam escorrendo pelo meu rosto. Contar a Josie sobre Jason abriu uma porta para muitas emoções que bloqueei há muito tempo em um esforço para sobreviver à perda esmagadora. Quando aconteceu pela primeira vez, a parte que tive mais dificuldade foi saber quanto tempo eu teria que viver sem ele. Parecia insondável que eu continuaria existindo por décadas enquanto ele havia partido para sempre.

Quando Jason volta de sua corrida, tento enxugar freneticamente a última lágrima. Olho para o relógio e fico surpresa ao ver que já passa das nove. Ele vai direto buscar água na cozinha antes de vir me encontrar, parando de repente ao ver meu rosto inchado de lágrimas.

— O que aconteceu?

Ele está suado, lindo e me faz sentir melhor só por entrar na sala.

— Conversei com a mãe do Tony.

— Você contou a ela sobre mim?

— Sim.

— Ela te chateou?

— Não. Ela foi incrível. Super apoiadora, como sempre. — Seco as novas lágrimas que não param. — Sinto muito. Não sei por que não consigo parar de chorar.

Ele se ajoelha na minha frente e segura minhas mãos, beijando as costas das duas.

— Foi uma conversa difícil. Não estou surpreso que você esteja se sentindo emocionada.

— Você é sempre tão incrível, ou apenas com donzelas em perigo?

— Você é a única donzela com quem estou preocupado, e se eu não estivesse tão malcheiroso, te abraçaria até que toda a angústia fosse embora.

Seguro seu rosto e o beijo.

— Vá tomar um banho para que você possa me abraçar a noite toda.

Ele geme e se inclina para o beijo.

— Vou. — Outro beijo. — Em um minuto. — Cinco minutos inteiros de beijos depois, ele se levanta. — Volto já. Não vá a lugar nenhum.

— Não há nenhum outro lugar que eu prefira estar a bem aqui com você. — Me forço a me livrar do mal-estar e me concentrar no presente, em vez de chafurdar no passado. Meu presente está parecendo bastante promissor no momento, e é esse pensamento que me faz levantar e tirar as roupas enquanto me dirijo ao banheiro para me juntar a Jason no chuveiro.

Ele se surpreende quando eu passo atrás dele e envolvo os braços em seu corpo.

— Bem, olá.

— Oi.

— O que houve?

— Nada demais. E você?

Ele ri.

— Não tinha nada acontecendo até que você pressionou seu corpo sexy contra mim. E agora... — Ele guia minha mão para seu pau duro.

— Tudo isso é para mim?

— Para você e somente você.

Apoio a bochecha em suas costas enquanto a água quente cai sobre nós. Ele move minha mão para cima e para baixo ao longo de ereção. Ele é mais rude do que eu teria sido sem sua orientação, mas eu o deixo pegar o que quer e precisa enquanto passo a mão livre sobre as depressões e cortes de seu abdômen musculoso. Estou obcecada com seu tanquinho e os músculos em V em seus quadris. Ele é musculoso de uma forma mais magra do que Tony, não que eu esteja comparando. Essa é uma toca de coelho em que me recuso a cair, porque se eu fizesse isso, também teria que reconhecer a diferença de estar na cama com um homem que tem muito mais experiência do que meu marido.

Então, não o faço. Nada disso. Sem chance.

Os músculos de Jason se contraem e sua respiração acelera.

— Carmen.

— Humm?

— Vamos fazer isso juntos.

— Da próxima vez. Agora é só para você.

Seu gemido profundo me faz sorrir e decidir adoçar o pote. Libero meu aperto em seu pau e o viro para me encarar, olhando para ele enquanto me ajoelho para tomá-lo em minha boca.

Amo o choque que registra em seus olhos, sua inspiração aguda, o aperto firme no meu cabelo e a forma como todo o seu corpo fica tenso quando eu o tomo o mais fundo que posso. A cabeça de seu pênis cutuca minha garganta e eu engulo de forma convulsiva, arrancando um grito de prazer dele.

— Carmen — ele diz, parecendo desesperado. — Baby... puta merda.

Apesar do aviso que ouço em sua voz, eu lambo e chupo devagar, focada inteiramente nele e em seu prazer.

No segundo antes de ele gozar, seu pau fica mais duro e maior, o que me fascina. Depois de anos sem pensar em sexo, é tudo em que pareço pensar desde que ele entrou na minha vida.

— Merda — ele sussurra enquanto se inclina contra a parede.

Umedeço os lábios e fico com as pernas trêmulas.

Ele me abraça enquanto seu peito sobe e desce rapidamente.

— Tudo bem?

Ele ri enquanto parece lutar para respirar.

— Ah, sim, pode se dizer isso. Você me destruiu.

Enquanto estamos embaixo da água quente, agarrados um ao outro, me sinto contente de uma forma que não sentia há anos. É um sentimento que quero manter com tudo o que tenho, pois agora sei como essas coisas podem ser fugazes. E quando sinto seu pau despertado pressionando contra meu ventre, eu rio.

— Não demorou muito.

— Ele está sob seu feitiço. — Jason desliga o chuveiro, sai do box e está segurando uma toalha para mim quando eu o sigo. Ele me cobre e acaricia meu pescoço, dando uma mordida suave que me eletrifica.

— Não deixe nenhuma marca. — Posso imaginar o que minhas avós diriam se eu aparecesse com mordidas de amor no pescoço.

— Não vou. Não se preocupe. — Com as mãos nos meus quadris, ele me direciona para o quarto. No caminho, a toalha cai no chão e me encontro com o rosto virado para a cama. — Assim. — Ele passa a mão das minhas costas para a minha bunda, que ele mencionou algumas vezes é a melhor que ele já viu. Qualquer inibição que eu pudesse ter sobre estar nua na frente dele desaparece rapidamente em face de seu desejo por mim.

Sempre estive consciente do que Tony uma vez chamou de minhas curvas extravagantes. Não sou gorda, mas *exuberante*, como Maria descreve a nós duas. Eu gostaria de emagrecer, mas procuro me alimentar de forma saudável, faço exercícios quando tenho vontade e mantenho uma imagem corporal saudável. Embora, esta semana, o único exercício que fiz foi na cama com Jason.

Na próxima semana, digo a mim mesma enquanto espero para ver o que ele planeja, vou voltar para a esteira, que é a única máquina da academia que posso controlar.

Seus lábios pousam no centro das minhas costas e descem. Ele leva apenas alguns segundos para me deixar tremendo de desejo e antecipação. Jason me coloca de joelhos e usa a língua para intensificar o tremor e o desejo. Fico trêmula e excitada por ele no momento em que ele me estoca por trás. Agarrando meus quadris, ele empurra profundamente antes de recuar quase completamente e, em seguida, repetir a coisa toda várias vezes até que estou desesperada para me livrar da pressão intensa que está crescendo e prestes a explodir.

Quando ele roça a ponta do dedo sobre meu clitóris, eu gozo, gritando com o clímax que me atinge.

Ele está ali comigo, gozando com um grunhido e um gemido que vibra através dos lábios nas minhas costas.

Caímos no colchão, ainda unidos enquanto desfrutamos das ondas de prazer que se seguem ao êxtase épico.

Ele murmura todas as palavras em espanhol que praticou comigo outro dia, me chamando de todos os termos carinhosos que consegue pensar enquanto acaricia meus seios e barriga.

Fico arrepiada que ele me faz estremecer tanto com as palavras quanto com seu toque terno.

Jason se afasta de mim, descarta a camisinha em um lenço de papel e puxa o cobertor para nos cobrir, mantendo o corpo firmemente curvado ao redor do meu.

— Como você está?

— Muito, muito bem. E você?

— Eu também. Muito, *muito* bem.

Seguro sua mão, que está apoiada contra meu abdômen, com força, oprimida por tudo que já aconteceu enquanto me pergunto para onde iremos a partir daqui.

CARMEN

As notícias das enfermeiras no sábado são boas: Mateo está respondendo bem aos antibióticos e muito melhor.

Jason fica visivelmente aliviado depois de receber a notícia.

Passamos grande parte do dia trabalhando na apresentação em PowerPoint para a diretoria do Miami-Dade, que inclui depoimentos de ex-pacientes, bem como de colegas de Jason de Nova York. Sua assistente enviou muitos, então temos bastante material para trabalhar, além do que fizemos juntos aqui.

A história da NBC 6 está incluída, junto com as fotos que tirei dele com pacientes na clínica, jogando dominó no parque, comendo no bar do Giordino's e sentado em Miami Beach.

— Está muito bom, Carmen — ele fala quando analisamos desde o início.

— Tínhamos muito material bom para trabalhar. — Olho para ele, me inclinando sobre meu ombro para ver a tela do laptop. — Espero que isso te ajude a ver que o escândalo é só uma pequena parte da sua história.

— Sim. Só espero que o conselho também veja isso.

— Eles vão. Como não poderiam? — Me levanto e me alongo,

sentindo meus músculos protestarem por passar horas no computador, sem mencionar as horas na cama com ele.

— O que você acha de charutos?

— A faculdade de medicina arruinou meu prazer com muitas coisas, incluindo charutos. Aprendemos tudo sobre como a maioria das melhores coisas realmente são prejudiciais à saúde.

— Isso é uma chatice.

Ele sorri com o meu lamento.

— Uma grande chatice. Nunca mais vou olhar para charutos, bebidas, comida frita ou carne vermelha da mesma forma. Por que perguntou sobre charutos?

— Quero te levar para a Fábrica de Charutos de Little Havana. Achei que você poderia achar divertido ver como eles são feitos.

— Parecc divertido. Podemos jantar no restaurante depois?

— Vamos lá para o *brunch* amanhã.

— Existe um limite para o número de vezes que podemos ir lá? Quero ver sua família de novo. Gosto deles.

— Eles gostam de você também. Na verdade, tenho recebido mensagens deles perguntando quando você vai voltar.

Ele me abraça e me beija.

— Tem vergonha de mim, *Rizo*?

— Claro que não. Não seja bobo.

— Então o que você está pensando?

— Estou me apegando a você. — As palavras escapam antes que eu possa demorar um segundo para decidir se devo dizê-las.

— Estou me apegando a você também.

— Estamos nos preparando para um desastre aqui?

— Talvez, mas um desastre nunca foi tão bom. — Ele me beija mais uma vez e, como sempre, no segundo em que seus lábios encontram os meus, me perco na magia que criamos juntos.

Quando finalmente voltamos a respirar, me esqueço do que estávamos falando. Ah. Certo. Apego...

O telefone de Jason toca, e ele me solta com relutância para verificar.

— É a Terri, a enfermeira administradora de Nova York.

Foi ela quem nos enviou os depoimentos de ex-pacientes e colegas.

Ele atende à ligação.

— Ei, Terri. — Enquanto ouve o que ela tem a dizer, ele caminha em direção à janela da sala de estar. — Quando isto aconteceu?

Meu estômago se contrai de nervosismo enquanto me pergunto que novo desastre poderia ter ocorrido. Enquanto eu o observo, percebo que é tarde demais para me preocupar com algo tão simples como o apego. Estou me apaixonando por ele. Se já não tiver completamente apaixonada. Seu destino agora está ligado ao meu, e quaisquer que sejam as notícias que ele está recebendo de Terri, só espero que não piore nada para ele.

Depois de uma conversa tensa de dez minutos em que ele escuta mais do que fala, ele agradece a Terri por ligar e pede que ela o mantenha informado. Muito depois de guardar o telefone no bolso do short de basquete, ele continua a olhar pela janela.

— O que está acontecendo? — pergunto quando não posso esperar mais um segundo para saber.

— Parece que o Howard renunciou ao cargo de presidente do conselho em Nova York para, e passo a citar, "passar mais tempo com sua família". Depois de ter falado com meu advogado no início da semana, parece que a Ginger escreveu uma carta aos demais membros do conselho, dizendo que eu não tinha ideia de quem ela realmente era ou que era casada e tinha filhos. A nova presidente do conselho, uma mulher chamada dra. Linda Adams, quer falar comigo na segunda-feira. A Terri acha que ela vai me pedir para voltar.

A notícia me atinge como um soco no estômago.

— Ah. Uau. Isso é demais.

— Eu sei. — Aparentemente, sentindo minha consternação imediata com essa reviravolta nos acontecimentos, ele vem até mim e coloca as mãos em meus ombros. — Respire. Não tem nada decidido.

Há seis dias, eu não sabia que ele existia, e agora... agora me pergunto se algum dia poderei ser verdadeiramente feliz se esse homem não estiver em minha vida. Isso é muito para seis dias, especialmente considerando os cinco anos que os precederam.

— Talvez devêssemos, você sabe...

Suas sobrancelhas franzem com uma preocupação que é adorável, mas tudo nele é adorável.

— O quê?

Umedeço meus lábios secos e me forço a olhar para ele enquanto tento permanecer inexpressiva.

— Recuar um pouco até que saibamos o que vai acontecer?

Ele balança a cabeça.

— Não quero recuar no que se refere a você.

— Eu também não, mas também não quero ficar arrasada ou com o coração partido quando você retomar sua vida em Nova York.

— Você acha mesmo que eu simplesmente iria embora como se você não existisse?

— Não sei o que pensar.

— Me deixe te tranquilizar. Nada será decidido sem sua contribuição.

— Você tem que fazer o que é melhor para sua carreira, Jason. Toda a sua vida é em Nova York...

— Não é mais.

— Você me conhece há *seis dias*! Não pode tomar grandes decisões de carreira com base nisso.

— Posso, sim.

— Não, você não pode.

Ele acena um segundo antes de me beijar e mais uma vez afastar quaisquer pensamentos que não o envolvam e a maneira como me sinto quando ele me beija com tanta paixão. Com seus braços em volta de mim, ele me leva de volta para o meu quarto, onde se deita em cima de mim na cama sem parar de me beijar.

Sei que deveria parar de beijá-lo e voltar a discutir o fato de que ele não pode tomar decisões de carreira com base em uma mulher que conhece há seis dias. Mas como essa mulher sou eu e sou louca por ele, decido continuar beijando-o enquanto posso, mesmo que já esteja com o coração partido com a ideia de ele voltar para Nova York.

Ele muda dos meus lábios para o meu pescoço, deixando um rastro de beijos quentes que me faz tremer e morrer por mais.

— Como você pode pensar que não vai ser considerada no que quer que aconteça a seguir? Claro que vai.

— Só se passaram seis *dias*, Jason.

— Eu soube em seis minutos que você era especial, que eu queria te conhecer e estar com você. Cada minuto que passei ao seu lado desde então só me fez te querer mais. Então, sim, seis dias depois, importa o que você pensa sobre o que quer que aconteça a seguir.

Estou ridiculamente comovida, tanto pelas palavras quanto pelos beijos que incendiaram meu corpo.

Ele se afasta de mim para pegar um preservativo e, em seguida, volta para tirar minha camiseta e calcinha.

— Isso — ele diz ao entrar em mim lenta e cuidadosamente — é tudo.

— Não é tudo.

— É *tudo* o que *importa*. — Ele é feroz, sexy e tudo para mim também. Mesmo quando digo a mim mesma para me conter, caso isso dê errado, não posso fazer isso. Dou a ele tudo o que tenho enquanto ele faz amor comigo. É assim que as coisas são.

Sei como é o amor, e é essa sensação consumidora de *deve estar com ele ou morrerei* que supera o bom senso e todos os outros tipos de sentido ao invadir com o poder de um tsunami, ultrapassando sua vida e remodelando-a para caber em sua presença.

Ele também sente. Sei que sim. Posso dizer pelo jeito que ele me olha, me beija e me toca com tanta reverência. Pela maneira como ele valoriza minhas opiniões e me ouve quando falo com ele. Pela forma como ele respeita e dá as boas-vindas à presença de Tony em minha vida. Pelo jeito que ele não pode estar perto de mim sem me tocar de alguma forma.

Sim, aconteceu rápido, mas o resultado final é muito seme-lhante ao que demorou anos para acontecer no passado.

Amor é amor, e isso... isso é amor.

JASON

Acabamos passando o resto do sábado na cama. Falamos em nos levantar para fazer alguma coisa ou jantar no restaurante, mas no final pedimos comida, assistimos filmes e fazemos amor. É o dia e a noite mais perfeitos que já tive com alguém.

Carmen tem estado mais quieta do que o normal desde que o telefonema de Terri abriu a possibilidade de eu voltar para Nova York. Essa notícia teria me deixado animado há uma semana, mas agora a ideia de deixar Carmen se tornou inimaginável. Existe a possibilidade muito real de que Nova York me peça para voltar e o Miami-Dade negue minha contratação em deferência às instalações irmãs.

Se isso acontecer, terei pouca escolha a não ser voltar a Nova York para retomar minha carreira e pesquisas já em andamento. Depois de conhecer a família de Carmen, ver o quanto ela é próxima deles e como está ligada à sua comunidade, não posso imaginá-la em qualquer lugar, exceto aqui, não que eu presuma fazer essa escolha por ela. Só me pergunto se ela poderia ser verdadeiramente feliz morando tão longe de sua família e de casa.

Estes são os pensamentos que passam pela minha cabeça no domingo ao meio-dia enquanto nos conduzo ao restaurante da família dela. Como sempre, o cheiro do cabelo e da sua pele me deixam louco por mais dela, mesmo depois dos prazeres das últimas vinte e quatro horas.

Reduzo a marcha, diminuindo a velocidade do carro até parar em um semáforo vermelho. Assim que ele muda e nos movemos novamente, seguro a mão dela.

Ela olha para mim, com um sorrisinho curvando seus lábios sensuais. Não é o sorriso usual que ilumina todo o seu rosto. Não vi esse sorriso desde que Terri ligou ontem e deu a Carmen motivos para se preocupar sobre onde esse nosso relacionamento pode ir.

Quero tranquilizá-la, dizer que ela não tem nada com que se preocupar, mas não farei isso até ter certeza de que é verdade. Se eu acabar voltando para Nova York, vou pedir a ela para vir comigo, mesmo que eu saiba que isso é um tiro no escuro. Ela acabou de conseguir o emprego dos seus sonhos no Miami-Dade.

Argh, gostaria que não parecesse tão complicado. Tudo que quero fazer é comemorar o fato de que a encontrei, que me apaixonei por ela. Quero mandar tudo o que não seja ela se foder, mesmo sabendo que não posso fazer isso com todo o tempo e energia que investi em minha carreira. Se envolver comigo foi uma grande coisa para Carmen e a última coisa que quero é fazê-la se lamentar por ter se arriscado comigo.

Esse é o meu maior medo: que eu a faça se apaixonar e este interlúdio comigo seja um revés para ela.

Não posso deixar isso acontecer, não importa o que mais possa acontecer.

Paro no estacionamento externo ao restaurante, que atualmente está fechado ao público. Carmen me disse que o *brunch* de domingo é para a família e amigos, o único momento que Vincent e Vivian reservam para si no agitado funcionamento do restaurante. Carmen também me preparou para uma multidão curiosa que fará perguntas inadequadas sobre nosso relacionamento, bem como sobre seus próprios problemas de saúde.

Estou pronto para o que quer que estejam preparando. Eles são importantes para ela, então são importantes para mim. Também vou conhecer Len e Josie, que são os pais de Tony, o que torna este *brunch* algo ainda maior para todos nós. É uma coisa boa que eu não tenha problemas de estômago, porque se tivesse, tenho certeza de que estaria passando mal ao seguir Carmen pela porta dos fundos.

Ela está usando outro daqueles vestidos curtos, este é vermelho com flores e acentua suas curvas com perfeição deliciosa. Seu cabelo comprido está solto e cacheado, e saltos pretos muito sexy batem no chão de pedras terracota. Ela é deslumbrante e não consigo tirar os olhos dela. Estou usando camisa social listrada e calça azul marinho, embora ela tenha dito que eu poderia usar jeans se quisesse. De alguma forma, jeans não me pareceu apropriado para esta ocasião. Me sinto um acessório ao lado da magnificência que é Carmen.

Abuela é a primeira que vemos. Ela está saindo da cozinha carregando uma travessa maior do que ela, carregada de comida, que me deixa com água na boca.

Eu me aproximo para ajudá-la.

— Deixe-me levar isso para você.

Ela a entrega para mim, beija Carmen e depois a mim na bochecha. Eu me abaixo para que ela possa me alcançar.

— Obrigada, querido. Leve para a sala de jantar, se puder.

— Me siga. — Carmen lidera o caminho para a sala de jantar no lado cubano da casa, que eu não dei uma boa olhada na última vez que estive aqui. É muito maior do que eu esperava.

— Como vocês decidem de que lado é o *brunch*?

— Fazemos rodízio a cada semana. Abuela e Nona decidem o cardápio e supervisionam tudo.

— Eu amo isso. — Suas tradições são encantadoras e cativantes, e me fazem desejar fazer parte de uma família como a deles.

Seguindo as instruções de Carmen, coloco o prato enorme em uma mesa no meio da grande sala. No segundo em que a comida é posta, as pessoas vem em nossa direção. Recebo beijos da Vivian e da Nona. Conheci as irmãs de Vivian, o irmão de Vincent, os primos Navarro e primos Giordino. Conheço tantas pessoas que nem consigo me lembrar de todos os seus nomes.

Vincent coloca um Bloody Mary em minha mão enquanto as mulheres zumbem ao redor de Carmen e de mim como urubus na carniça.

Carmen me olha, levanta uma sobrancelha em dúvida.

— Deve ser assim que uma carniça se sente.

Ela ri disso e sua mão nas minhas costas me deixa saber que ela está bem ali, ao meu lado, enquanto somos cercados por membros de sua família.

Posso dizer que algo significativo está acontecendo quando o zumbido cessa e o mar de mulheres se abre para receber recém-chegadas.

A mão de Carmen deixa minhas costas enquanto vai cumprimentar o casal com abraços e beijos. A mulher diz algo para

Carmen que a faz assentir e alcançar a mão da mulher mais velha. Ela os leva até mim.

— Jason, estes são meus sogros. Josie, Len, conheçam meu amigo Jason Northrup.

Aperto a mão dos dois. Carmen me disse que eles são mais jovens que seus pais, mas não parecem. Eles parecem pelo menos dez anos mais velhos. Os dois são quase completamente grisalhos, e seus olhos – castanhos escuros, ela e claros, ele – carregam o peso de sua trágica perda. — É muito bom conhecer vocês dois.

Josie embala minha mão entre as suas.

— Igualmente.

Ao contrário de sua esposa, Len não parece muito feliz em me conhecer, mas ele é educado pelo bem de sua esposa e de Carmen. Tento me colocar no lugar dele, conhecendo o homem que a viúva de seu filho está vendo agora, e decido que ele pode pensar o que quiser sobre mim. Meu coração se aperta por ele. Ninguém deveria ter que passar pelo que ele e sua família passaram.

— Sinto muito pela perda de seu filho.

— Isso é muito gentil — Josie responde baixinho. — Obrigada. Gostamos muito de saber sobre você. Foi muito gentil da sua parte dedicar seu tempo à clínica.

— Foi um prazer. Eu gostei muito. — O que é verdade. Me esqueci de como é lidar com questões médicas básicas e facilmente resolvidas. Me acostumei com os casos mais difíceis, aqueles que nunca são facilmente resolvidos e muitas vezes têm resultados aquém do ideal.

Depois que Len e Josie se afastam para conversar com outras pessoas, Maria se aproxima de mim com um Bloody Mary na mão. Ela acena para os pais de Tony.

— Como foi?

— Bem, acho.

— Eles são boas pessoas. Se a Carmen está feliz, eles também estão. Não se preocupe.

— É bom saber.

— Todas essas pessoas... é a família dela. Nós a amamos.

— Eu sei.

— Você não vai magoá-la, vai?

— Vou fazer de tudo para que não.

Ela assente, parecendo satisfeita com a minha resposta.

— É uma grande coisa ela ter te trazido para o *brunch*. Espero que você perceba isso.

— Sim.

Carmen se junta a nós, e eu coloco o braço em volta dela, ciente de que todos na sala nos observam, tendo uma noção de como estamos juntos. Quero que eles saibam que eu me importo com ela.

— Está tudo bem? — ela pergunta, olhando para mim e Maria.

Dou a ela um sorriso tranquilizador.

— Comigo, sim.

— Comigo também — Maria responde. — O conselho da clínica queria que eu transmitisse seus agradecimentos pelo que você fez por nós esta semana. Disseram que você pode voltar sempre que quiser.

— Tenho mais uma semana para matar antes da minha reunião com o conselho do Miami-Dade na sexta-feira. Sou todo de vocês, se me quiserem.

— Queremos, sim — ela diz, rindo. — Vou avisá-los e te vejo pela manhã. — Ela começa a se afastar, mas se vira. — À propósito, acho incrível que você continue a ser voluntário na clínica quando conseguiu o que precisava de nós no primeiro dia.

— Eu realmente gostei de ajudar.

— Sei que sim, e isso o torna realmente incrível. — Para Carmen, ela acrescenta: — Ele é um protetor, prima.

Carmen envolve as mãos em meu braço.

— Eu concordo.

Um poderoso anseio toma conta de mim. Um desejo de ficar com ela, de comparecer ao *brunch* no Giordino's todos os domingos, de fazer parte desta família incrível, barulhenta e turbulenta. Posso me imaginar com Carmen daqui a alguns anos, ainda juntos com um casal de crianças adoráveis e indisciplinadas de cabelos encaracolados que se parecem com a mãe, enquanto nos juntamos a sua família para o *brunch* de domingo. Sete dias depois de conhecê-la, posso ver tudo isso e muito mais.

No entanto, preciso descobrir o que vai ser da minha própria vida antes de poder pensar em perturbar a dela mais do que já fiz. Então, reprimo o anseio e me concentro no hoje e na próxima semana, durante a qual muito será decidido.

Tento não pensar nisso enquanto aproveito a festa com temática cubana, com muitos dos pratos que comi na primeira vez que estive aqui e algumas coisas novas. Carmen me explica tudo e experimento um pouco de cada coisa. Ainda não comi nada aqui que não seja delicioso. Estamos sentados em uma grande mesa em forma de ferradura ao lado dos pais de Carmen e Nona. Abuela claramente aprecia seu papel de anfitriã.

Entre os pratos, Carmen segura minha mão por baixo da mesa. A sensação de conexão que sinto com ela é poderosa, tanto que apenas algumas semanas depois que outra mulher virou minha vida da pior maneira possível, estou totalmente preparado para permitir que isso aconteça novamente.

Carmen é mais do que bem-vinda para mudar minha vida da maneira que achar melhor.

Tudo será diferente desta vez. Sei disso com uma certeza que nunca senti com ninguém.

— Você está bem? — Carmen pergunta.

— Estou. E você?

— É bom ter você aqui.

— Obrigado por me convidar.

— Sei que podemos ser muito...

— Eu estava pensando em como você é sortuda por ter uma família tão boa. Eles devem ter sido um grande conforto para você.

— Não tenho que dizer quando. Ela sabe o que quero dizer.

— Eles foram. Me cercaram e me apoiaram de todas as maneiras possíveis. Mami dormiu na cama comigo durante o primeiro mês. Maria ficou no segundo mês. Minha prima Delores, que chamamos de Dee, ficou no terceiro mês. Ela é uma das primas que mora em Nova York agora. Eu nunca estava sozinha, a menos que quisesse. Sempre fui grata por eles, mas sempre me senti assim.

— Não consigo imaginar como seria ter pessoas assim, que tomam a iniciativa e tentam tornar tudo melhor.

— Você não tinha isso em Nova York?

Balanço a cabeça, negando.

— Tenho amigos, a maioria colegas que acham que sofri uma injustiça, mas ninguém se envolveu da maneira que sua família faria.

— Você não viu um apoio verdadeiro até que o tenha visto neste clã.

— Tenho certeza de que é formidável.

— Eles salvaram a minha vida. Sem eles por perto para me lembrar de minhas muitas bênçãos, não tenho certeza se teria sobrevivido à perda do Tony.

— Estou muito feliz que sua vida foi salva, assim eu pude te conhecer e passar esse tempo com você.

— Eu também. — Ela sorri, mas exibe uma cautela que eu gostaria de poder fazer algo a respeito. No entanto, até que eu saiba onde vou terminar e se vamos ser capazes de fazer algo com isso, ela vai permanecer assim, e não posso culpá-la por isso.

Depois do *brunch*, vamos às compras. Enquanto eu a observo escolher os produtos de forma cuidadosa, descubro mais uma camada para esta mulher que me fascina completamente.

— Por que você está me olhando?

— Não estou olhando tanto para você quanto você para os abacates.

— Escolher abacates é um negócio muito sério.

— Estou vendo.

— Eles não podem estar muito firmes, nem muito macios. Há um ponto ideal bem no meio. — Ela me entrega um. — Sente isso? É perfeito.

Enquanto tento não deixar meus pensamentos vagarem em direções lascivas, eu pego dela e dou um aperto suave.

— Nunca mais vou olhar para abacates da mesma forma.

— Você já comprou um antes?

— Não posso dizer que sim.

— Selvagem.

Eu caio na gargalhada.

— Mas afinal, o que você vai fazer com esses abacates?

— Eu os coloco principalmente em saladas. O abacate é uma excelente fonte de boa gordura.

— É mesmo?

— É. E a gordura boa ajuda a se livrar da gordura ruim. — Ela faz uma careta. — Gosto de pensar nisso como se tivesse um Pac-Man ali, engolindo toda a gordura de que não preciso. — Ela coloca quatro abacates em sua cesta.

— Você não acha que está gorda, acha? — Não tenho certeza se devo perguntar isso, mas a curiosidade vence.

— Acho que tenho mais curvas do que deveria.

— Eu discordo total e *veementemente*.

Ela revira os olhos para mim.

— Pare.

— Não vou parar. Acho que suas curvas são sedutoras, delicio-sas, perfeitas sexy, e você nunca vai me convencer do contrário.

— Você é muito bom para o ego de uma garota.

— Seu ego deve ser muito, muito saudável.

Adoro o jeito como ela sorri para mim e segue seu caminho, com a lista na mão, como a mulher bem-organizada que é.

Voltamos para a casa dela, e quando falo que quero dar uma olhada na academia de seu prédio, ela franze a testa.

— Faça bom proveito.

— Venha comigo.

— De jeito nenhum. Eu já te disse que sou péssima na academia. Não preciso que você veja isso em primeira mão.

— Então vamos dar um passeio ou algo assim.

— Está muito quente. — Ela olha para mim. — Vá você. Tenho algumas coisas que preciso fazer por aqui, como lavar roupa. Posso lavar a sua também, se você quiser.

— Não espero que você lave minhas roupas.

— Sei que não. Eu ofereci. Coloque no banheiro se quiser, e vá correr.

— Prefiro ficar com você do que correr.

— Você pode fazer as duas coisas. Ainda estarei aqui quando você voltar.

— Promete?

Ela me beija.

— Prometo.

Pego minha roupa suja e coloco no banheiro, conforme as instruções dela, antes de vestir um short de corrida e uma camiseta sem mangas. Isso vai ser rápido porque eu não quero perder o tempo que tenho com ela fazendo algo tão mundano como correr.

Quero estar com ela a cada minuto que puder, enquanto eu puder. Quem sabe onde estarei daqui a uma semana? Tudo o que sei é que a ideia de estar em qualquer lugar, que não seja com ela, é de repente inaceitável para mim.

2 O

CARMEN

*D*e manhã, Jason e eu pegamos dois carros para comprar os *cortaditos* de Juanita antes de nos separarmos para passar o dia longe um do outro pela primeira vez em uma semana. Ele está indo para a clínica, e eu vou para meu escritório no hospital para ajustar a apresentação para o conselho que está marcada para sexta-feira, às quatro da tarde.

À tarde, mostro ao sr. Augustino e ele concorda que está excelente.

— Você pensou em mais alguma coisa que deve ser incluída? — pergunto a ele.

— Talvez mais sobre os detalhes de sua pesquisa e como isso poderia trazer prestígio nacional e internacional ao nosso hospital.

— Bom ponto. — Faço uma anotação para pedir a Jason mais informações sobre os detalhes de sua pesquisa.

— Muito bom, Carmen. Ótimo trabalho.

— Obrigada. O dr. Northrup tornou tudo mais fácil, me dando muito para trabalhar.

— É verdade que ele está de volta à clínica popular em Little Havana esta semana?

223

— É, sim

— Bem, isso é algo bom da parte dele.

— Ele gosta muito de trabalhar lá. Se for contratado aqui, acho que ele continuará a se voluntariar lá sempre que puder.

— Recebi um e-mail interessante hoje.

Sinto uma pontada de ansiedade pela maneira como ele diz isso.

— Era da mulher com quem o dr. Northrup estava envolvido em Nova York. Ela explicou as circunstâncias do relacionamento deles e confirmou que ele não tinha ideia de quem ela era ou que era casada e tinha filhos. Ela assumiu a culpa por toda a confusão.

— Ah. Bem, isso é uma boa notícia.

— Parece que ela também enviou a mensagem para a diretoria do hospital em Nova York.

Embora eu já saiba disso, ouvir do sr. Augustino torna tudo mais oficial. Claro que ele vai voltar para Nova York. Fui uma tola em pensar que ele faria qualquer coisa diferente disso, se oferecessem a oportunidade.

— Você está bem, Carmen? Espero que saiba que tudo isso se trata de cortesia para com nossa instalação irmã e não reflete em nada o trabalho maravilhoso que você fez.

Olho para o sr. Augustino, meu chefe, presidente do hospital, o homem que nunca deve saber que me apaixonei pelo médico com quem ele me designou para trabalhar. Afasto a emoção da minha garganta e mantenho meu rosto inexpressivo quando olho para ele.

— Sim, claro. Estou bem e fico feliz que você esteja feliz com meu trabalho.

Mas uma coisa é muito clara para mim à luz desse desenvolvimento. Eu tenho que recuar um pouco no que se refere a Jason, e tenho que fazer isso agora enquanto ainda posso.

Estou voltando do hospital para casa quando ele liga. Penso em deixar ir para a caixa postal, mas depois de passar quase todos os minutos da última semana com ele, pelo menos devo uma explicação.

— Oi.

— Oi. Como foi seu dia?

— Bom. E o seu?

— Ocupado. Atendi cinquenta e dois pacientes.

— Uau. Caramba.

— Estou morrendo de fome. O que você gostaria de jantar?

— Eu... você conversou com a nova presidente do conselho em Nova York?

— Sim. Ia te contar sobre isso quando te encontrasse. Está tudo bem?

Paro em um estacionamento em frente a um café e um brechó porque não confio em mim mesma para ter essa conversa enquanto estou dirigindo.

— Carmen? Você ainda está aí?

— Estou.

— O que há de errado, *Rizo*?

Ouvir esse apelido traz lágrimas aos meus olhos que tento – sem sucesso – conter.

— O que ela disse? Você conseguiu seu emprego de volta?

— Ela me ofereceu a oportunidade de voltar se eu quiser.

Essa notícia me atinge como uma facada no coração. Quero perguntar se ele ainda planeja se reunir com o conselho do Miami-Dade, mas por que ele faria isso? Ele conseguiu de volta o trabalho que realmente queria em primeiro lugar.

— São notícias maravilhosas, Jason. Você deve estar animado.

— Há uma semana, eu teria ficado, mas agora...

— Você tem uma chance de colocar sua carreira de volta nos trilhos. Foi isso o que você disse que queria.

— Era o que eu queria. Antes.

— Antes do quê?

— Antes de você.

Meu coração dá uma pequena dança feliz ao ouvir isso, mas então a realidade o esmaga.

— Você não pode tomar decisões importantes na vida com base em alguém que conhece há uma semana.

— Por que não?

— Ora! As pessoas não fazem isso!

— Algumas fazem.

— Eu, não. Eu *não* posso. Nem você.

— Posso te encontrar para que possamos conversar sobre isso cara a cara?

— Também não posso fazer isso.

— Por quê?

— Porque se eu vir seu rosto, vou me esquecer de me proteger nesta situação, e isso tem que ser minha prioridade. Só *tem* que ser, Jason.

— Então é isso? Acabamos assim?

— Eu... eu não sei.

— Você acha que eu simplesmente voltaria para Nova York sem nem mesmo perguntar se você gostaria de vir comigo ou descobrir uma maneira de fazer isso dar certo entre nós?

— Por mais que eu ame estar com você, e realmente amo, não vou me mudar para Nova York. Acabei de conseguir o emprego dos meus sonhos. Minha vida inteira está aqui. Não poderia fazer isso com meus pais, os pais do Tony ou minhas avós. Não posso me mudar. Não *vou* me mudar.

As lágrimas correm pelo meu rosto e a dor no meu peito me lembra muito de como me senti depois de perder Tony. Não que isso seja algo parecido. Jason ainda está vivo e bem, mas sua vida vai acontecer longe da minha. E isso dói. Dói muito. De um jeito que eu não sentia há muito tempo.

— Tenho que ir.

— Por favor, não vá. Vamos conversar sobre isso.

— Não há mais nada para falar. Minha vida está aqui. A sua está em outro lugar. Eu me diverti muito com você, mas tenho que parar com isso antes que me deixe arrasada. — Provavelmente vou ficar arrasada de qualquer maneira, mas ele não precisa saber disso.

— Nunca pretendi que isso acontecesse.

— Eu sei.

— Carmen...

— Tenho que ir agora. Desejo tudo de bom para você, Jason. Você merece o melhor de tudo. — Encerro a ligação antes que ele me ouça soluçar com o coração partido. Meu corpo treme com a força do meu desespero. Tenho certeza absoluta de que parar com isso agora é a coisa certa, porque não será mais fácil em uma semana.

Mas, bom Deus, agora dói também. Dói demais.

Meu telefone toca e meu coração dá um salto com a esperança de que possa ser ele me ligando de volta. Digo ao meu coração palpitante para parar com isso, enxugo o rosto e atendo a ligação de minha mãe, que continuará ligando até eu atender. Essa é a vida para a filha única adulta de uma mulher que sofreu nove abortos espontâneos.

— Oi.

— Oi, querida. O que há de errado? — Provavelmente o alarme que sempre soa dentro dela quando estou em perigo deve ter avisado que não estou bem.

— Não há nada de errado. Só falei uma palavra.

— É só o que preciso para saber que algo está errado.

Eu deveria ter deixado a ligação ir para a caixa postal e mandado uma mensagem para ela.

— Estou bem. E você?

— Onde você está?

Olho em volta, tentando descobrir onde exatamente estou.

— A caminho de casa.

— Venha para o jantar. Conversaremos.

A última coisa que tenho vontade de fazer é falar sobre isso ou explicar para minha família por que estou com o coração partido novamente.

— Mami, eu...

— Nos falamos quando você chegar aqui.

A linha fica muda.

Eu poderia enviar uma mensagem de texto para ela e dizer que não estou pronta para jantar no restaurante, mas ela sairia do trabalho e viria até minha casa para me ver, e não quero que ela faça isso também.

— *Argh.* — Ligo o carro, saio da vaga de estacionamento e sigo em direção ao restaurante, me sentindo morta por dentro. A euforia da semana passada foi ofuscada pela devastação.

Eu não teria perdido o tempo que passei com Jason por nada.

Ele me fez sentir viva novamente e me mostrou que ainda posso ter sentimentos fortes por um homem. Tudo isso é bom. Mas a ideia de nunca mais vê-lo novamente...

Meus olhos se enchem de mais lágrimas que tornam difícil ver para onde estou indo. Procuro no console e encontro um pacote de lenços de papel. Em um sinal vermelho, enxugo as lágrimas e digo a mim mesma que devo me recompor para que eu não tenha que explicar os olhos vermelhos e inchados para minha família.

Respiro fundo, estremecendo, prendo e solto lentamente, repetindo o processo várias vezes até me sentir mais calma. O semáforo muda e eu acelero no cruzamento, com a intenção de manter o foco no tráfego enquanto tento ignorar a dor em meu peito.

O último lugar que tenho vontade de estar é no restaurante, onde serei o centro das atenções, mas se eu não for, eles virão até mim. A esta hora, eles estão muito ocupados para sair do trabalho, então vou até eles. Isso me lembra de ser convocado para aparecer todas as noites na hora do jantar, quando era adolescente, para que pudéssemos fingir ser uma família normal que jantava juntos.

Eu odiava ter que ir lá todas as noites às seis horas ou correr o risco de ser rastreada por um ou os meus dois pais. Em vez de enfrentar a ira deles, fazia o que me mandavam e chegava na hora, especialmente depois que me deram um carro e disseram que eu deveria usá-lo para chegar na hora do jantar ou perderia o privilégio de ter meu próprio carro.

Agora que estou mais velha, percebo o valor do que eles fizeram, certificando-se de que eu não ficasse sozinha em casa todas as noites enquanto eles estavam no trabalho. Fiz a maior parte dos deveres de casa do ensino médio enquanto estava sentada no bar do Giordino's, que era como a minha casa. O hábito de parar para jantar continuou depois que Tony e eu nos casamos. Nós dois gostávamos de passar o tempo com minha família – e não ter que cozinhar em nossas raras noites de folga.

Fiz muitos deveres de casa na faculdade e na pós-graduação lá também, mais por hábito do que qualquer outra coisa. Descobri que não era tão eficiente sozinha em casa, então me vi de volta lá muito tempo depois de a escolha ser minha. Sem mencionar que meus pais me mantinham comendo e bebendo enquanto eu trabalhava. É por isso que eles brincam que me ajudaram na faculdade e na pós-graduação, o que não está longe da verdade.

Eles me ajudaram a superar tudo, e quando paro no estacionamento atrás do restaurante, fico reconfortada em saber que vão me ajudar a superar essa nova dor de cabeça também.

Puxo o quebra sol para baixo para ver o dano no espelho. Meus olhos estão um pouco vermelhos e lacrimejantes, mas, no geral, não está tão ruim quanto eu esperava. Embora minha aparência não importe muito, porque as pessoas mais próximas a mim darão uma olhada e saberão que algo aconteceu.

Resignada ao meu destino, pego a bolsa e entro pela porta dos fundos, que me leva além da cozinha movimentada. Os cheiros que saem dali me dão água na boca, lembrando-me que mesmo nos piores momentos, meu apetite é sempre robusto. Isso se tornou uma espécie de piada depois que Tony morreu, e eu comia como se nada tivesse acontecido. A comida sempre foi minha amiga.

Meu estômago ronca em antecipação ao jantar enquanto sigo para o bar. Meu pai está atendendo ali, como de costume, e se inclina sobre o bar para beijar minha bochecha.

— O que há de errado?

— Nada.

— Não minta para o seu velho.

— Não há nada velho em você.

Ele levanta uma sobrancelha, me deixando saber que não vai deixar passar.

Me sento no bar.

— Um contratempo com o Jason. Nada para se preocupar. Quais são os especiais desta noite?

Ele coloca um copo de chardonnay na minha frente e me entrega o cardápio dos especiais.

Agradeço que ele não comece imediatamente a me bombardear com perguntas como minha mãe e minhas avós fariam.

— Onde estão as garotas?

— Cuidando de uma festa particular lá em cima, o que te dá um pouco de tempo.

Compartilho um sorriso com ele, apreciando que ele entenda que preciso de um pouco de tempo antes que a inquisição comece.

— Não é um término, espero — ele fala baixinho para não ser ouvido pelos outros clientes no bar. — Eu gosto dele.

— Eu também, e não tenho certeza se é um término. Talvez ele volte para Nova York. — Dou de ombros como se esse não fosse o pior resultado possível – para mim. — É a melhor coisa para ele. É lá que está a vida dele.

— Nada diz que sua vida não poderia estar lá também.

Olho para ele e percebo uma leve sombra de tristeza nos olhos calorosos do mesmo tom de castanho que os meus.

— Está tentando se livrar de mim, pai?

Ele apoia os cotovelos no bar.

— De jeito nenhum, mas foi bom ver você brilhar de novo.

— Foi bom me sentir assim, mas nada diz que ele é o único que pode me fazer feliz. — As palavras mal saem da minha boca quando me considero uma mentirosa. Eu não quero ninguém além dele.

— Verdade.

Posso dizer que meu pai quer dizer mais, mas está hesitante em falar. Cutuco sua mão.

— O que foi?

— É que demorou cinco anos para você conhecer alguém que te fez querer se arriscar novamente.

— E veja o que aconteceu quando eu me arrisquei.

— Se você não se importa que eu diga, você parece estar desistindo facilmente, querida.

Isso me fez sentar mais reta.

— Não estou desistindo, mas recuando, em autopreservação. Não quero morar em Nova York, especialmente depois que acabei de conseguir este emprego e, finalmente, comecei minha carreira.

— Empregos são substituíveis. As pessoas, não. Você sabe disso melhor do que ninguém.

— Caramba, pai, você vai direto na jugular, não é?

Ele dá de ombros.

— Só estou falando a verdade. Se você gosta desse cara, e acho que gosta mesmo, não o deixe ir sem lutar. Diga a ele o que você quer. Você pode se surpreender ao descobrir que ele quer a mesma coisa que você.

— Como eu disse a ele, não podemos tomar grandes decisões de vida e carreira com base em alguém que conhecemos há uma semana. Isso é insano.

— Dois dias depois de conhecer sua mãe, eu sabia que nunca seria feliz sem ela em minha vida. Eu sabia que me casaria e teria essa vida incrível com ela? Não, ainda não, mas sabia que não poderia e não seria feliz sem ela.

Claro, sei que meus pais ficaram instantaneamente atraídos e apaixonados um pelo outro, mas a história deles assume um novo significado para mim à luz dos eventos atuais.

Meu pai enxuga os copos que saem da máquina de lavar louça fumegante.

— Só estou dizendo que, se ele é o cara para você, você vai resolver isso. Não desista dele, querida. Ele é um cara bom.

— Sei que é, e isso torna tudo muito mais difícil. Eu adoraria a chance de conhecê-lo melhor e de passar mais tempo com ele, mas não estou disposta a me mudar para Nova York por causa de um cara que acabei de conhecer.

— Então se relacionem a distância por um tempo e veja o que acontece.

— E como será quando ele trabalhar oitenta horas por semana?

— Tenho a sensação de que ele arranjaria tempo para você. O homem nunca tira os olhos de você.

— Isso não é verdade!

— Claro que é. — Ele joga o pano de prato por cima do ombro. — O que você quer jantar? O frango a marsala do Dante está excelente esta noite. Eu mesmo comi um pouco.

— Pode ser.

— Salada da casa também?

— Você me conhece. — Eu amo a salada da casa com sua alface crocante, saborosos tomates roma, pepinos, cenouras, azeitonas pretas, croutons caseiros e queijo parmesão ralado. Gosto sem a cebola roxa.

— Eu te conheço tão bem quanto a mim mesmo. E ver você com ele... gostei do que vi. Já volto com a sua salada, amor.

Suas palavras doces trazem novas lágrimas aos meus olhos. Enquanto ele sai, eu aproveito para verificar meu telefone e encontro uma mensagem de Jason que devoro.

Lamento que tenha ficado complicado, mas uma coisa não é complicada. Gosto de você. MUITO. MUITO. MUITO. Penso em você o tempo todo. Em uma semana, você se tornou essencial para mim de muitas maneiras, a maioria não tendo nada a ver com nosso "projeto". Tenho muito o que resolver e entendo completamente a sua necessidade de se proteger em meio à minha loucura. Entendo, mesmo que já esteja com saudades de você.

— Também sinto sua falta — sussurro, relendo sua mensagem pelo menos dez vezes antes de meu pai voltar, trazendo a salada com o molho italiano da casa ao lado, do jeito que eu gosto.

Meu pai move o queixo para perguntar o que está acontecendo.

Entrego meu telefone para mostrar a mensagem.

Ele lê rapidamente e devolve o celular para mim.

— Já mencionei que gosto desse cara?

— Você pode ter dito algo sobre isso.

— Às vezes, é difícil ser paciente e esperar para ver o que vai acontecer. Tenho um bom pressentimento de que ter um pouco de paciência nesta situação pode ser útil para você.

— Pode ser.

Ele sai para atender outros clientes enquanto eu como a salada e penso sobre a mensagem de Jason e o que meu pai disse. Eu estava bem antes de conhecer Jason e tenho que acreditar que vou ficar bem se ele voltar para Nova York. Mas nada será tão bom ou interessante como era com ele por perto. Vai ser difícil continuar sabendo que ele está lá fora em algum lugar, muito longe para fazer parte da minha vida diária.

Pela primeira vez, meu apetite formidável está me deixando na mão enquanto pego a salada e tento despertar o interesse por qualquer coisa.

Minha mãe se senta no banquinho ao meu lado.

— O que está acontecendo?

Já que não adianta tentar me esquivar, faço um resumo.

— Pode ser que o Jason consiga o emprego de Nova York de volta.

— Ah, droga. Bem, bom para ele, mas não tão bom para você, hein?

— Algo do tipo.

Abuela e Nona estão logo atrás dela, e minha mãe conta a elas, o que me poupa o trabalho de ter que explicar mais uma vez.

— *Ay, mija*, aquele menino é *loco* por você — Abuela diz. — Ele não vai a lugar nenhum.

— Não é tão simples, Abuela. Toda a sua vida, sua pesquisa, tudo está em Nova York. Ele só veio para cá porque não tinha escolha. Ou ele achou que não tinha.

— Isso é um absurdo — Nona rebate. — Seu trabalho não é toda a sua vida, e ele é inteligente o suficiente para saber disso.

Eu deveria saber que elas me fariam sentir melhor. É o que elas costumam fazer. E meu pai estava certo sobre o frango a marsala de Dante. Está uma delícia. Embalo metade para levar para o almoço de amanhã.

— Meu chefe quer trazer a esposa para o aniversário de casamento. Ele perguntou se eu conseguiria uma reserva para ele.

— Ah — Nona diz com uma piscadela. — Veremos o que podemos fazer.

Sorrio, e quando ela estende os braços para mim, eu me inclino para seu abraço.

— Depois do *brunch*, eu disse que a nossa garotinha está se apaixonando por aquele médico bonito.

Começo a protestar, mas ela me cala.

— Eu disse que ela está se apaixonando, e ele também. Só espero que eles consigam se acertar para que ninguém se machuque. — Ela passa a mão no meu cabelo como costumava fazer quando eu era pequena. — Também disse que se ele te magoar, posso mandar matá-lo, mas não foi de coração. Não de *verdade*.

Rio enquanto as lágrimas rolam pelo meu rosto.

— Se for para ser com ele, minha doce menina, será. Mas não importa o que aconteça com o seu Jason, você é uma mulher forte e capaz, uma sobrevivente de coisas muito mais difíceis. Você, meu amor, vai ficar *bem*, não importa o que aconteça.

— Concordo. — Abuela usa o polegar para apontar para Nona em um raro momento de total concordância.

Quero me deleitar com o abraço caloroso de minhas avós e pais, mas preciso ir para casa, me preparar para o trabalho a manhã e seguir em frente com minha vida. Nona está certa – se for para ser, será.

— Obrigada, Nona. Eu precisava ouvir isso esta noite, e você tem razão. As coisas vão acontecer como devem ser.

— E você *vai* ficar bem — Abuela diz de forma enfática.

Abraço a ela e minha mãe – e meu pai quando ele dá a volta no bar.

— Amo vocês, pessoal. Não sei o que faria sem vocês, e é por isso que não consigo nem pensar em morar em outro lugar.

— Nós também te amamos, mas você não deve tomar decisões com base em nós. — Meu pai dá um olhar sufocante a Mami que a faz pensar melhor sobre o que iria dizer. — Você ficaria bem sem nós, e nós ficaríamos bem sem você – se tivermos que ficar separados. Queremos que você seja feliz, Carmen. Isso é tudo o que queremos para você.

Agradeço que ele me deu a liberdade de fazer o que é melhor para mim, mesmo que não seja o melhor para eles. Tenho muito em que pensar. Isso é certo.

2 1

JASON

*P*aro para jantar em um restaurante italiano que não chega aos pés do Giordino's. Acho que fiquei arruinado para sempre para comida cubana e italiana depois de comer lá. Posso estar arruinado para tudo se tiver perdido Carmen, o que é um pensamento profundamente deprimente que me deixa para baixo enquanto dirijo de volta para o hotel onde não durmo há dias.

Muitas das minhas coisas estão na casa de Carmen, o que significa que terei que vê-la em algum momento. Mas, por respeito aos desejos dela, compro uma escova, pasta de dente, barbeador e pente na loja de presentes do hotel, junto com uma garrafa de água. Pago pelos itens, pego a sacola com a balconista e me viro para ir em direção ao elevador quando a vejo.

Ginger.

Sentada no saguão do hotel, esperando por mim como se tivesse acabado de sair de uma passarela em Milão. Certa vez, ela me disse que sua paleta de cores era o outono, por isso ela usa exclusivamente roupas bronze, laranja e marrom. Eu deveria ter entendido uma coisa dessa informação: que ela é superficial e preocupada com coisas erradas. Hoje, ela está usando laranja, mas tudo que vejo é vermelho.

Por um segundo, estou tão surpreso em vê-la que fico sem palavras. Ela me olha com aqueles grandes olhos verdes que costumavam me balançar, e faço tudo o que posso para não perder o controle.

— O que você quer?

— Podemos conversar? Por favor?

— Claro que não. — Me pergunto como ela me encontrou, mas isso é secundário em comparação a me livrar dela. — Vá para casa. Não há nada para você aqui.

— Jason, quero me desculpar.

— Bem, obrigado. Tudo certo. Vá embora. — Vou para os elevadores, esperando que ela tenha entendido a mensagem.

Ela não vai. Agarra meu braço para me impedir, e já que não estou disposto a uma cena pública desagradável, eu a encaro até que ela me solte.

— Não tenho nada a dizer a você.

— Preciso te dizer algumas coisas. Pode me dar cinco minutos, por favor?

— Não dou nem trinta segundos. Volte para baixo da rocha de que você rastejou e me deixe em paz. Seu esquema foi um sucesso estrondoso. Ouvi dizer que o Howard saiu do conselho. Parabéns por arruinar a vida de duas pessoas. Você deve estar muito satisfeita consigo mesma.

Para meu grande horror, ela começa a chorar.

— Me desculpe. Eu nunca tive a intenção...

— *Não tinha intenção de quê?* Que toda essa coisa sórdida se espalhasse através da imprensa de Nova York? Que eu perdesse meu emprego ou que seus filhos descobrissem que vadia sem vergonha é a mãe deles?

— Tudo isso. Eu não pretendia que fosse tão longe.

Olho para ela, incrédulo.

— O que você achou que aconteceria quando seu marido, que dirige o hospital onde trabalho, nos surpreendesse quando meu pau estava descendo pela sua garganta?

Um funcionário do hotel se aproxima de nós, com a expressão tempestuosa.

— Isso é o suficiente, pessoal. Leve-a para cima ou saia, a menos que queira que eu chame a polícia.

— Peço desculpas. — Percebo que há crianças na área do bar, longe demais para ter ouvido o que eu disse, mas perto o suficiente. Por que estou falando com ela? — Eu vou subir. Sozinho.

— Jason...

— Eu realmente deveria te agradecer, Ginger. — Abaixo consideravelmente o volume, mas espero que o brilho que direciono para ela seja tão gelado quanto pretendo que seja. — Se você não tivesse acabado com a minha vida, eu nunca teria vindo para cá e encontrado a mulher mais extraordinária que já conheci. Então, obrigado por isso, por me trazer até ela. Ela faz todo esse pesadelo valer a pena. — O elevador apita quando chega. — Tenha uma ótima vida.

Seu rosto manchado de lágrimas é a última coisa que vejo antes que as portas se fechem e o elevador me leve para longe dela. Enquanto subo, percebo que minhas mãos estão tremendo e todos os músculos do meu corpo estão tensos de fúria. Como ela ousa vir aqui me encontrar, na esperança de fazer o quê? Se reconciliar? Como se isso fosse acontecer.

Meu coração está batendo tão rápido que temo que esteja chegando à zona de perigo. Naturalmente, a porcaria do cartãochave escolhe aquele momento para não funcionar, mas de jeito nenhum vou voltar para o saguão enquanto ela ainda pode estar espreitando. Me sento no chão e pego uma cerveja do pacote que comprei no caminho de volta para o hotel, percebendo que não é de rosca e não tenho um abridor de garrafas.

— Puta merda.

Se lembra de um mês atrás, quando sua vida não era um desastre completo? O pensamento me faz pegar o celular para verificar o que eu estava fazendo naquela data. Percorro o aplicativo de agenda e encontro a data em que fiz três cirurgias consecutivas, uma reunião de duas horas com minha equipe de pesquisa e um jantar tardio com Ginger em minha casa. Me lembro daquela noite em particular. Tentei fazer com que ela me contasse mais sobre si mesma, mas ela se esquivou das perguntas como sempre fazia.

Eu estava cansado demais para me importar. Tudo que eu queria era comer, transar e dormir. Olhando para trás, analisando cada minuto que passei com ela, posso ver que os sinais estavam lá. Eu só escolhi ignorá-los. Pela primeira vez em anos, eu estava em um relacionamento real, transando regularmente com alguém que parecia gostar de estar comigo tanto quanto eu gostava de estar com ela. Por que eu arriscaria isso criando um problema sobre ela não querer falar sobre si mesma? Não era uma mudança de ritmo revigorante? Encontrei uma mulher gostosa e sexy que preferia falar sobre mim do que sobre si mesma. Ela era um verdadeiro unicórnio. O que mais eu poderia querer?

Muito mais, ao que parece. Ela pode ter me feito de bobo, mas eu fui facilmente enganado. Nunca fui do tipo que se deixa levar pelo pau, mas foi exatamente isso que ela fez, e eu deixei acontecer. Com noventa por cento da minha energia mental gasta no trabalho por dia, os dez por cento que me restavam não eram suficientes para me aprofundar no funcionamento interno do meu relacionamento com ela ou para fazer perguntas que eu deveria.

Esse foi o meu mal. Não que eu ache que mereço o que ela fez, mas para alguém que sempre foi considerado assustadoramente inteligente, eu era tudo menos isso quando se tratava dela. Eu era um cara típico que não se importava com os detalhes, desde que transasse com frequência.

No fundo do meu coração, eu sabia que algo nessa relação não estava certo e não me importei o suficiente para descobrir o quê.

Meu telefone toca com uma mensagem. Experimento um momento de pura alegria quando vejo que é de Carmen.

O sr. Augustino revisou a apresentação do PPT hoje e disse que precisamos de mais informações sobre a sua pesquisa. Não tenho certeza se você ainda planeja se encontrar com a diretoria do M-D, mas se for o caso, me envie mais a esse respeito.

Leio a mensagem três vezes, procurando por algo extra que não estava lá. Ela é toda profissional, e dificilmente posso culpá-la por isso. Já que ela sabe que li a mensagem, respondo:

Pode deixar.

Ainda pretendo me encontrar com a diretoria do Miami-Dade? Questiono isso a mim mesmo. Seria muito mais fácil voltar para Nova York, continuar de onde parei, como se nada disso tivesse acontecido. Antes de conhecer Carmen, era exatamente o que eu teria feito. Estaria em um avião horas depois de ouvir o novo presidente do conselho.

Mas aqui estou, ainda em Miami, e por que exatamente?

Penso na primeira vez em que vi Carmen, parada sob o sol forte, esperando por mim do lado de fora do hospital. Penso em quando fui tirá-la da prisão e como ela estava adoravelmente perdida por ter passado um tempo naquela cela. Sorrio, me lembrando de como seu cabelo tinha passado de impiedosamente liso para descontroladamente encaracolado nas duas horas desde que a vi pela última vez, graças ao conversível e a umidade. Achei que ela estava deslumbrante na primeira vez que a vi, mas ainda mais na segunda, quando seu verniz de perfeição e afetado havia sido perturbado por seu tempo na prisão.

Me recordo de ela me dizer que nunca tinha estado na delegacia antes de me conhecer e ter ido parar na prisão menos de uma hora depois. Deus, ela estava adorável naquele dia, tão esgotada e preocupada que seus pais descobrissem que ela tinha sido preso. Que mudança de ritmo refrescante ela foi desde o início, diferente de qualquer pessoa que já conheci.

Me lembro de ter descoberto que ela era viúva e de querer saber tudo sobre o que ela passou e descobrir, um detalhe de cada vez, como ela sobreviveu com seu tipo particular de força, coragem e determinação. Em muitos aspectos, ela me lembra minha mãe. Ela adoraria Carmen. Quase tanto quanto eu.

Esse pensamento me interrompe.

Puta merda, *eu a amo.* É muito cedo? Com certeza. Isso importa? Claro que não. Eu a amo e acho que talvez ela também me ame. Por que outro motivo ela acharia tão vital recuar para se proteger de qualquer dano que eu possa infligir a ela com minha turbulência contínua? Se ela não se importasse, não faria isso. Teria ficado por perto, aproveitado o tempo que nos restava e saído ilesa quando eu fosse embora.

Depois do tempo incrível que passamos juntos, nenhum de nós sairá ileso disso. A ideia de nunca mais vê-la é inimaginável para mim, e essa possibilidade me enche de pânico. Me levanto do chão e, esperando que Ginger já tenha ido embora, desço para pegar uma nova chave.

Tenho muito o que fazer e não resta muito tempo para isso.

CARMEN

Quase não durmo, me revirando na cama e pensando em Jason e Tony, temendo ter que reconstruir minha vida mais uma vez. Odeio estar de volta neste lugar de tristeza e perda. Não, não é igual a quando perdi Tony, mas a dor é muito familiar e indesejável. Tento me livrar disso enquanto faço minha rotina matinal, que inclui uma parada no Juanita's.

Ela imediatamente sente que algo está acontecendo.

— Ah, não. O que aconteceu? Onde está o seu médico sexy?

— Eu... hum...

Juanita me surpreende quando fecha a janela, vira a placa de ABERTO para FECHADO, sai para pegar minha mão e me leva para dentro. Em todos os anos que tenho comprado café dela, nunca entrei ali.

— O que você está fazendo? Esta é a hora do dia mais movimentada para você.

— Eles vão esperar. O que há de errado?

— Ele deve voltar para Nova York.

— Que *lástima*. — Ela me abraça com força. — *Lo siento, mi vida*.

Estou determinada a não desmoronar, superar isso e chegar ao outro lado o mais rápido possível. Há duas semanas, eu nem sabia que ele existia. Me recuso a permitir que ele arruíne a vida que me esforcei tanto para criar para mim depois da última vez que meu coração foi despedaçado.

— Vou ficar bem. Prometo.

Clientes furiosos batem na janela, mas Juanita não parece se importar nem um pouco enquanto me abraça longa e fortemente.

— Tanta gente te admira, *amiga*. A maneira como você continuou depois de perder seu doce marido. Todo mundo quer te ver feliz e sorrindo do jeito que você tem estado com aquele médico gostoso. Foi um colírio para os olhos.

Pisco de forma frenética para conter as lágrimas, determinada a continuar sem chorar.

— Obrigada, Juanita. Eu realmente aprecio o apoio.

— Se não der certo com ele, você vai encontrar outra pessoa. Sei disso. Um coração como o seu é grande demais para conter todo o amor que você tem dentro de si. Vai dar tudo certo, amiga.

Eu não sabia que ela sentia isso por mim.

— Obrigada. Isso significa muito para mim. — Eu a abraço mais uma vez. — Agora volte ao trabalho antes que você tenha que lidar com um tumulto.

— Ah. — Ela acena com a mão para a janela enquanto me entrega meu *cortadito*. — Eles vão esperar. São viciados.

Eu rio porque isso é verdade. Como eu, eles não conseguem passar o dia sem uma dose da magia de Juanita. Quando tento pagar, ela faz uma carranca feroz para mim. Dou um sorriso agradecido e saio da loja, sentindo os olhares de todos na longa fila direcionados a mim enquanto eu caminho para o carro.

— Não fiquem olhando para ela desse jeito — Juanita fala. — Eu a chamei aqui, e se quiserem meu café, é melhor ser legal com minha amiga. Agora, quem é o próximo?

Sorrio com seu atrevimento quando entro no carro, colocando o café com cuidado no porta-copos, porque Deus me livre de derramar. O *cortadito* de Juanita é uma delícia, como ouro líquido.

Estou me preparando para sair da vaga quando Priscilla entra ruidosamente no estacionamento e para ao lado do meu carro. Estou paralisada, incapaz de me mover, pensar, respirar ou fazer qualquer coisa além de beber com a visão do lindo rosto de Jason. Eu teria que ser cega para não ver o desejo nos olhos amáveis que sempre me olham com carinho e desejo. Agora não é diferente. Ele transmite muito com apenas um olhar.

Ele sai do carro, vem até o meu e bate na janela do passageiro. Olho o botão de desbloqueio com cautela. Foi preciso cada grama de coragem que pude reunir ontem à noite para dar um passo para trás. Se eu deixá-lo entrar no carro, estarei de volta à estaca zero.

Olho para a janela do passageiro. Ele está inclinado, olhando para mim, implorando através do vidro. Cada parte de mim quer cada parte dele. Mesmo enquanto xingo minha própria falta de força de vontade, destranco a porta.

Ele entra, fecha a porta e se vira para mim.

Aciono o ar-condicionado para que a gente não morra de calor.

Um rápido olhar me diz que ele está cansado – tanto quanto eu. Ele não se barbeou e seu cabelo parecia ter sido "penteado" com um impaciente movimento de seus dedos.

— Você está bem? — ele pergunta.

— Sim. Melhor que nunca. — Tomo um gole do café, assim terei algo para fazer com minhas mãos além de estendê-la para ele e implorar para que ele fique comigo para sempre.

— Você está disposta a compartilhar? — Com um sorrisinho, ele move o queixo em direção ao copo.

Entrego a ele e tento não reagir ao gemido que se tornou muito familiar para mim por razões que não têm nada a ver com *cortadito*.

Ele me devolve o copo.

— A Ginger esteve no meu hotel ontem à noite.

Me engasgo, quase derramo o café em cima de mim e percebo que meus esforços para permanecer longe dele são em vão. Não posso permanecer longe mais do que posso decidir de repente parar de respirar.

— O que ela queria?

— Quem sabe? Eu a mandei embora.

— Como ela te encontrou?

— Essa é uma pergunta muito boa, mas não me importei o suficiente para perguntar. Eu só queria que ela desaparecesse.

— Uau, ela veio aqui para te encontrar. Isso é muito louco. — De repente, estou gelada até os ossos e não por causa do ar-condicionado, que diminuo.

— Ela não me interessa, Carmen. Você tem que acreditar em mim quando digo isso.

Digo a mim mesma que não importa. Ele está indo embora. Eu, não. Sei que ele não sente nada por ela, então não quero me importar que ela tenha vindo aqui procurar por ele. Exceto que eu me importo. Me importo mais do que jamais me importei com qualquer coisa em anos, apesar do meu esforço inútil para me afastar dele e desta situação maluca. Com ele sentado ao meu lado, seu cheiro familiar enchendo meus sentidos e me lembrando de tantos momentos íntimos, permanecer afastada é quase impossível.

— Sim. Acredito em você.

— Estava com saudade.

— Você me viu ontem.

— Senti falta de dormir com você na noite passada. Tive uma noite péssima.

— Eu também.

— Sei que é pedir muito, mas você poderia me dar alguns dias para resolver minha vida antes de me descartar para sempre?

— Eu não te descartei para sempre. Só estou tentando evitar, você sabe...

— Desgosto?

— Sim — respondo com um suspiro. — Já tive o suficiente disso para uma vida inteira.

— A última coisa que quero fazer é te causar mais. Espero que você também acredite nisso.

— Acredito, sim.

— A oferta de Nova York foi inesperada. É uma complicação e estou tentando descobrir como proceder. Você é um fator importante no meu processo de tomada de decisão.

— O que eu não deveria ser. Nove dias, Jason. Você me conhece há nove dias.

Como se não pudesse resistir à necessidade de me tocar por mais um segundo, ele pega minha mão e a leva aos lábios, beijando a palma e o interior do meu pulso, onde ele deve sentir a batida estrondosa do meu coração.

— Os melhores nove dias da minha vida, Carmen. Sem dúvida.

— Sério? — Minha voz soa alta e estridente.

— Sim. Preciso que você tenha fé em mim e em nós. Vamos resolver, tá?

A esperança cresce dentro de mim, é uma onda de felicidade tão grande que não conseguiria segurá-la mesmo se quisesse, o que não é o caso. Concordo, por que o que mais posso fazer a não ser colocar minha fé nele?

Ele se inclina sobre o console central, mas só pode ir até certo ponto.

Tenho que encontrá-lo no meio do caminho, então a escolha é minha. Como se houvesse alguma escolha. Eu me inclino.

Ele passa a mão em volta do meu pescoço enquanto seus lábios encontram os meus em um beijo que começa doce, mas rapidamente se torna uma necessidade frenética e desejo intenso.

Nos afastamos minutos depois, com as mãos enterradas nos cabelos um do outro, os lábios formigando e outras partes em chamas ansiando por mais.

— Uau.

Sua única palavra resume muito bem.

— Tenho que ir trabalhar. — Olho para o relógio. Tenho quinze minutos para chegar.

— Eu também. — Ele beija as costas da minha mão e a solta, parecendo relutante. — Posso te ligar mais tarde?

Penso sobre isso antes de balançar a cabeça.

— Me ligue quando descobrir o que vai fazer. Nós iremos a partir daí.

Ele geme de forma dramática e joga a cabeça para trás contra o assento.

— Você é uma negociadora difícil, srta. Giordino, mas tudo bem. Faremos isso do seu jeito. — Ele vira a cabeça na minha direção e me olha com aqueles lindos olhos. — Não se apaixone por outra pessoa antes de ter notícias minha, tá?

Meus lábios tremem com o esforço de não rir. Sinto que ele não gostaria disso agora.

— Vou tentar não fazer isso.

— Muito bem. — Ele alcança a maçaneta, mas olha para mim

mais uma vez, parecendo fazer um inventário visual, antes de sair do carro e fechar a porta atrás de si.

Eu o vejo caminhar para se juntar à fila de Juanita, notando a curvatura sutil de seus ombros enquanto caminha. Embora eu odeie vê-lo sofrendo, ajuda saber que nós dois estamos inseguros. Sou grata por isso quando saio do estacionamento e vou para o trabalho, terrivelmente atrasada.

CARMEN

O trânsito está mais monstruoso do que o normal, e acabo correndo quando paro no estacionamento, fazendo malabarismos com meu *cortadito*, a pasta de trabalho e minha bolsa. O esforço vale a pena quando entro na suíte executiva cinco minutos depois das nove.

Felizmente, apenas Mona me vê chegar atrasada e duvido que ela vá contar a alguém.

— Bom dia — ela diz, aparentemente animada pela manhã, o que é super irritante para uma pessoa que não é matinal.

— Bom dia.

— A irmã do dr. Northrup o encontrou ontem à noite?

Isso me faz parar no meio do caminho.

— Irmã?

— Ela é muito bonita. Pude até ver a semelhança.

— Isso é interessante, porque o dr. Northrup não tem irmã.

Mona me encara com os olhos arregalados.

— Não?

— Ele só tem um irmão, então parece que você deu a localização dele para alguém que não é realmente um membro da família,

Mona. Isso poderia ter sido muito perigoso se ela estivesse tentando prejudicá-lo.

Me sinto péssima quando seus olhos se enchem de lágrimas, mas é verdade. Ela não pode simplesmente fornecer informações pessoais de um colega sem a permissão dele.

— Ele... ele está bem?

— Está, mas ficou extremamente chateado por ser confrontado pela mulher que causou o escândalo em Nova York.

— *Era* ela?

— Sim.

— Ah, meu Deus. Sinto muito. Estou me sentindo péssima. — Ela olha para mim com os olhos brilhando de lágrimas. — Você não vai contar ao sr. Augustino, vai?

Dou um sorriso e uma piscadela.

— Você guardou meu segredo, e eu guardarei o seu.

— Ah, obrigada, Carmen. Você é o melhor. Estou tão feliz por você se juntar à nossa equipe.

— Eu também. — Entro em meu escritório e me preparo para o dia. Envio uma mensagem rápida a Jason para dizer que foi Mona quem deu o endereço do hotel à sua "irmã".

Bem, esse é um mistério resolvido. É óbvio que a Ginger ia mentir de novo.

Eu disse a Mona que ela não deveria dar essa informação sem permissão. Ela está muito triste.

Diga a ela que não se preocupe.

Desligo o telefone e abro os e-mails, onde encontro uma mensagem de Terri, a enfermeira amiga de Jason, de Nova York.

Oi, Carmem,
Aqui estão mais alguns depoimentos de ex-pacientes e colegas do Dr. Northrup. Ouvi dizer que o conselho daqui ofereceu o emprego dele de volta. Diga a ele que estamos todos entusiasmados em ouvir isso e mal podemos esperar para tê-lo de volta ao lugar a que ele pertence. Mandei uma mensagem para ele, mas não tive notícias. Espero que ele esteja bem no meio de todo esse absurdo. De toda forma, não tenho certeza se você ainda precisa dos depoimentos,

*mas resolvi enviá-los. Obrigada por tudo que você fez para ajudar
ao dr. Northrup.
Tudo de bom,
Terri*

Me sinto arrasada lendo essa mensagem, sabendo como seus ex-colegas estão entusiasmados por ele estar voltando. Li os depoimentos de pacientes agradecidos, familiares de pacientes que morreram apesar dos esforços heroicos de Jason e colegas que cantam seus elogios ao médico e ser humano.

Acrescento cada um deles à apresentação do PowerPoint, que inclui uma série de depoimentos em cascata. Sei que provavelmente há muitos, mas à luz do que estamos tentando realizar, incluo todos.

Adiciono as informações que Jason me enviou por e-mail sobre sua pesquisa, salvo o arquivo no servidor interno e compartilho um link com a versão mais recente com o sr. Augustino.

Uma hora depois, ele chega ao meu escritório, batendo na porta aberta antes de entrar.

— Bom dia.

— Bom dia.

— Vi a última versão da apresentação. Está excelente. Parabéns, srta. Giordino.

— Obrigada. Estou feliz que você tenha gostado.

Ele se senta na cadeira em frente a minha mesa, parecendo taciturno.

— Pode ser tudo em vão. Você soube que o hospital de Nova York o convidou para voltar?

— Soube.

— Falei com a presidente do nosso conselho antes, e ela acha que não seria apropriado prosseguirmos com ele à luz deste desenvolvimento.

Meu coração afunda.

— É isso? Acabou então?

— Acredito que sim.

— Ah, bem. — Não posso desabar na frente do meu chefe. Não vou chorar no trabalho. Mas eu quero. Eu realmente quero.

— Você fez um ótimo trabalho neste projeto e tenho o prazer de lhe oferecer o cargo de diretora, se ainda estiver interessada. Você seria encarregada de contratar sua própria assistente para te substituir.

Descidas esmagadoras, subidas altíssimas. Não consigo acompanhar esta viagem de montanha-russa em que estou.

— Eu... sim, isso seria maravilhoso. Obrigada pela confiança que você depositou em mim.

— O conselho está interessado em fazer mais do tipo de alcance comunitário que você coordenou para o dr. Northrup. Gostaria que você supervisionasse isso como parte de suas novas funções.

— Posso fazer isso.

— Excelente. — Ele se inclina sobre a minha mesa para apertar minha mão. — Parabéns, srta. Giordino.

— Por favor, me chame de Carmen.

— É uma honra. Eu sou Roy.

Eu deveria estar emocionada. Fui promovida na segunda semana, posso contratar minha própria assistente e estou chamando o presidente do hospital pelo primeiro nome. Mas não estou entusiasmada. Estou com o coração partido por mim mesma, mas feliz por Jason. A grande variedade de emoções é quase impossível de ser processada.

Um erro foi corrigido. Isso é o que importa, ou é o que digo a mim mesma.

Eu me forço a manter minhas emoções trancadas até que eu possa chafurdar totalmente nelas mais tarde.

— Conversei com meus pais, e eles pediram para avisá-los quando você e a sra. Augustino gostariam de jantar. Eles ficariam muito felizes em recebê-los.

— Isso é maravilhoso. Minha esposa vai ficar muito animada. Ela adora a comida cubana do Giordino's. Eu também gosto da italiana. Nosso aniversário é no dia doze de julho.

— Posso fazer a reserva para vocês para sete horas?

— Perfeito. Obrigado novamente.

— Disponha.

O Sr. Augustino – Roy – sai do meu escritório e tento me concentrar nas anotações que a ex-diretora me deixou sobre os projetos em andamento, os próximos eventos e outras coisas que exigirão minha atenção como nova diretora.

Não consigo me concentrar em nada, então decido dar uma caminhada para relaxar a cabeça. Perambulo pelo hospital, conhecendo o lugar à medida que vou andando. No elevador, escolho aleatoriamente o quarto andar, que é a maternidade. Passo pelas portas fechadas da unidade de terapia intensiva neonatal, onde bebês prematuros lutam pela vida. Observo enquanto um casal exultante é escoltado até o elevador do outro lado do longo corredor. A mulher está em uma cadeira de rodas com um bebê nos braços enquanto o homem a segue, carregando a cadeirinha do bebê.

Eu me pergunto como seria ser aquela mulher, voltando para casa para começar a próxima fase da minha vida com meu filho e o homem que me ama. Se Tony tivesse vivido, seríamos nós, pelo menos duas vezes até agora, se não três. Debatemos quantos filhos queríamos. Dois com certeza, com mais um aberto para uma negociação que nunca chegamos a ter.

No sexto andar, onde fica o departamento de oncologia, encontro um jovem paciente preso a um suporte de soro, caminhando com a enfermeira, que o incentiva a dar mais alguns passos enquanto ele faz uma careta de dor. Faço uma oração silenciosa por sua recuperação total.

No sétimo andar, desembarco na UTI pediátrica onde pergunto por Mateo Diaz no posto de enfermagem. Eles me direcionam para o quarto 718. Bato na porta, e Sofia se levanta para me cumprimentar com um abraço. Ela fala comigo em espanhol, me agradecendo por ter vindo e cantando louvores ao dr. Northrup, que salvou a vida de seu filho.

Mateo, diminuído pela grande cama de hospital, está acordado e alerta.

— Como ele está? — pergunto a ela em espanhol.

— Muito melhor. Graças a Deus.

— São notícias maravilhosas. E como você está?

Ela hesita antes de responder.

— Tudo o que importa é que meu bebê está vivo.

— O que você precisa, Sofia? O que podemos fazer para ajudar?

Com lágrimas nos olhos, ela me leva até a porta para que não sejamos ouvidos por seu filho.

— Perdi o emprego porque me ausentei, meu aluguel está vencido e não tenho ideia do que fazer.

Pego o telefone.

— Me dê seu número. Vou falar com algumas pessoas e ver o que pode ser feito para ajudar.

— Você já fez muito. Ouvi dizer que foi você quem providenciou para que o dr. Northrup fosse à clínica. Sem ele... — Ela olha para Mateo. — Não sei o que teríamos feito. Ele doou seus serviços e pagou as despesas hospitalares do próprio bolso. Você sabia disso?

— Não sabia, mas não estou surpresa. — Se eu já não estivesse apaixonada por Jason Northrup, estaria agora.

— Isso já é o suficiente, Carmen. Vou dar um jeito no resto.

— Mesmo assim, me dê seu número. As pessoas vão querer ajudar.

Relutante, ela me dá seu número, que digito em meus contatos.

— Verei o que posso fazer.

— Deus te abençoe.

Eu a abraço e, quando me afasto, Jason está lá. Por um segundo, me sinto confusa porque achei que ele estava indo para a clínica esta manhã.

— Como está meu amigo Mateo? — ele pergunta a Sofia.

— Muito melhor.

— Fiquei sabendo. Estou muito feliz. Já vou vê-lo em um minuto. Carmen, posso dar uma palavrinha com você, por favor?

— Certo. — Aperto o braço de Sofia enquanto sigo Jason pelo corredor.

Quero abraçá-lo, beijá-lo e agradecê-lo pelo que ele fez por Mateo. Quero perguntar se ele soube que o conselho do Miami-Dade acatou os desejos de Nova York de ter seu neurocirurgião pediátrico de volta. Mas não faço nenhuma dessas coisas. Em vez disso, espero ouvir o que ele tem a dizer.

— Tenho que ir para Nova York.

Meu coração cai como chumbo em um lago turvo.

— Tudo bem.

— Tem uma garota de três anos com o mesmo tumor que Mateo tinha. Estou indo para operá-la, mas voltarei assim que puder.

Mordo o lábio e assinto, com a intenção de passar por isso sem chorar.

— Espero que tudo corra bem.

— Eu também. A situação dela é um pouco mais complexa do que a do Mateo.

Seus olhos dourados brilham com a antecipação de um novo caso complicado. Ele está claramente em seu elemento.

— O sr. Augustino me ofereceu o cargo de diretora de RP esta manhã.

— Sério? Carmen, isso é incrível. Parabéns. — Posso dizer que ele quer me beijar, mas se contém por deferência ao local onde estamos. — Uma semana no trabalho e você já está sendo promovida.

— Acho que é mais porque a diretora decidiu não voltar depois da licença maternidade.

— Não é por isso. É porque Augustino sabe o quanto você é um trunfo para sua equipe. Ele nunca teria oferecido se não estivesse satisfeito com o seu trabalho.

— Imagino que seja verdade.

— É claro que é. Estou muito feliz por você e muito orgulhoso.

— Obrigada. — Me deleito com o brilho de sua aprovação por alguns segundos finais, enquanto me pergunto se algum dia o verei novamente. Quando ele voltar para Nova York, onde seu antigo emprego o espera, que motivo ele terá para voltar aqui? Posso enviar as coisas que ele deixou na minha casa. — Boa sorte com a cirurgia.

— Obrigado. Vou deixar Priscilla no estacionamento daqui e pegar um Uber para o aeroporto. Caso você a veja lá fora.

— Tudo bem.

— Vou mandar uma mensagem quando puder.

Concordo e começo a me afastar, determinada a manter a cabeça erguida e seguir em frente, mesmo que meu coração esteja se partindo.

— Ei, Carmen?

Eu me viro para ele, levantando uma sobrancelha enquanto bebo sua visão e tento memorizá-lo. Como se eu pudesse esquecer.

— Eu *vou* voltar.

Assinto e continuo meu caminho, me agarrando à minha compostura enquanto eu caminho. Posso fazer isso. Já passei por coisas piores. Vou superar isso também. Quando volto para o meu escritório, envio uma mensagem para Abuela e Nona, contando sobre a situação de Sofia e perguntando o que podemos fazer para ajudar.

Abuela responde primeiro.

Vamos cuidar disso, querida.

Obrigada por nos informar.

Nona acrescenta

A próxima pergunta é como VOCÊ está?

É a mensagem de Abuela

Estou bem. Jason está voltando para NY para fazer uma cirurgia, mas disse que voltará. Vamos ver.

Ai, mija, sei que isso é muito difícil, mas aquele garoto está se apaixonando por você. Todos nós vimos. Ele vai voltar.

Espero que você esteja certa.

Já me viu não estar certa alguma vez?

Você teve que jogar uma bola de softball para ela.

Nona diz com seu jeito seco de sempre.

Eu rio alto, encantada como sempre por elas.

Amo vocês. Obrigada por estarem sempre ao meu lado. Quero ser como vocês duas quando eu crescer.

Você já é a melhor parte de nós. Nós também te amamos. Vamos conseguir algo para Sofia.

Nona responde

Respondo com o *emoji* de beijo. Sofia não vai saber o que a atingiu quando as duas se mobilizarem em seu nome.

Eu me forço a me concentrar no trabalho, a colocar tudo de lado e dar tudo de mim para o trabalho para o qual estou sendo paga. Quero deixar o sr. Augustino feliz por ter me convidado para ser a diretora. Trabalho com o RH para iniciar o processo de recrutamento de uma assistente. Escrevo um comunicado à imprensa sobre um de nossos cardiologistas ter ganhado um prêmio de prestígio e outro sobre uma enfermeira supervisora que está se aposentando após quarenta anos no hospital. Entrevisto os dois e coloco meu coração e alma contando suas histórias.

Os dois releases são solicitados por vários meios de comunicação locais, o que é uma vitória para mim – e para o hospital. Também entrei em contato com Desiree Rivera para agradecê-la pela história maravilhosa sobre Jason e seu trabalho na clínica e sugerir um acompanhamento sobre o desempenho de Mateo. Ela concorda em lançar a ideia para seus produtores.

Dias se passam em que faço pouco mais do que executar as tarefas – me levantar, me preparar para o trabalho, parar na loja de Juanita, ir para o escritório, bater um papo com Mona, dedicar toda a minha atenção ao trabalho, assistir às reuniões, tomar banho e repetir. Vários dias depois que Jason partiu, jantei no restaurante. Recebo um resumo completo de todos os esforços que minhas avós têm feito para ajudar Sofia, que está maravilhada com sua generosidade. O tempo todo, tento não pensar em Jason, o que é mais fácil falar do que fazer.

Recebi uma breve mensagem dele no dia em que ele partiu, me avisando que chegou em segurança a Nova York e estava indo para a cirurgia. Desde então? Nada.

Digo a mim mesma que ele está ocupado salvando vidas, fazendo o que foi colocado nesta terra para fazer. É assim que as coisas deveriam ser, mesmo que eu sinta mais falta dele do que jamais pensei ser possível. Me sinto um pouco culpada pelo quanto o quero de volta a Miami, porque sei que seu trabalho e pesquisa provavelmente seriam mais bem atendidos se ele ficasse em Nova York. Culpa à parte, no entanto, sinto tanto a falta dele que chega a doer.

Na sexta-feira, a diretoria se reúne conforme agendado.

Segundo Mona, que ajudou a preparar a reunião, o assunto do dr. Jason Northrup não está na agenda. Processo essa informação com a sensação de afundamento por dentro que se tornou muito familiar para mim durante esta semana aparentemente interminável.

O único ponto positivo é que recebo meu primeiro salário de verdade e olho para os detalhes com uma sensação de descrença. Sempre me dei bem no restaurante, mas agora é ainda melhor, especialmente depois de como trabalhei duro para terminar os estudos. Pago o aluguel, uma boa parte do saldo do cartão de crédito e fico feliz com a sensação de realização que vem ao me livrar das dívidas.

Passei o fim de semana sozinha, enfurnada no apartamento, lambendo minhas feridas e me perguntando se Jason estava falando sério quando disse que voltaria. Revivo cada minuto que passamos juntos, chafurdando em detalhes que nunca quero esquecer. Assisti à entrevista de Desiree com ele uma centena de vezes e revi as fotos que tirei dele jogando dominó com os idosos, comendo no Giordino's, bebendo no bar Fontainebleau e sentado em Miami Beach.

Quando percebo que não tenho uma única foto de nós dois juntos, sou destruída por um sentimento de perda tão intenso que me leva de volta aos dias mais sombrios da minha vida. Odeio voltar para aquele lugar, mesmo que continue a dizer a mim mesma que não é nada disso. Estou aprendendo que desgosto é coração partido, independentemente do que o cause. Com todas as fotos que tirei dele para o Instagram, como poderia não ter pensado em tirar uma selfie de nós dois juntos? Não vou ao *brunch*, com a desculpa de que estou me sentindo mal, porque simplesmente não consigo responder às perguntas de cada um dos meus familiares excessivamente preocupados.

Não me surpreende quando meus pais e avós chegam à minha porta no domingo à tarde com as sobras do *brunch*, comida suficiente para me manter durante a semana sem ter que ir ao supermercado. É um alívio bem-vindo, pois não estou com vontade de fazer nada.

Agradeço que eles fiquem apenas meia hora, durante a qual conversamos sobre tudo menos o elefante sentado no meu peito, antes de partirem para o jantar no restaurante. Mais uma vez, eles me dão motivos para agradecer às minhas estrelas da sorte por ter nascido em uma família que se preocupa como eles, mesmo que às vezes eu deseje que eles se importassem um pouquinho menos.

Na quarta-feira seguinte, estou convencida de que meu relacionamento com Jason não era nada mais do que uma invenção da minha imaginação hiperativa. Se não fosse pelas roupas e itens pessoais que ele deixou no meu apartamento, acharia que tinha sonhado a coisa toda. Comecei a dormir com uma de suas camisas sociais que ainda carrega o leve cheiro de sua colônia. Não me julgue. Estou tentando ser forte, mas sinto falta dele, mesmo que meu eu racional esteja convencido de que é absolutamente louco me sentir assim por alguém com quem passei uma semana.

Foi uma semana muito, *muito* boa.

Estou na minha mesa na quinta-feira quando Mona entra em meu escritório e fecha a porta. Posso dizer só de olhar que ela está me trazendo alguma bomba.

— O que houve?

— O conselho está se reunindo em sessão executiva.

— Sobre o quê?

— O sr. Augustino disse que é uma questão de pessoal e que não poderia dizer mais nada.

— Certo...

— A Debby, no refeitório, disse que ouviu falar sobre o dr. Northrup.

Meu coração para.

— Mesmo?

Mona assente.

— Ela ouviu dizer que ele solicitou a reunião.

Não posso. Simplesmente não posso. Se eu me permitir ter esperança...

— Obrigada por me avisar.

— Você soube de alguma coisa?

— Não. — Mona está morrendo de vontade de saber o que aconteceu entre mim e Jason, mas não vou contar a ela nem a ninguém sobre isso. Só diz respeito a nós, e agora está no passado.

Seu rosto angelical cai de decepção.

— Ah. Certo. — Ela limpa a garganta. — Eu vou, ah, deixar você voltar ao trabalho.

— Obrigada, Mona. Feche a porta quando sair?

— Claro.

Quando a porta se fecha, solto um longo suspiro. Minha pele está quente e tensa, meu coração está batendo rápido e minha boca está seca. Quero enviar uma mensagem para ele e perguntar se os rumores são verdadeiros, mas se ele quisesse que eu soubesse, teria me contado. Não tive notícias desde aquela mensagem, há mais de uma semana.

Eu me levanto e me alongo, caminhando até a janela que dá para a entrada circular onde nos conhecemos. Penso em Priscilla e Betty, e em minha ida para a prisão, em Jason pagando a fiança e pedindo minha ajuda para restaurar sua reputação prejudicada. Sonho em beijá-lo, tocá-lo e fazer amor com ele, em dormir em seus braços e acordar com seu lindo rosto no travesseiro ao lado do meu.

Pisco para conter as lágrimas e tento me estimular pela centésima vez. Eu estava bem antes dele. Estou determinada a continuar depois dele. Foi divertido e estou feliz por conhecê-lo. Estou aliviada em saber que posso ter sentimentos por um homem diferente do meu falecido marido. Todas essas coisas são boas, e se eu continuar me lembrando delas, talvez eu simplesmente sobreviva a isso.

23

JASON

*E*sta foi uma semana infernal. O tratamento incluiu duas cirurgias de acompanhamento e ainda não fizemos tudo, o que complica as perspectivas de recuperação da criança. Às vezes, tudo se resume a uma escolha entre tirar todo o tumor, mas deixar o paciente sem qualidade de vida. Fiz o melhor que pude por ela, mas às vezes meu melhor não é bom o suficiente. Nessas horas, esse trabalho pode ser difícil de aceitar.

Me encontrei com a nova presidente do conselho de diretores do hospital de Nova York, que emitiu um pedido formal de desculpas pela maneira como fui tratado e ofereceu meu emprego de volta, juntamente com a promessa de que serei nomeado chefe de neurocirurgia quando o chefe atual se aposentar.

É uma boa oferta e prometi considerá-la com cuidado. Acho que ela esperava que eu aproveitaria a oportunidade de voltar. Mas ela não tem ideia de que meu coração agora vive sob o sol de Miami. Sinto muito a falta de Carmen. Mais do que já senti falta de alguém. Penso nela o dia todo, todos os dias. Sonho com ela à noite e fico maravilhado com a maneira como ela entrou em minha vida e apagou quase todos os outros pensamentos da minha cabeça que não a envolvessem.

Se não estou trabalhando, estou pensando nela. Quis entrar em contato, enviar uma mensagem de texto, ligar, deixá-la saber que estou pensando nela, sentindo sua falta e basicamente morrendo por ela, mas não posso fazer isso até tomar algumas decisões sobre onde vou trabalhar e morar. Mais do que tudo, quero ser justo com ela.

Quando soube que o conselho do Miami-Dade retirou meu pedido de emprego de sua agenda na sexta-feira passada, depois de saber que o hospital de Nova York me queria de volta, entrei em pânico, porque Miami não era mais uma opção. O que Carmen achou quando ouviu isso? Ela ao menos sabe? Claro que sim. Mona sabe, então ela deve ter contado a Carmen.

E então me ocorreu que eu precisava assumir o controle da situação e parar de deixar que outros tomassem decisões sobre minha carreira por mim. Procurei o sr. Augustino, disse a ele o que queria e perguntei se ele poderia me ajudar para que isso acontecesse. Ele disse que faria o melhor, e é por isso que estou de volta a Miami em um Uber a caminho do hospital para me encontrar com o conselho.

O motorista, um jovem chamado Carlo, está com o rádio ligado em uma estação de rock leve e cantando bem alto em um inglês ruim. O que lhe falta em talento, ele mais do que compensa em entusiasmo.

O trânsito está ruim, como sempre. Graças a Carmen, sei que é normal por aqui, e enquanto fazemos o trajeto lento em direção à saída do hospital, tudo que posso pensar é em vê-la novamente, abraçá-la e esperar que ela ainda me queira tanto quanto eu a desejo. E mais do que tudo, que a apresentação que ela montou em meu nome influencie o conselho do Miami-Dade e os convença a permitir que eu me junte a sua equipe para que eu possa viver e trabalhar em sua cidade, o único lugar no mundo onde ela pode realmente ser feliz.

Isso é o que eu quero para ela: felicidade. Ela merece isso mais do que qualquer pessoa que já conheci, e quero ser o responsável em dar isso a ela pelo resto de nossas vidas. Claro, não posso dizer isso a ela. De toda forma, ainda não. Mas é isso que quero, e se as coisas correrem bem hoje, posso ser capaz de oferecer a ela os primeiros passos em direção à eternidade.

Só espero que ela ainda me queira depois da turbulência que causei em sua vida desde que nos conhecemos.

Uma nova música toca no rádio, algo familiar, mas não consigo me lembrar onde já ouvi isso antes. Provavelmente na minivan da minha mãe quando ela estava levando a mim e meu irmão para a escola, treinos ou qualquer outro lugar. Costumávamos zombar do "rock leve idiota" que ela nos fazia ouvir no carro. "Meu carro, minha música", ela costumava dizer, falando que poderíamos escolher as músicas quando tivéssemos nossos próprios carros.

A música conta a história de um cara cuja garota o deixou porque ela achava que ele não era fiel a ela. Fala de como ele é assombrado por ela, que daria qualquer coisa para estar com ela. Fico fascinado ao ouvir Carlo cantar o refrão: "É assim que sinto." Mas é o último verso que realmente me emociona, a parte em que descobrimos que o cara está casado há anos, mas às vezes quando ele faz amor com a esposa, ainda vê o rosto de quem perdeu.

Me sinto totalmente em pânico, sabendo que serei eu se perder Carmen. Serei assombrado por ela para sempre.

Não importa o que aconteça hoje com o conselho, tenho que encontrar uma maneira de resolver isso. Depois de passar esta última semana sem ela, não tenho dúvidas de que o que sinto é o tipo de amor para sempre.

— Senhor?

Me afasto de meus pensamentos para perceber que Carlo está tentando chamar minha atenção.

— Chegamos. Miami-Dade General Hospital.

— Obrigado, Carlo.

— O prazer é meu.

Pego a mochila e saio do carro com ar-condicionado para o calor sufocante que vou associar para sempre a Carmen e minha primeira semana em Miami. Estou usando uma camisa social azul clara com gravata azul marinho e calça cáqui. Lá dentro, encontro o primeiro banheiro masculino e tiro o jaleco branco que trouxe de

Nova York da mochila. Tem DR. JASON NORTHRUP bordado. Eu o coloco e vejo meu reflexo no espelho. Se vou me encontrar com o conselho e pedir um emprego em sua equipe de neurocirurgia, vou fazê-lo parecendo o médico altamente qualificado que sou.

Quero ir direto ao escritório de Carmen para contar a ela o que está acontecendo, mas me lembro de minha promessa de ficar longe até que tenha algo definitivo para contar. Pego o elevador para os escritórios executivos no quinto andar e viro à direita em direção à sala de reuniões quando tudo em mim quer ir para a esquerda, para ela.

Primeiras coisas primeiro.

Com a mão na maçaneta da porta da diretoria, respiro fundo e a solto antes de entrar na sala onde o sr. Augustino me pediu para encontrá-lo antes dos membros do conselho se juntarem a nós.

Ele aperta minha mão.

— É bom vê-lo novamente, dr. Northrup.

— Igualmente. Obrigado por me receber e marcar o encontro.

— Confesso que fiquei surpreso ao saber que você ainda queria se encontrar com o nosso conselho. Tive a impressão de que você retomaria suas funções em Nova York.

— Eles me ofereceram meu antigo emprego de volta e me prometeram uma promoção a chefe de departamento quando o atual se aposentar no final do ano que vem.

— Essa é uma oferta muito boa. Nossa chefe de departamento tem mais ou menos a sua idade, então temo que ela vai ficar por um tempo.

— Eu entendo.

— Você tem a chance de ser o chefe do departamento no próximo ano em Nova York.

— Sim.

— E você ainda quer se encontrar com o conselho?

— Sim, senhor. Muito mesmo. — Acredito que em breve ele vai descobrir por que quero tanto trabalhar aqui.

Ele me lança um olhar curioso antes de assentir.

— Tudo bem, então. Sente-se. O conselho se juntará a nós em trinta minutos.

— E a apresentação que a srta. Giordino fez?

Ele aponta para o ponto acima de nós, onde uma câmera está apontada para a tela do outro lado da mesa comprida.

— Pronta para ser exibida.

— Obrigado novamente.

— O prazer é meu. Sinta-se à vontade. Estarei de volta em breve.

Enquanto espero, ando pela longa sala, pensando no que quero dizer ao conselho e me perguntando se terei algo a relatar a Carmen ainda hoje. Espero que sim. Não posso esperar mais um dia para vê-la.

Fico na janela, olhando para a garagem onde coloquei os olhos nela pela primeira vez, e penso sobre a conversa que tive com minha mãe na noite passada. Contei a ela sobre Carmen, sobre o que estava acontecendo em Nova York e meu plano de pedir ao conselho do Miami-Dade que considerasse a possibilidade de me contratar, afinal.

— Você está tomando uma decisão enorme com base em uma mulher que conhece há pouco tempo. Depois do que aconteceu com Ginger, só espero que você saiba o que está fazendo.

Sorrio, relembrando sua preocupação e como eu a tranquilizei.

— A Carmen não é nada como a Ginger — eu disse a ela. — Você vai amá-la. Isso parece certo para mim, mãe. Nada nunca pareceu tão certo quanto estar com ela. Isso é tudo que posso dizer a você. — Mal posso esperar para apresentar as duas mulheres mais importantes da minha vida uma à outra.

Os minutos passam devagar, como se o relógio estivesse se movendo na direção oposta. Vinte e cinco minutos após o sr. Augustino sair da sala, a porta se abre e Mona entra carregando uma bandeja de biscoitos e outros salgadinhos para a reunião. Ela solta um suspiro quando me vê lá.

— A Debby do refeitório estava certa! A reunião é sobre você!

Não tenho certeza de como me sinto por ser a fonte de fofoca da cafeteria, mas depois de resistir aos tabloides de Nova York, isso não é nada.

— É bom ver você, Mona. Pode me fazer um favor?

— Claro.

— Não diga a Carmen que estou aqui. Quero fazer uma surpresa para ela.

— Claro. Meus lábios estão selados. — Ela se inclina para sussurrar. — Boa sorte, doutor. Espero que você consiga o que quer.

— Obrigado.

Pouco tempo depois, o sr. Augustino retorna, e os membros do conselho começam a entrar na sala, uma mistura de raças, gêneros e idades. Fiz minha pesquisa e sei que metade deles são médicos, a outra metade membros proeminentes da comunidade.

A presidente do conselho, uma mulher negra chamada dra. Felicia Rider, dá início à reunião depois que todos estão sentados.

— Dr. Northrup, bem-vindo.

— Obrigado, dra. Rider. Agradeço a oportunidade de me encontrar com todos vocês.

— Você pediu esta reunião, então a palavra é sua.

Bem, aqui vai tudo... ou nada.

— Há pouco mais de duas semanas, cheguei ao Miami-Dade depois de passar por um turbilhão em Nova York. Vocês conhecem os detalhes do que aconteceu lá. Desde aquela época, a outra parte envolvida entrou em contato com os comitês aqui e em Nova York e forneceu informações atualizadas sobre o que aconteceu, então não vou entrar em detalhes. Quando cheguei ao Miami-Dade, me disseram que o conselho queria algum tempo para considerar minha vaga. O sr. Augustino designou a muito competente nova diretora de relações públicas, Carmen Giordino, para me ajudar a me aclimatar com a comunidade local e defender meu emprego em seu hospital. O que se segue é a apresentação que a sra. Giordino preparou para aquela reunião.

O sr. Augustino sinaliza para a pessoa na sala que cuida do audiovisual. As luzes se apagam e a tela ganha vida com a apresentação, que agora inclui música para acompanhar as fotos, depoimentos, filmagens da NBC 6 e detalhes do meu projeto de pesquisa.

Então, em uma parte que eu não tinha visto antes, a voz de Carmen soa para acompanhar os próximos slides.

— *O American Board of Neurological Surgery define a cirurgia neurológica como constituindo uma disciplina médica e especialidade cirúrgica que fornece cuidados para pacientes adultos e pediátricos no tratamento da dor ou processos patológicos que podem modificar a função ou atividade do sistema nervoso central.*

A voz de Carmen continua:

— *Os requisitos de certificação da ABNS incluem oitenta e quatro meses de residência em neurocirurgia, dois anos como residente chefe, bem como treinamento em uma ampla variedade de disciplinas, como neuropatologia, neuro radiologia, neurocirurgia endo vascular ou pediátrica, para citar alguns. Os neurocirurgiões passam por meses de treinamento nas áreas gerais de atendimento ao paciente, incluindo cirurgia de trauma, cirurgia ortopédica, otorrinolaringologia e cirurgia plástica. Para obter a certificação do conselho, o neurocirurgião passa por exames escritos e orais. Na preparação para o exame oral, o neurocirurgião deve registrar cento e vinte e cinco casos e, após concluir o exame com sucesso, deve embarcar em uma busca pela aprendizagem ao longo da vida e certificação contínua.*

Olho ao redor e vejo todos focados na apresentação que segue.

— *O dr. Jason Northrup obteve a certificação dois anos após concluir sua residência e é considerado um dos maiores especialistas do país na área de meduloblastoma pediátrico, supervisionando pesquisas de ponta sobre a causa e o tratamento para combater esses tumores pediátricos comuns.*

A apresentação termina com uma foto minha sorrindo para o grupo de homens na mesa de dominó em Little Havana, a foto me levando de volta àquele dia maravilhoso com Carmen. Quando as luzes se acendem, prendo a respiração, esperando para ouvir qual será a reação deles.

— Obrigado por essa excelente apresentação, sr. Augustino, e transmita nossos cumprimentos à srta. Giordino — a dra. Rider fala. — Dr. Northrup, ainda tenho uma pergunta para você, algo que tenho certeza de que deve estar na cabeça de meus colegas membros do conselho. Com uma oferta para retornar à sua posição anterior, por que você ainda está interessado em trabalhar aqui?

Antecipei essa pergunta e pensei no voo de duas horas e vinte minutos de LaGuardia para Miami em como poderia responder. Vou com a resposta que me ocorreu então.

— Minhas razões para querer morar e trabalhar em Miami são pessoais.

— É justo. Agradecemos as informações e também o interesse em fazer parte da equipe do Miami-Dade. Discutiremos sua aplicação na sessão executiva. O sr. Augustino irá notificá-lo de nossa decisão. Obrigado, dr. Northrup.

— Obrigado a todos pelo seu tempo hoje.

Com a incrível ajuda de Carmen, fiz o que pude. Está fora de minhas mãos agora.

2 4

CARMEN

A concentração é inexistente quando toda a sua vida e qualquer chance de verdadeira felicidade estão em jogo. Estou morrendo de vontade de saber o que está acontecendo naquela sala de reuniões e não estou fazendo nada enquanto espero. Me rendendo à realidade de que sou completamente inútil hoje, virei novamente a cadeira na direção da janela que dá para o estacionamento e a atividade na entrada principal.

Fico olhando para fora da janela pelo que deve ser uma hora, tentando manter a calma enquanto espero ouvir algo.

— Você sabe o que é otorrinolaringologia?

O som de sua voz me eletriza, e meu humor muda do mais baixo dos graves para o mais alto dos agudos em um segundo doloroso. Sorrindo, eu digo:

— É uma especialidade médica focada em ouvido, nariz e garganta ou, como se aplica a você, cirurgia de cabeça e pescoço. — Viro a cadeira para encontrá-lo encostado no batente da porta, bonito, relaxado e ouso dizer feliz.

Seu sorriso ilumina meu mundo.

— Oi.

— Olá.

— Como você está? — ele pergunta.

— Ah, você sabe, apenas mais um dia no paraíso. E você?

— Ah — ele diz, dando de ombros. — Nada de especial, exceto agora.

— Você vai me dizer como foi com o conselho ou vai me fazer sofrer?

Ele levanta uma sobrancelha.

— Como você sabe sobre o conselho? Eu disse a Mona para não dizer nada.

— Ela não disse. Acontece que a Debby do refeitório é uma excelente fonte de informação por aqui.

— Fiquei sabendo. — Ele se afasta do batente da porta, a fecha e vem se sentar de frente para mim. — Correu bem com a diretoria, graças a você e à incrível apresentação que você montou.

— Você me deu muito com o que trabalhar. — Mordo o lábio enquanto olho para ele de forma ávida e contemplo a pergunta que mais quero fazer.

— O que foi? — ele pergunta, me dando um olhar curioso.

— Eu só estava pensando... — Limpo a garganta e me forço a olhar diretamente para ele, o que para mim é o mesmo que olhar para o sol. Ele torna tudo mais brilhante no meu mundo, só de entrar na sala.

— O que você está se perguntando, *Rizo*?

Como sempre, o apelido me faz desmaiar.

— Se você recebeu uma oferta de emprego em Nova York, por que se reuniu com o conselho daqui?

— Você realmente tem que fazer essa pergunta?

— Bem, acho que sim.

Ele se afasta da mesa e me surpreende quando se ajoelha na minha frente e envolve os braços ao meu redor, apoiando a testa contra meu peito.

Por um segundo, estou atordoada demais para me mover, mas então meus dedos encontram o caminho para o cabelo dele, e meu coração começa a bater tão rápido que temo precisar de atenção médica. Que bom que estou em um hospital.

Depois de um longo momento em que simplesmente coexistimos no alívio de estarmos juntos novamente, ele se afasta para olhar para mim.

— Me encontrei com o conselho do Miami-Dade porque quero trabalhar *aqui*. Quero viver *aqui*.

Sei a resposta para minha própria pergunta, mas pergunto assim mesmo. Quero ouvi-lo dizer isso.

— Por quê?

— Porque você está aqui.

Meu coração acelera e a onda de alegria que me inunda me deixa sem fôlego.

— Você não pode tomar grandes decisões de carreira com base em alguém que conhece há menos de um mês.

— Muito tarde. Já fiz isso.

— Jason...

— *Carmen*...

Não posso acreditar que isso está acontecendo, que ele está no meu escritório me dizendo que reorganizou sua carreira e vida por mim.

— Isto é loucura.

Ele balança a cabeça.

— Não, não é. É amor. Eu amo você. Quero estar com você. Quero fazer parte da sua grande e fabulosa família cubano-italiana. Quero queimar minha bunda com você no assento de couro da Priscilla sob o sol quente do sul da Flórida. Quero estar onde você estiver.

Oprimida por tudo o que ele disse, seguro seu rosto e encaro os olhos castanhos dourados que me deslumbraram desde o início.

— Você sabe o que tornaria este momento absolutamente perfeito? — ele pergunta com um sorriso provocador.

— O quê?

— Se você me dissesse que também me ama, então saberei que não fiz papel de idiota na frente do conselho do Miami-Dade.

Eu o beijo com todo o amor que sinto por ele, com dias de desejo reprimido e a alegria que vem ao ver uma situação antes desesperadora se tornar a promessa de um futuro que nunca ousei sonhar ser possível.

— Eu também te amo. Acho que amo desde quase o primeiro segundo em que te vi.

— Eu me apaixonei por você quando te vi naquela cela.

Brinco com um soco em seu ombro.

— Eu vou te matar se você contar isso às pessoas.

Sua risada é tudo. É meu som favorito.

— Não vai, não. Você me ama demais para me matar.

— Se você contar aos meus pais que eu fui para a prisão, vou te matar.

— Seu segredo está segura comigo, *mi amor*. Você está segura comigo. *Siempre*. — Sempre.

Eu o abraço o mais forte que posso na cadeira da escrivaninha.

Aparentemente, isso não é bom o suficiente para ele. Com seus braços em volta de mim, ele se levanta e me leva com ele, se recostando na mesa e me segurando perto dele enquanto parece me inspirar.

— Eu disse a mim mesmo que não iria até você até que tivesse certeza de que seria capaz de trabalhar e morar aqui, mas me faltou força de vontade para ficar longe depois de sentir tanto sua falta.

— Estou feliz que você não tenha ficado longe. Também senti sua falta. Muito mesmo.

— Não sei o que vai acontecer com a diretoria. Eles podem dizer não por deferência a Nova York. Sinceramente, não tenho ideia de como isso vai se desenrolar. Tudo que sei é que quero estar com você e, se não puder trabalhar aqui, vou encontrar outra coisa.

— Mas sua pesquisa...

— Vou começar de novo se for preciso.

— Não acredito que você faria tudo isso por mim.

— Mesmo? Não acredita? Não tem ideia do quanto você é incrível? O quanto é inteligente, engraçada, sexy e corajosa? Se você pudesse se ver através dos meus olhos, não teria nenhuma dúvida de porque estou disposto a me livrar de tudo para poder estar com você.

— Isso me faz sentir muito sortuda.

— Nós dois tivemos sorte no dia em que o sr. Augustino mandou você tomar conta de mim.

— Deus, eu estava tão brava que ele me fez fazer isso. A última coisa que eu queria ouvir no primeiro dia do meu primeiro emprego de verdade, depois de anos de estudo, era ser babá do novo neurocirurgião. E então quando você apareceu em Priscilla, com Betty ao seu lado, e me deu uma nota de cinquenta para lidar com ela... você tem sorte de eu não ter te esfaqueado ali mesmo.

Ele balança com uma risada silenciosa.

— Eu não tinha ideia de que minha vida estava em perigo naquela manhã.

— Fique feliz por eu não ter uma faca comigo.

— Minha gatinha selvagem. Bem, quando acho que vi todos os seus lados, aí vem outro.

— Não mexa comigo.

— Devidamente anotado. Além disso, prefiro te beijar.

Sei que deveria parar com isso, já que estou no trabalho, mas não paro. Em vez disso, participo totalmente, envolvendo os braços em seu pescoço, abrindo a boca para sua língua e me esfregando descaradamente contra sua ereção. É o melhor beijo com ele até agora, porque está vinculado à promessa da eternidade.

— Precisamos parar antes que isso saia do controle — ele sussurra contra meus lábios.

— Isso saiu do controle há cerca de dez minutos.

Sua risada baixa ecoa contra meus lábios inchados pelo beijo.

— O que acha de passar mal no trabalho?

— Em geral ou hoje?

— Hoje, em particular.

— Estou me sentindo meio tonta, com falta de ar e febril. Meu coração também está agitado.

Ele apresenta uma expressão solene enquanto coloca uma mão na minha testa e a outra contra o ponto de pulsação na minha garganta.

— Prescrevo uma tarde na cama para lidar com esses sintomas preocupantes. Ordens médicas.

— Se fizermos isso, a Mona nunca vai nos deixar esquecer.

— Tenho a sensação de que a Mona adora um final feliz tanto quanto qualquer outra garota.

— Você quer descobrir?

— Mais do que eu jamais quis qualquer coisa.

— Vamos fazer isso.

— Ah, nós vamos fazer isso, sim.

— Jason! Pare. Me deixe sair daqui com um pingo de dignidade, sim?

— Acho que você vai ter que ir na frente. Você me deixou todo animado.

— Eu te deixei animado? Eu estava aqui cuidando da minha vida antes de você aparecer.

— Você, ah, pode querer arrumar seu cabelo, e sua blusa está... — Ele gira a mão enquanto aponta para a minha blusa, que de fato está torta.

Faço o melhor que posso para me recompor, enfiando a blusa de bolinhas preta e branca de volta na calça social preta e passo os dedos pelo meu cabelo para restaurar a ordem.

— Melhor?

— Bem, não. Eu gosto mais quando você está bagunçada. Mas vai servir para tirar você daqui com sua dignidade intacta.

Pego a bolsa, chaves e telefone.

— Vamos lá.

Ele me segue para fora do escritório. Temos sorte porque Mona está longe da mesa quando chegamos ao saguão externo.

— Quanto você quer apostar que ela está no refeitório dizendo a Debby que você está no meu escritório? — pergunto a ele.

— Você ganharia essa aposta.

Entramos no elevador antes de eu soltar a respiração que prendi enquanto escapávamos. A caminho do estacionamento, envio um e-mail para Mona, avisando que fui embora porque não estou me sentindo bem.

— É a única vez que vou pedir para você mentir por mim — Jason fala, sintonizado com o meu desconforto.

— É o que acontece quando vou para a cama com o diabo. Eu cumpro pena na prisão, minto e mato o trabalho.

— Você sabe o que rima com trabalho?

Disfarço a risada e dou uma cotovelada no estômago dele.

— Pare de ficar falando de posições sexuais.

— Admita. A vida é mais interessante comigo por perto.

— Não vou admitir isso para não te encorajar a me levar ainda mais longe.

— Ah, baby, os lugares que eu quero te levar. — Ele segura a minha mão e caminha em direção a Priscilla. Antes que eu possa perguntar sobre meu carro, ele fala: — Vou te trazer pela manhã.

Com uma tarde e noite inteiras para passar com ele, o trabalho é a última coisa que me interessa. Quando estamos no carro, envio uma mensagem para minha mãe dizendo que Jason está de volta e procurando um emprego no Miami-Dade porque *quer estar onde eu estiver*. Envio essa mensagem e sorrio com o pensamento da notícia alegrar minha família.

Eles ficarão tão felizes quanto eu, o que me deixa ainda mais feliz.

— O que você está fazendo aí? — ele pergunta quando paramos em um semáforo.

— Dizendo à minha família que você está de volta para que eles me deixem em paz.

— Boa ideia, porque não vamos querer ser incomodados por alguns dias.

— Alguns *dias*? Tenho que trabalhar amanhã!

— Você está muito doente. Precisa de descanso e fluidos. Muitos fluidos.

Eu bufo de tanto rir.

— Isso é tão *nojento*!

— Não tem nada de nojento sobre isso, baby.

Ele nos leva de volta para a minha casa o mais rápido que pode e estaciona na minha vaga. Em seguida, ele olha para mim.

— Você não deixou ninguém estacionar na minha vaga de visitante enquanto eu estava fora, não é?

Reviro os olhos.

— Por favor. Levei cinco anos para te encontrar. Eu levaria mais de uma semana para te substituir.

— Você nunca irá me substituir.

Quando saímos do carro e subimos as escadas, conseguimos manter nossas mãos quietas. Mas, uma vez que a porta se fecha atrás de nós, todas as apostas estão canceladas. Tiramos as roupas, puxamos botões e zíperes e xingamos de frustração quando as roupas lutam contra nosso ataque desajeitado.

Eu rio quando minha cabeça e braço direito ficam presos dentro da blusa.

— Não é engraçado! — ele diz. — Faça alguma coisa!

— Você é o cirurgião. Resolva.

Ele me livra do tecido e faz amor comigo pela primeira vez ali mesmo no foyer, me pressionando contra a parede ainda de sutiã e com a calça em volta dos tornozelos.

— Ah, Carmen. — Ele solta uma respiração profunda. — Estava péssimo pensando que tinha estragado tudo com você.

— Ainda estou aqui e te amo. Eu te amo, Jason.

Agora que posso dizer isso a ele, quero dizer tantas vezes que ele nunca vai se esquecer.

Na segunda vez, vamos para a cama. Estamos cochilando depois da terceira, quando Jason ouve seu celular tocando no outro cômodo. Ele se desvencilha de mim e sai correndo nu do quarto enquanto eu rio dele da cama.

Ele traz o telefone de volta para a cama.

— Código de área de Miami.

Meu coração para.

Ele coloca a chamada no viva-voz.

— Dr. Northrup.

— Estou muito feliz por ter conseguido falar com você. Aqui é Roy Augustino.

Jason se senta na cama e segura minha mão.

— Olá, sr. Augustino.

Aperto sua mão, fecho os olhos e espero pelo melhor.

— O conselho me pediu para fazer uma oferta de emprego. Enviei um e-mail com uma oferta formal que espero receber sua aprovação. Consultei o conselho em Nova York. Concordamos que precisamos mantê-lo em nossa família, e você deve ser capaz de decidir onde quer trabalhar.

Abro os olhos para olhar nos dele, que estão brilhando de felicidade.

— Obrigado. Vou dar uma olhada e informá-lo.

— Excepcional. Presumindo que a oferta seja suficiente, definimos sua data de início oficial daqui uma semana a partir de segunda-feira para dar-lhe tempo para resolver a questão da moradia.

— Perfeito. Muito obrigado.

— O prazer é meu. Espero que você se sinta bem-vindo a bordo, dr. Northrup.

— Entrarei em contato e espero vê-lo na próxima segunda-feira.

— Combinado.

Ele coloca o telefone na mesa de cabeceira e se aconchega em meus braços estendidos.

— Parabéns.

— Não teria como isso acontecer sem você e tudo o que você fez.

— Não acredito nisso.

— É cem por cento verdadeiro. Você fez a diferença de todas as maneiras possíveis.

Nós nos beijamos como duas pessoas que acabaram de receber as chaves do seu para sempre.

— Eu te amo, Carmen.

— Também te amo, Jason.

— Essas são as melhores notícias que recebi o dia todo.

EPÍLOGO

JASON

Dois dias antes do aniversário de um ano de conhecer Carmen, acordo na cama com ela como faço todos os dias, agora que moramos juntos oficialmente. Já que suas avós teriam, nas palavras dela, "uma hemorragia cerebral que você teria que operar" se soubessem que estamos morando juntos, não contamos a ninguém.

Carmen acha que os estamos enganando, que é o que ela precisa acreditar para realmente viver comigo. Não tenho essas ilusões no que diz respeito às avós dela. Pelo que tenho observado, elas sabem de tudo antes que aconteça, mas longe de mim dizer ou fazer qualquer coisa que deixaria Carmen desconfortável em nossa casa.

Depois que comprei o apartamento que nós dois amamos em Brickell, pedi a ela que morasse comigo quase imediatamente. Ela recusou várias vezes, mesmo enquanto passávamos todas as noites juntos, seja na casa dela ou na minha. Guardávamos roupas, escovas de dente e itens pessoais nos dois lugares e, como eu disse a ela, estávamos desperdiçando dinheiro ao pagar por duas casas quando precisávamos só de uma.

No aniversário de seis meses do dia em que nos conhecemos,

levei-a às Bahamas para um longo fim de semana, durante o qual a presenteei com seu próprio molho de chaves do meu apartamento em um jantar romântico na praia.

— Venha morar comigo. *Por favor.*

Pude perceber, pela maneira como olhou para mim, que ela estava vacilando, então apostei tudo.

— Eu te amo mais do que amo Priscilla. Quero que tenhamos cada minuto que pudermos juntos.

— Você realmente me ama mais do que Priscilla?

— Eu já disse isso antes.

— Não, você não disse.

— Bem, eu amo. Você deveria saber disso.

— Já não passamos cada minuto que podemos juntos?

— Poderia ser mais. — Fiz um beicinho. — Você não quer morar comigo?

— Claro que sim, mas...

Solto um gemido dramático.

— *Argh*, a pior palavra já inventada. *Mas.*

Ela riu da minha agonia. Carmen faz muito isso, mas tudo bem. Ela pode fazer o que quiser, no que me diz respeito. Alcancei a mão dela sobre a mesa.

— Fale comigo, *Rizo*. Me diga o que você está pensando.

— É muito importante para mim pagar minhas coisas. Se eu for morar com você, você vai querer pagar por tudo, e eu não quero isso.

— Certo. Vamos negociar. — Neste ponto, eu teria passado a escritura do lugar para ela se isso significasse que compartilharíamos um endereço.

— Você pagou pelo apartamento. Eu pago por todo o resto.

— Não.

— Apenas não?

— Não vou deixar você pagar por jantares ou viagens.

— Eu pago pelos serviços públicos, TV à cabo, Wi-Fi e mantimentos. É inegociável.

— Devo pagar pela minha própria lavagem a seco?

Ela ergueu a sobrancelha.

— Você não está tirando sarro de mim por acaso, está?

— Nunca.

— Claro que não... você pode pagar a lavagem a seco, já que seu cara tirou aquela mancha de verniz do meu terno azul-marinho. Claramente, você é melhor em escolher lavanderias do que eu.

— Tudo bem, mas posso pagar por surpresa sempre que eu quiser. Inegociável. — Já me diverti mais na vida do que com ela? Não. Nunca.

— Certo.

— Certo. — E então a areia abaixo de mim pareceu se mover. — Espere... você acabou de concordar em morar comigo?

— Acho que sim.

Soltei um grito que fez com que outros clientes à beira-mar olhassem para nós.

— Sente-se, Jason.

Não percebi que pulei da cadeira.

— Sim, querida.

— Mais uma coisa.

— O quê?

— Você não pode, em nenhuma circunstância, contar às minhas avós.

— Eles não vão saber por mim.

— E é você quem vai contar ao meu pai.

— Espere, *o quê*?

Ela morreu de rir e, com certeza, me fez dizer a Vincent que íamos morar juntos.

— Por que você demorou tanto para convencê-la? — Vincent perguntou, me chocando. Eu estava preparado para a desaprovação, mas acho que quando se vê a única filha passar pelo poço do desespero, vê-la feliz novamente suaviza um cara.

— Ela é uma negociadora muito difícil.

— Essa é minha garota — Vincent falou, brilhando com orgulho paterno.

Eu o amo e a Viv, bem como Nona e Abuela, como se fossem minha própria família. Vincent tem me dado aulas de bartender para que eu possa *me tornar útil* no restaurante. É bom ter um pai de novo depois de tantos anos afastado do meu.

Soube através de Terri, minha ex-colega em Nova York, que Howard e Ginger estão tentando *retomar seu casamento*. Dou crédito ao cara. Ele é muito mais misericordioso do que eu teria sido em sua posição, mas não sou de julgar. Além disso, tenho coisas muito maiores em que pensar hoje do que em pessoas que não importam mais para mim. Tenho tantas pessoas novas na minha vida que mal consigo me lembrar do nome de todos. Mas eu me esforço, o que Carmen aprecia.

Pedi a toda a família que viesse para o *brunch* hoje, até mesmo os primos que moram em Nova York. Acho que eles sabem o motivo, mas a única pessoa que não tem a menor ideia é a minha amada. Carmen acha que estão todos aqui em uma visita de rotina. Ela até organizou uma ida com os primos ontem à noite para a icônica boate Ball & Chain, na Calle Ocho, e chegou à meia-noite, dizendo que eu tinha vinte minutos para levá-la para a cama antes que ela apagasse.

Minha garota não aguenta ficar acordada até tarde, o que está bom para mim. Não há nenhum lugar que eu prefira estar além de na cama com ela.

Hoje estou usando uma das camisas *guayabera* de quatro bolsos que ela comprou para mim no Natal, mas ela não teve sorte em me convencer a experimentar charutos cubanos. Você pode tirar o médico de Nova York, mas ele ainda é médico *e* não fumante. Meu espanhol melhorou muito e minha compreensão melhora a cada mês que passo morando em Miami. Quanto mais ouço, mais entendo, e Carmen gosta de me ensinar.

Minha mãe e meu irmão também estão na cidade, mas sabiamente os mantenho escondidos até a hora do show. Carmen os conheceu quando fomos para casa de minha mãe, em Wisconsin, para uma visita depois do Natal no inverno passado e, como previ, as duas se amaram. Tê-los aqui seria uma indicação de que algo está acontecendo, e quero que Carmen fique completamente surpresa.

Tenho certeza de que ela realmente se esqueceu de que terça-feira é nosso aniversário de um ano, mas estou acostumado com isso. Fui eu quem a lembrou dos outros onze meses. Meu plano depende disso.

Também convidei Mateo e sua mãe, Sofia, que agora trabalha como garçonete no Giordino's, para se juntarem a nós no *brunch*. A família de Carmen abraçou totalmente a mãe solo e seu filho, que está muito melhor. Em consulta com a equipe oncológica, fico de olho nele, com exames e consultas regulares. Até agora está tudo bem.

É a vez de Nona ser a anfitriã, e ela se empolga com a lasanha de berinjela da qual eu sou viciado, junto com o frango a marsala favorito de Carmen e como um antipasto que todos atacam antes de nos sentarmos para os pratos principais.

De alguma forma, consigo comer de verdade, mas só para que Carmen não suspeite. Eu me tornei conhecido por aqui por meu apetite voraz. Acho que é isso que as avós dela mais amam em mim, que estou sempre com fome de tudo o que estão fazendo. Eu me tornei um esnobe completo quando se trata de comida cubana e italiana. Nada se compara a do Giordino's.

Passo mais tempo do que nunca na academia para compensar o aumento da comida deliciosa que estou consumindo atualmente no restaurante e em casa. Carmen é uma cozinheira incrível e, muito antes de se mudar oficialmente, disse que minha cozinha a inspirou, o que está bom para mim.

Ela adora cozinhar. Eu amo comer. Os dois ganham.

Olho para ela, conversando animada com sua prima Dee. Eu a conheci quando fomos para Nova York para um longo fim de semana na primavera para que eu pudesse me mudar de lá. Também jantamos com muitos dos meus ex-colegas, que queriam conhecer a mulher que me atraiu para Miami.

Ela disse a eles que eu tinha sido facilmente conquistado, o que é verdade. Tive uma escolha entre ser feliz com ela ou miserável sem ela. No final, não havia dúvidas.

Estou tão feliz que o Miami-Dade me contratou, porque ir para Fort Lauderdale ou Palm Beach teria sido uma merda. Eu teria feito isso se fosse preciso. Nós dois somos gratos por não precisar e por podermos almoçar juntos algumas vezes por semana no refeitório do hospital, onde temos o cuidado de não dar a Debby nada novo para falar.

Ela é uma boa pessoa, que se tornou uma amiga para nós dois, assim como Mona e muitos outros com quem trabalhamos.

Aparentemente, o sr. Augustino suspeitou que Carmen era a razão pela qual eu queria me mudar, mas não tínhamos ideia até que ela finalmente criou coragem para contar que estamos envolvidos, e ele disse que sabia disso há meses. Ele a parabenizou por encontrar um novo amor depois de tudo que enfrentou no passado.

Vai ter que ser um baita casamento para acomodar a enorme família de Carmen e todos os amigos que fizemos juntos e separadamente.

Ontem à tarde, cuidei de uma última coisa que tinha que ser feita. Fui ver os pais de Tony. Comecei a conhecê-los bastante bem ao longo do ano passado, pois o casal é muito presente na vida de Carmen. Eu não gostaria que fosse diferente, e quero que eles saibam que sempre serão importantes para nós dois.

Pensei em ligar primeiro, mas decidi apenas passar, do mesmo jeito que Carmen faz sempre que estamos na vizinhança.

Quando veio até a porta, Josie pareceu surpresa em me ver sozinho.

— Entre. — Ela beijou minha bochecha e me pegou pela mão para me levar ao conforto fresco de sua casa. — Esta é uma boa surpresa.

— O Len está em casa?

— Está. Me deixe chamá-lo.

Ela me disse para me sentar na sala de estar, onde fui atingido por uma onda de nervosismo quando vi o rosto bonito e sorridente do primeiro marido de Carmen. Eles têm a foto oficial de Tony na polícia e uma caixa contendo seus prêmios em exibição sobre a lareira. Observei o homem cuja semelhança se tornou tão familiar para mim e esperava que ele aprovasse que eu estivesse na casa de seus pais para falar sobre meus planos de casamento com sua amada esposa.

— Oi, Doc — Len falou quando voltou da área da piscina.

Eu me levantei para apertar sua mão. Muitas pessoas na vida de

Carmen me chamam de Doc, o que está bom para mim. Gosto que eles tenham me dado um apelido. Isso significa que gostam de mim. Depois de uma hesitação inicial de sua parte, Len voltou a ficar feliz por Carmen – e por mim. Pelo menos, acho que ele ficou.

— Bom te ver.

— Igualmente. Que tal uma gelada?

— Não vou recusar.

Ele trouxe cerveja para nós dois e água gelada para a esposa.

— Está tudo bem com a Carmen?

— Ela está ótima. A Maria e a Dee a levaram às compras esta tarde, então resolvi passar por aqui.

— Estamos muito felizes por você ter vindo — Josie falou.

Aqui vai, pensei.

— Quero que vocês dois saibam o quanto aprecio a forma com que vocês me fizeram sentir bem-vindo desde que nós dois estamos juntos. Isso significa muito para mim, e sei que significa para ela também.

— Ela significa tudo para nós, e você a faz feliz — Len apontou. — Isso é óbvio para todos que a conhecem.

— Ela é a melhor coisa que já me aconteceu. — Fiz uma pausa antes de acrescentar: — Estou dolorosamente ciente de que a única razão pela qual posso ser feliz com ela é por causa da pior coisa que já aconteceu com vocês.

— A vida continua — Josie respondeu baixinho. — De alguma forma, o sol continua nascendo e se pondo, os anos passam e você continua respirando. Nosso Tony amou a Carmen de todo o coração. A coisa com que ele mais se importava era com a segurança e a felicidade dela. Nós dois pensamos que ele gostaria de você.

— Estou feliz que vocês pensem assim. — Esfreguei as palmas úmidas na bermuda. — Queria que vocês soubessem que vou pedi-la em casamento durante o brunch de amanhã.

Josie ofegou e, a princípio, não tive certeza se era um suspiro feliz.

— Isso é tão maravilhoso, Jason. Eu disse ao Len, depois do brunch na semana passada, que era apenas uma questão de tempo antes que vocês dois se casassem.

— Parabéns — Len disse. — Essas são ótimas notícias.

— Obrigada por vir aqui nos ver primeiro — Josie afirmou. — Isso significa muito.

— A Carmen ama vocês. Vocês sempre farão parte da nossa vida. Eu te dou minha palavra sobre isso. Nossos futuros filhos terão muita sorte de ter vocês como avós.

Josie enxugou as lágrimas e se aproximou de mim.

Eu me levantei para abraçá-la.

— Cuide bem da nossa linda filha.

— Pode deixar. Sempre.

Agora que o grande momento está chegando, sou atingido por uma crise de confiança. Pedi-la em casamento na frente de todos é realmente a coisa certa a fazer? Debati isso por meses e decidi que ela gostaria que as pessoas que amamos fizessem parte deste momento. Só espero estar certo sobre isso.

Nona aponta o dedo para mim, surpresa desde que falei com ela, Abuela, Viv e Vin, há duas semanas para pedir permissão para fazer o pedido. Eles ficaram tão animados que não tenho certeza de como os quatro conseguiram manter o segredo por tanto tempo.

— Preciso ajudar Nona com algo — digo a Carmen.

— Tudo bem.

Ela está tão feliz por ter Dee na cidade que quase não conversei com ela desde que nos sentamos para comer. Dee se parece com a irmã, Maria, e Carmen, mas também vejo Nona em Dee.

— Está pronto? — Nona me pergunta.

— Achoo que sim.

— Por que você parece que está tendo um ataque cardíaco?

— Hum, porque eu nunca fiz isso antes e estou repensando se devo fazer aqui.

— *Pfff*. Ela vai adorar.

— Tem certeza disso?

— Cem porcento.

— Bem, não há nada mais reconfortante do que isso.

— O que realmente importa é que você tem certeza sobre ela.

— Um milhão de bilhões de porcento.

Ela beija minha bochecha.

— Então vá buscar sua garota.

Fortalecido pelo incentivo de Nona, entro na parte aberta da ferradura das mesas que se tornou uma parte familiar da minha rotina semanal. Estou em casa neste lugar com essas pessoas e, mais do que tudo, estou em casa com a mulher extraordinária que conheci há um ano.

— Gostaria de ter a atenção de vocês, por favor.

Fazer esse grupo calar a boca não é uma tarefa simples, mas como nunca pedi atenção antes, eles ficam em silêncio muito mais rápido do que o esperado.

— Carmen, você poderia vir aqui um segundo, por favor?

Ela olha para Maria e Dee, as duas dando de ombros. Elas não têm ideia do que estou fazendo. Era um risco grande o suficiente contar a seus pais e avós. Não ousei contar a suas primas mais próximos.

Carmen se levanta e dá a volta na mesa comprida para se juntar a mim no meio.

Ofereço a mão a ela, e depois de me lançar um olhar confuso, ela a segura.

Por cima do ombro, olho para a cozinha onde minha mãe e meu irmão estão escondidos.

— Ei, mãe, Benny, podem vir agora.

— O que está acontecendo? — Carmen pergunta, parecendo chocada quando minha mãe e meu irmão se juntam à festa.

— Pessoal, esta é a minha mãe, Donna, e meu irmão, Ben. Mãe, Ben, conheçam a família da Carmen – e não está completa.

Carmen olha para mim com uma expressão perplexa em seu rosto lindo.

— Jason, por que você não me disse que sua mãe e seu irmão estão na cidade?

— Porque eu queria fazer uma surpresa para você.

— Bem, você conseguiu.

— Que bom, porque eles não são a única surpresa que tenho para você hoje. — *Aqui vamos nós.* Quando olho para ela, para aquele rosto de um em um milhão que vi pela primeira vez há um ano, todo o nervosismo desaparece. A única coisa que importa é dizer o que ela significa para mim e pedir que ela seja minha para sempre. — Betty, pode vir.

Da cozinha vem a doce mulher que conheci na noite anterior ao destino trazer Carmen para minha vida. Minha amada fica sem palavras ao ver Betty, que está usando o mesmo vestido vermelho que usava no dia em que conhecemos Carmen e oscila em seus sapatos de salto agulha característicos. Depois que Betty me enviou um doce bilhete de agradecimento e cinquenta dólares para me reembolsar pelo dinheiro que dei a ela, Carmen e eu mantivemos contato com ela.

Carmen não pode acreditar no que está vendo.

— O que... *Betty*...

Betty abraça minha amada em choque e me entrega a caixa de veludo contendo o anel.

— Amo vocês — ela sussurra.

Enquanto Carmen ainda processa o fato de que Betty está aqui, eu me ajoelho.

Ela solta um grito deselegante e, em seguida, cobre a boca enquanto as lágrimas enchem seus olhos.

— Nós nos conhecemos há um ano.

Ela balança a cabeça.

— Não, é semana que vem.

Eu balanço a cabeça.

— Há um ano, na próxima terça-feira, um dia importante em muitos aspectos.

Ela me lança um olhar severo, me alertando que vou acabar com o momento mais importante da minha vida se mencionar a palavra *prisão*.

— Desde aquele primeiro dia em que você me fez *prisioneiro* do seu amor...

Claro que ela entende minha piada e ofega com o quanto cheguei perto de contar segredos que ela trancou no cofre.

— Você mudou minha vida de todas as maneiras possíveis no ano passado. Transformou meu pesadelo em um conto de fadas tão lindo que ainda não consigo acreditar que esta é minha vida, que você é minha vida. Eu te amo mais do que Priscilla, e você sabe que é uma grande honra que só você irá alcançar.

Carmen está rindo enquanto as lágrimas escorrem pelo seu rosto.

— Prometo sempre tranquilizar seu mau humor matinal e buscar o *cortadito* nos fins de semana.

Conforme planejado, Juanita sai da cozinha, carregando uma xícara de sua bebida milagrosa que entrega a Carmen enquanto se inclina para beijar a bochecha dela.

— Muito bem, amiga!

— Não acredito que você está aqui! — Carmen diz, claramente surpresa.

— Eu não perderia isso por nada.

Aperto a mão esquerda de Carmen para lembrá-la do que estamos no meio de algo.

— Quer se casar comigo e me permitir passar o resto da minha vida com você? É o único lugar neste mundo que eu quero estar.

Ela está chorando e assentindo antes mesmo de eu terminar de perguntar.

— Sim. *Sim.*

Coloco a atordoante aliança de dois quilates, que comprei há meses, em seu dedo e me levanto para abraçá-la e beijá-la enquanto a família enlouquece batendo palmas, gritando e assobiando.

Nona enxuga as lágrimas e faz um sinal para o garçom. Eles saem carregando bandejas cheias de taças de champanhe que são distribuídas para a família.

Vincent e Vivian estão próximos a nós e erguem suas taças.

— À nossa linda filha e futuro genro, Carmen e Jason. Parabéns. — Os olhos de Vincent estão brilhando com lágrimas não derramadas. — Nós amamos muito vocês dois. Que vocês compartilhem uma vida longa e feliz juntos.

— Ouçam, ouçam — Len diz, erguendo a taça para nós em um brinde que significa tudo para Carmen e para mim.

A comemoração continua até tão tarde que temos que lutar para limpar e deixar o restaurante pronto para abrir ao público às quatro. Todos contribuem e chegamos bem a tempo de receber os primeiros clientes.

Carmen e eu mal tivemos um segundo a sós desde o grande momento, mas ela está ao meu lado enquanto aceitamos os parabéns e vibramos com a emoção de nossos entes queridos. Minha mãe e Ben partiram às três para pegar um voo para casa, mas prometeram voltar para uma visita mais longa em breve.

— O segundo melhor dia da minha vida — digo a ela quando finalmente estamos voltando para casa em Priscilla, carregados de sobras que fazem com que não tenhamos de fazer compras. Temos coisas muito melhores para fazer hoje do que espremer abacates, que se tornou parte de nosso ritual dominical.

Sua mão esquerda está espalmada na minha perna, o anel cintilando ao sol do fim da tarde. Em algumas semanas, estará muito quente para o conversível.

— Qual é o número um?

— Há um ano, na próxima terça-feira.

— Isso foi melhor que hoje?

— Claro que sim. Será que algum dia esqueceremos suas duas idas para a prisão no mesmo dia?

— Eu adoraria esquecer isso. Eu só preciso fazer algo a respeito.

— Humm, tenho algumas ideias do que você pode fazer.

— Acredite em mim, sei tudo sobre suas ideias.

— Você só viu o início delas. Espere até nos casarmos. — Olho para ela. — Hoje foi bom?

Ela aperta minha perna.

— Hoje foi mais do que incrível. Obrigada por tudo que você fez para que isso acontecesse.

— Espero que esteja tudo bem ter feito isso lá.

— Foi perfeito.

— Eu queria que fosse perfeito para você.

— Foi ótimo. — Sinto seu olhar em mim enquanto dirijo. — Quando Tony morreu, uma das coisas que me deixou mais triste foi perder a pessoa que me conhecia melhor do que qualquer outra. Hoje, quando você me pediu em casamento na frente de todas as pessoas que mais amo, você me mostrou que sou conhecida assim novamente, e isso significa muito para mim.

Paro o carro em um sinal vermelho e me inclino sobre o console para beijá-la.

— Estou feliz em conhecê-la em todos os sentidos. — Balanço as sobrancelhas de brincadeira, porque hoje não é um dia para qualquer tipo de tristeza. — A aliança ficou boa?

— Ela é excepcional. Eu amei.

— Bom — digo, respirando fundo. — Estou feliz que você amou.

— Não posso acreditar que você estava preocupado com essas coisas. Você sabia que eu aceitaria.

— De jeito nenhum! Você me fez trabalhar por isso em cada etapa do caminho. Eu estava com medo de que você me rejeitasse na frente de todos.

— Não estava nada!

— Não — digo, rindo —, não realmente. Mas estou feliz que a ação esteja cumprida, que a aliança esteja em seu dedo e que você concordou em ficar para sempre comigo.

— Mal posso esperar para ficar para sempre com você. — Ela olha para mim com amor em seu olhar. — Ouvi dizer que você foi ver a Len e o Josie ontem.

— Claro que sim. Eles mereciam saber o que eu havia planejado e queria seu apoio. Eu sabia que isso importaria para você.

— Você acertou, Jason. Obrigada por fazer isso. —
Sua aprovação significa tudo para mim.

— Quero me casar logo.

— Quando?

— Este outono?

— Isso é em, tipo, *três meses*!

— Isso aí.

— Você quer se casar em três meses.

— Eu me casaria amanhã, mas algo me diz que você não vai aceitar.

— Claro que não.

— Então, três meses?

— Você realmente não pode esperar mais?

— Não posso, não.

— Então acho que é uma coisa boa que meus pais tenham um restaurante.

～

VIRE A PÁGINA PARA LER O PRÓXIMO LIVRO DA SÉRIE, *ATÉ QUE VOCÊ ME TOQUE*.

ATÉ QUE VOCÊ ME TOQUE

Capítulo 1

AUSTIN

Estou morto de sono depois do jogo contra os Mariners quando meu telefone toca com o tom que coloquei para o número dos meus pais. Eles nunca me ligariam a esta hora, a menos que algo estivesse acontecendo com Everly, então me retiro de um sono profundo para pegar o telefone na mesa de cabeceira.

— Oi. — Conforme me movo para ficar mais confortável, a bolsa de gelo no meu ombro cai, fazendo um som de esmagamento ao atingir cama. Meu braço dói como sempre acontece depois que arremesso.

— Sinto muito por acordá-lo, Austin. — Minha mãe parece exausta. — Mas a Ev está com febre. Estamos na emergência agora, e achei que você gostaria de saber.

Me sento, bem acordado.

— Qual é a temperatura dela?

— Trinta e oito.

— Sério? Há quanto tempo ela está assim?

— Mais ou menos oito horas. — O que significa que eles esperaram para ligar até depois do jogo, sabendo que as preocupações com Everly atrapalhariam minha concentração. — Estávamos dando remédios a ela, mas nada estava funcionando, então a trouxemos.

— Vou voltar para casa. — Sou obrigado a viajar com a equipe, mesmo entre as partidas, mas podem ser feitas exceções. O treinador do time sabe que sou pai solo e é complacente – até certo ponto. Como tenho quatro dias até a próxima partida, não deve ser um problema voar de volta para Baltimore.

— Lamentamos ter de ligar com esta notícia, mas achamos que você gostaria de saber.

— Você fez a coisa certa. Estarei aí assim que puder. — Termino a ligação com minha mãe e faço outra para meu técnico, Mick Danvers.

— Por que você não está dormindo? — ele me pergunta, com a voz rouca de sono.

— Desculpe incomodá-lo, treinador, mas estou com um problema em casa. Minha garotinha está com febre alta e no pronto-socorro. Preciso ir para casa, e espero que você não se importe se eu te encontrar em Oakland. — Vai ser uma merda adicionar dois voos atravessando o país à minha semana, mas eu não me importo com isso. Não quando Ev está doente e precisa de mim.

— Claro. Faça o que tem que fazer. Deixe-nos saber como ela está.

— Pode deixar. — Solto um profundo suspiro de alívio. Mick é justo, mas duro, então eu não tinha certeza se ele me deixaria ir.

— Foi um baita de um começo esta noite, AJ. Todos estão muito satisfeitos.

— Obrigado, treinador.

— Me mantenha informado.

— Pode deixar. — Minha próxima ligação é para reservar um voo para casa o mais rápido possível.

Sete das horas mais longas da minha vida depois, meu voo – em um avião sem a porcaria de WiFi – pousa no aeroporto internacional de Baltimore. Ligo o telefone e uma série de novas mensagens de minha mãe, cada uma mais frenética do que a anterior, entra. Everly foi internada. Algo não está certo com o sangue dela.

Meu peito está tão apertado que me pergunto se estou tendo um ataque cardíaco enquanto corro pelo aeroporto e pego o primeiro táxi que vejo, furando completamente a fila. Não me importo. Eu preciso chegar até minha garotinha. Ela é todo o meu mundo, e a possibilidade de algo estar errado com meu anjo é horrível demais para suportar.

A viagem de trinta minutos até o hospital parece quase tão interminável quanto o voo. No momento em que me encontro com meus pais na sala de espera da UTI pediátrica, tenho quase certeza de que estou à beira de uma crise. Como ela passou de uma febre para a UTI pediátrica em poucas horas? Minha mãe começa a chorar quando entro. Largo a mala para que eu possa abraçar a ela e meu pai, que parece igualmente arrasado.

— Graças a Deus você está aqui, filho — meu pai.

Quando olho para eles, percebo que eles sabem de algo que não sei e a julgar por suas expressões, seja o que for, vai abalar o meu mundo.

— Austin — minha mãe fala, em lágrimas —, a Everly está com leucemia.

MARIA

Quinze meses depois ...

Eu me forço a suportar o brunch de domingo com minha família extensa e turbulenta sem verificar o telefone. Faço compras na mercearia e uma série de outras tarefas necessárias de preparação para a semana de trabalho enquanto ainda ignoro o telefone. Nunca foi tão doloroso evitá-lo como hoje, já que meses de antecipação me trouxeram até esse momento. Estou exultante, animada, nervosa e preocupada que a conexão entre mim e o Sr. A, como eu o conheço, não será a mesma quando não formos mais anônimos.

Há pouco mais de um ano, doei medula óssea para salvar a vida de uma menina de dois anos que estava lutando contra a leucemia em Baltimore. Na época, eu não sabia mais nada sobre ela ou o pai, exceto que meu transplante salvou sua vida.

Há seis meses, descobri que ele a ama mais do que tudo no mundo, a mãe da criança não está por perto e ele é grato a mim por dar uma segunda chance à filha. Desde então, a criança completou três anos e a remissão está se mantendo, o que é a parte mais importante desta história.

Mas isso não é tudo.

As coisas começaram com uma ligação em uma noite de terça-feira da *Be the Match*, uma organização que fez campanha de registro na clínica onde trabalho em Little Havana há mais de três anos. Honestamente, eu tinha me esquecido completamente de ter tido a bochecha esfregada até que recebi a ligação de que eu era compatível com uma criança lutando contra leucemia. Eu estaria disposta a fazer mais testes?

Claro que sim, e o teste foi agendado.

Aquela ligação da *Be the Match* virou minha vida de cabeça para baixo por algumas semanas. Meus pais ficaram loucos, porque eu tomaria anestesia geral para doar medula óssea para uma estranha. *E se algo der errado?* eles perguntaram. Felizmente, Nona interveio, depois de ver como eu estava determinada a salvar a vida de uma criança que nunca conheci.

— A Maria é enfermeira — Nona disse. — É isso o que ela faz. Você deve confiar nela e ter fé em seu julgamento.

Sempre adorei minha Nona, mas nunca mais do que naquela época. Ela lidou com meus pais, o que me deu o espaço de que precisava para me preparar mental e fisicamente para o procedimento. Depois que participamos das sessões de informação e meus pais descobriram que havia muito pouco risco para o doador, eles concordaram em apoiar minha determinação de doar.

Minha prima Carmen, que junto com minha irmã, Dee, é minha melhor amiga, me acompanhou até o hospital e manteve o restante da família informado ao longo do dia.

Nona e Abuela, a avó de Carmen e uma terceira avó para mim, cozinharam comida suficiente para alimentar dez pessoas e a entregaram quando voltamos do hospital. Na verdade, era mais para confirmar por si mesmas que eu estava realmente bem do que por causa da comida, mas apreciei a preocupação. Carmen passou duas noites na minha casa, se certificando de que eu estava bem antes de ir para sua casa.

Fiquei rígida e dolorido por algumas semanas, mas voltei ao trabalho uma semana depois. Considerei a coisa toda um pequeno preço a pagar para salvar a vida de uma criança.

Seis meses após o procedimento, recebi um e-mail anônimo do pai agradecido da criança, por meio dos canais fornecidos pela *Be the Match*.

Prezada Srta. S,
Você salvou a vida da minha filha. Não há como dizer em meras palavras o que você significa para mim e minha família ou o quanto apreciamos o que você fez por nós. Quero contar a você sobre a minha filha, E. Ela é uma garotinha com cachos loiros e grandes olhos azuis. Adora dançar e se fantasiar. Sou pai solo, e ela é todo o meu mundo. Quando os médicos nos disseram pela primeira vez que ela estava com leucemia, pensei que também morreria com a ideia de meu precioso amor sofrer de alguma forma.
Os próximos meses foram um verdadeiro inferno. Essa é a única palavra que consigo pensar para descrever. Eles tentaram de tudo, mas não conseguiram levá-la à remissão. Foi quando decidiram que ela precisava de um transplante de medula óssea.
Vou ser honesto com você: a coisa toda era assustadora. Graças a Deus, meus pais estavam comigo durante tudo isso, ou eu não teria sobrevivido ao ver meu bebê passar pelo inferno. E a E. foi incrível, corajosa e forte. Continuou tentando me confortar. Imagine isso: uma menina de dois anos consolando um homem de vinte e oito. Mas essa é a minha garota. Ela é incrível e cheia de amor, e agora, graças a você, está em remissão total e voltou a cantar suas canções sem sentido em seu próprio idioma e dançar, brincar e rir. Seu cabelo cresceu novamente – mais cacheado do que nunca – e suas bochechas estão rosadas novamente. Por sua causa.
Nunca te vi, mas te amo como um membro da minha família. Você

é um membro da minha família. E quando o período de espera obrigatório de um ano terminar, espero que possamos nos encontrar, conversar e compartilhar fotos e que você possa ver por conta própria a vida que salvou.
Obrigado Do fundo do meu coração agradecido. Obrigado. Nós te amamos.
Sr. A

Devo ter lido aquele e-mail mil vezes depois de recebê-lo e chorar durante a primeira, segunda e terceira leituras. Fiquei tão comovida com a forma como o amor dele por sua filha emanou da página. Vou ser brutalmente honesta aqui: Eu me apaixonei um pouco por ele com base em como ele falou sobre a filha. Como eu não poderia?

Quando mostrei o e-mail para Carmen e Dee, elas tiveram a mesma reação. Dee disse que derreteu um pouco. As duas choraram.

Carmen, que está loucamente apaixonada por seu noivo, que é neurocirurgião pediátrico, Jason, não surtou completamente como Dee, mas mesmo ela concordou que o Sr. A parece um sonho.

Levei alguns dias, e várias centenas de releituras de sua mensagem, para me sentir bem o suficiente para escrever de volta para ele.

Caro Sr. A,
Seu e-mail me tocou profundamente.

Não, você não pode dizer isso! Por que não? Me tocou mesmo, e ele deveria saber disso.

Ignorando meu próprio diálogo interno, abri meu coração na página, me recusando a dar a ele qualquer coisa menos do que ele havia me dado. Até a marca de um ano, não temos permissão para falar de nada mais do que o transplante e atualizações sobre a condição do receptor. Não posso dizer a ele, por exemplo, que sou de Miami com uma grande família extensa ou que trabalho em uma clínica popular em Little Havana. Verifiquei e posso dizer a ele que sou enfermeira, já que é relevante para o transplante.

Seu e-mail me tocou profundamente. Ouvir sobre sua maravilhosa E. me levou às lágrimas. Estou tão feliz em saber que ela está bem e em remissão. Sou enfermeira, então sei o que isso significa, e compartilho sua alegria de que "nosso projeto" levou a resultados tão felizes. Tenho certeza de que você está sendo muito cuidadoso com ela neste primeiro ano, quando tem que limitar a exposição dela aos outros, mas quando puderem sair de novo, eu adoraria conhecê-la, abraçá-la e comemorar seu retorno à boa saúde. Muito obrigada por compartilhar suas boas notícias comigo, e ficarei ansiosa para ouvir mais de você quando chegar a hora.
Sinceramente,
Srta. M.

Debati se deveria assinar *com amor, Srta. M*, mas no final, decidi por *Sinceramente*.

Dois dias depois, ele me escreveu novamente.

Srta. M.,
Me esqueci de perguntar se você sofreu algum efeito nocivo com a doação. Eu realmente espero que não. Avise-me quando tiver opor-tunidade, e com certeza entrarei em contato com mais informações assim que puder.
Com amor,
Sr. A.

Caro Sr. A,
Exceto por alguns hematomas e um pouco de rigidez por uma ou duas semanas, o procedimento foi relativamente indolor para mim. Foi um pequeno preço a pagar para ajudar a salvar sua garotinha. Eu faria de novo em um segundo. Obrigada por perguntar
Com amor,
Srta. M.

Sim, você leu certo. Na segunda vez, fui *com amor*. Porque eu já amo esse pai e essa filha que nunca conheci. Eu amo a maneira como ele fala sobre ela e como ele é grato pelo que fiz por eles. Li os e-mails que trocamos tantas vezes, que os memorizei.

Seu último e-mail foi curto e doce.

Srta. M,
Estou tão feliz em saber que o procedimento foi quase indolor para você. Definitivamente, vou te escrever mais quando puder.
Prometo.
Com amor, Sr. A.

Hoje faz um ano do transplante. Há seis meses, venho dizendo a mim mesma que não é possível me apaixonar por alguém por causa de alguns e-mails. Mas tente dizer isso ao meu coração excessivamente envolvido. Só consigo pensar no Sr. A e na Srta. E. Minha imaginação ativa passou horas pensando sobre eles enquanto fazia a contagem regressiva até hoje. Tentei me manter o mais ocupada que pude, me oferecendo como voluntária para turnos extras na clínica e ajudando Carmen com seus planos de casamento, mas ainda havia muitas horas do dia para o meu gosto.

E sim, tenho plena consciência de como é ridículo ficar louca por causa de um cara que nunca conheci. Eu nem sei seu nome verdadeiro, apenas sua primeira inicial. O nome dele é Alex, Anthony ou Andrew? É possivelmente Asher, Adrian ou Aidan? E a pequena E, ela é Emma, Emily, Emerson ou Ellen?

Eu vou enlouquecer com a especulação. Quero saber tudo sobre os dois e, mesmo sabendo que posso estar me preparando para uma grande decepção, não consigo parar de me perguntar se A. é realmente tão maravilhoso quanto parece em seus e-mails. Ele bebe, festeja e corre atrás de mulheres ou...

— Pare com isso, Maria — digo a mim mesma enquanto dirijo para casa do supermercado. Eu moro em um apartamento na garagem que pertence à tia Francesca e ao tio Domenic, irmã e cunhado do meu pai. Felizmente, minha tia e meu tio também alugaram a casa principal, então eles não estão por perto para registrar minhas idas e vindas.

Eu nunca moraria aqui se eles estivessem na porta ao lado. Não que eu não os adore. Com certeza os amo, mas não quero ninguém me vigiando – ou informando aos meus pais a que horas chego em casa ou com quem saio. Não, obrigada. Amo meu cantinho aconchegante, mas mais do que tudo, amo a privacidade. Há alguns anos, Dee se mudou para Nova York com nosso primo Domenic Junior, os dois ansiosos para deixar as garras da família unida que passa muito tempo cuidando da vida uns dos outros.

Mal posso esperar para ver os dois no casamento de Carmen, que agora vai acontecer daqui cerca de um mês. Tem sido muito difícil manter o foco no trabalho, casamento ou em qualquer coisa que não seja saber mais do Sr. A. enquanto eu fazia a contagem regressiva para a marca de um ano.

Parece que dez anos se passaram desde aquele primeiro e-mail do Sr. A, há seis meses. Quando chego em casa, coloco as compras de lado e preparo uma xícara de chá antes de me permitir sentar e ligar o laptop para verificar meu e-mail. Misturado ao lixo eletrônico e uma mensagem da minha irmã com um link para um artigo sobre decoração de casas que ela achou que eu gostaria, está uma mensagem de um nome que me é familiar, mas não posso dizer por quê.

Austin Jacobs.

Clico para abrir a mensagem e suspiro ao ler a abertura.

Querida Maria,
Achei que o dia de hoje nunca chegaria.

NOTA DA AUTORA

O brigada por ler a história de Carmen e Jason! Espero que você tenha gostado tanto quanto EU AMEI escrevê-lo. Escrevi os capítulos de abertura (tudo, até a primeira vez que eles saíram para jantar) há mais de dez anos e desde então quis fazer algo com a história que comecei. O sul da Flórida desempenhou um papel importante em minha vida e sempre quis escrever um livro que se passasse lá. Meu pai frequentou o Embry-Riddle Aeronautical Institute na década de 1950, quando era localizado em Miami (agora é uma universidade e se mudou para Daytona Beach). Ele se apaixonou pelo sul da Flórida e teria ficado lá permanentemente, mas era o único filho de uma mãe viúva que morava em Rhode Island. Então, felizmente para mim (e meu irmão), ele voltou para casa em RI, onde conheceu minha mãe e foi trabalhar como mecânico de aviação, eventualmente possuindo sua própria estação de reparos de aviação certificada pela FAA.

Mas sempre que tinha chance, ele voltava para o sul da Flórida. Quando criança, nadei na piscina do Fontainebleau que Carmen se lembra de sua infância e passei um tempo em Key Biscayne e Fort Lauderdale, onde meus pais passaram o inverno depois de se aposentarem. Meu pai adorava ir lá, e nós também. Durante a escrita deste livro, fiz duas viagens a Miami e adorei trazer a história de Carmen e Jason à vida em um lugar que significou tanto para mim.

Estou emocionada por Alison Dasho e a equipe da Montlake ficaram tão empolgados com essa história quanto eu. Depois de terminar de ler, junte-se ao *How Much I Feel Reader Group* no facebook.com/groups/HowMuchIFeelReaderGroup para discutir o livro com spoilers permitidos. Além disso, certifique-se de participar da minha lista de boletins informativos em marieforce.com e me seguir no Facebook (facebook.com/marieforceauthor) e no Instagram (@marieforceauthor) para manter contato.

Um grande obrigado a Laura Ortiz, que cresceu em Little Havana e me ajudou com um milhão de detalhes e até me enviou uma caixa com itens cubanos de presente enquanto eu escrevia o livro. Obrigada à minha amiga leitora de longa data e residente em Miami, Mona Abramesco, que me apresentou à Laura. As duas também fizeram leituras antecipadas para mim que foram extremamente úteis, e Mona me ofereceu uma deliciosa comida cubana em Miami. Agradecimentos especiais a Tracey Suppo e Joyce Lamb pelas primeiras leituras e edição!

Enquanto estava em Miami, fiz um almoço com leitores da área. Foi depois que terminei de escrever o livro e estava na cidade para acrescentar alguns detalhes adicionais. Participou do almoço Carmen Morejon, vinda de Cuba para Miami aos dez anos de idade, acompanhada apenas pelo irmão de cinco. Eu tinha tantas perguntas sobre sua experiência, e Carmen generosamente compartilhou sua história comigo e concordou em fazer uma leitura antecipada do livro. Conhecer pessoas incríveis e ouvir suas histórias é a melhor parte deste trabalho incrível, e foi realmente um prazer conhecer Carmen e outros leitores de Miami que contribuíram para essa história. Agradeço sua generosidade e disposição em me ajudar com grandes e pequenos detalhes.

Sinceros agradecimentos e apreço aos meus leitores sensíveis: Gwendolyn Neff, Lizbeth Silva Costa, Carmen Morejon, Dinorah Shoben, Tia Kelly, Miriam Ayala, Emma Melero Juarez, Stephanie Behill, Angelica Maya e Isabel Acevedo. Como sempre, um agradecimento especial aos meus leitores beta principais, Anne Woodall e

Kara Conrad. E um grito para Angel, minha maravilhosa guia turístico em Little Havana. Gostei muito da nossa tarde juntas!

Aos muitos leitores que responderam às minhas perguntas sobre a política de hospitais, agradeço as opiniões. E a Sarah Hewitt, enfermeira de família, por me ajudar a desenvolver a carreira e a pesquisa de Jason. Sou muito grata pelas suas muitas contribuições.

Um grande obrigada ao time fantástico e dinâmico que me apoia todos os dias: Julie Cupp, Lisa Cafferty, Holly Sullivan, Nikki Haley, Tia Kelly e Ashley Lopez – e muito amor ao time da casa – Dan, Emily, Jake, Brandy, Louie e Sam Sullivan.

Finalmente, para os leitores que apoiam meus livros, não importa aonde minha musa me leve, vocês me fazem sentir sortuda e abençoada todos os dias.

Com muito amor,
Marie

Marie Force é autora best-seller do New York Times de romance contemporâneo, suspense romântico e romance erótico. Suas séries incluem Gansett Island, Fatal, Treading Water, Butler, Vermont e Quantum

Seus livros venderam mais de dez milhões de cópias em todo o mundo, foram traduzidos para mais de doze idiomas e apareceram na lista de bestsellers do The New York Times trinta vezes. Ela também é campeã de vendas do USA Today e do Wall Street Journal, bem como um best-seller do Spiegel, na Alemanha.

Seus objetivos na vida são simples: terminar a criação de dois jovens adultos felizes, saudáveis e produtivos, continuar escrevendo livros o máximo que puder e nunca estar em um voo que vire notícia.

Junte-se à newsletter de Marie Force em seu site, www.marieforce.com, para receber informações sobre novos livros. Siga-a no Facebook em MarieForceAuthor e no Instagram @marieforceauthor. Envie um e-mail para Marie em marie@marieforce.com.